文學新象 269

寄生

Wilder girls

蘿芮・珀爾◎著
羅慕謙◎譯

高寶書版集團

獻給我的母親
給我自己
以及過去從沒想到
我們會一起到達此處的
我們

一切相反、原始、簡陋、怪異的事物。

——霍普金斯，《斑駁之美》

海蒂

第一章

有什麼遠遠藏在白日的黑暗中。樹林間，在樹叢濃密之處移動。你可以從屋頂上看到它跑往海洋的方向，擦得樹叢沙沙地擺動。

看那大小，一定是隻郊狼，長到人肩膀高的那種，尖牙握在手掌裡像把利刃。我知道，因為我以前撿過一顆尖牙，它一端戳進圍欄，我把它帶回來，藏在床底下。

樹叢裡又一聲竄動，接著便一片寂靜。屋頂平台另一端，碧亞把槍放下來，歇在欄杆上。路上沒有危險了。

我的槍仍舉著，以防萬一。準星對在左眼前，因為右眼看不到，發病時瞎掉了。眼瞼黏合在一起，什麼東西在下面緩緩長大。

我們在這裡全都如此。病了，變得怪異，不知道為什麼。莫名的結構從我們的體內迸出，這裡那裡我們遺失或蛻去某些部位，然後結痂、長疤。

正午的太陽把世界照成一片亮白，透過準星我可以看到樹林一路延伸到小島的邊際，之後，是一片海洋。成群的松樹一如以往高挺濃密，高高聳立於我們的大樓之上。偶爾，落了葉的橡樹與樺樹在樹林間露出一點空隙，但是整片樹林頂端大都密不透風，結了霜的針葉僵直密實。只有無線電的天線穿出樹林，只不過早已沒訊號。

路上有人在大喊，是物資小組走出樹林回來了。只有少數幾人能夠出去，穿越小島一路走到過去曾有渡船來來去去的碼頭，領回海軍送來的物資與衣服。我們其他人只能躲在圍欄之後，祈禱她們安全返回。

個子最高的魏老師站在大門前，在門鎖上忙亂摸索了一陣子，最後終於把大門掀開。只見物資小組一行人跌跌撞撞地走進來，雙頰凍得通紅。三個人都回來了，三個人都在罐頭、肉乾和方糖的重量下彎著腰。魏老師轉身關上大門。她也只比我們當中最年長的女孩大五歲，是學校裡最年輕的老師。以前，她通常會負責守在大廳裡，如果有人違反宵禁只是睜隻眼閉隻眼。而現在，她每天早上都會跟我們點名，確定沒人在夜裡死去。

魏老師揮揮手，表示警報解除了，碧亞跟她揮回去。我守大門，碧亞守路。有時候我們會交換，但是我的眼睛看不遠，所以若交換了也不會持久。但是我的槍法比大半有資格來取代我的女生都更準。

物資小組最後一個女生踏進門廊下，從視野中消失，我們值勤的時間就結束了。取出步槍的子彈，收回盒子裡給下一輪的女生用。把其中一顆子彈偷偷塞進口袋裡，以防萬一。

屋頂從三樓的平台緩緩往下傾斜到二樓。我們從這裡翻過屋頂邊緣，從敞開的窗子爬進屋內。以前我們穿著裙子和襪子爬起來不方便，還依舊習慣把膝蓋合攏。那已是好久以前了。現在我們穿著破舊的牛仔褲，就沒什麼好擔心了。

碧亞跟在我身後爬進來，在窗台上又留下一道道磨痕。她把頭髮撥到一邊的肩膀上。直髮，跟我一樣，亮麗的棕色。而且很乾淨。就算沒麵包，我們總是有足夠的洗髮精。

「妳剛看到什麼了？」她問我。

我聳聳肩：「沒什麼。」

早餐沒吃多少，我現在餓得四肢發軟。我知道碧亞也餓，於是我們加快腳步下樓去吃午餐，去一樓，去大廳。挑高的天花板下，大廳裡有磨損歪斜的桌子、一座壁爐、幾張高背沙發，填料早已被扯出來拿去生火取暖。還有我們，我們全聚在那，哄哄鬧鬧、依舊活著。

一開始時，學校裡有一百多個女生和二十位老師。那時我們可以填滿學校舊樓兩邊的側翼。這些日子，我們只需要一邊的側翼就夠了。

物資小組的女生砰砰砰地從前門踏進來，一放下身上的袋子，大家就蜂擁而上，你爭我奪。大多時候，他們給我們罐頭，有時候還有幾包牛肉乾。幾乎從來沒有新鮮的食物，份量永遠都不夠我們吃飽。而在平常，吃飯就是魏老師站在廚房裡，打開儲藏櫃的鎖，分發出你見過最小的份量。但是今天是海軍送來物資的日子，新的食物駝在物資小組女生的背上回到學校，這表示魏位老師和校長會袖手旁觀，任我們每人為自己搶來一丁點吃的。

但是碧亞跟我無須爭奪。芮絲已站在門邊，幫我們把一個袋子拖到一邊。如果是別人，大家一定會抗議，但如果是芮絲──左手手指長滿尖銳的鱗片──大家便默不作聲。

芮絲是最後得病的幾個人之一。我本來以為她也許沒感染，也許她有免疫力，但是後來它們就出現了。閃著銀色光澤的鱗片在她的皮膚上漫開，猶如從體內長出。我們這一屆另外一個女生也出現同樣的症狀。鱗片蔓延到她全身，把她的血變冷，直到她再也無法醒來，因此我們當時以為那就是芮絲的盡頭了。他們把她帶上樓，等著它終結她的生命。但是它沒得逞。前一天她還被藏在醫務室，隔天她就回來了，左手成了一個野物，但依舊是她的手。

芮絲扯開袋子，讓我跟碧亞在裡面翻找。我的胃在絞痛，嘴裡唾液又多又濃。什麼都好，吃什麼都好。但是我們運氣不好。肥皂、火柴、一盒筆、一包子彈。然後，在袋子的底部，一棵柳橙——一顆真的柳橙，只是表皮有些腐爛。

我們伸手去搶。芮絲的銀手抓著我的衣領，熱氣在鱗片下翻騰，但是我把她推倒在地，膝蓋頂在她的臉側。再加把勁，把碧亞的頸子夾在肩膀與前臂之間。其中一人開始用腳踢，我不知道是誰。一腳踢中我的後腦勺，我搖搖晃晃倒向樓梯，鼻子狠狠撞向梯級邊緣。我痛得頭嗡嗡作響，眼前一片白。周圍，其他女生驚叫著圍過來。

有人抓起我的頭髮，使勁往上一扯。我扭過來，對著她皮膚淺層的肌腱狠狠咬下去，她哀叫一聲。我張開嘴，她也鬆開手，我們立刻從彼此身上爬開。

我甩開眼前的血水。只見芮絲趴在樓梯上，柳橙抓在手裡。她贏了。

第二章

我們把它稱為毒克（Tox）。最初幾個月時，他們嘗試將它視為一種教訓。像是《西方文明世界的病毒爆發：歷史回顧》那樣，「毒克」是拉丁文裡的字跟。緬因州開始進行藥物管制。學校照常上課，衣服上沾著血的老師站在黑板前講課、安排考試，彷彿我們一週後還會全在這裡。他們說，世界沒有結束，你的教育也不應結束。

在學校餐廳裡吃早餐。數學、英文、法文。午餐、打靶。體育課和急救課，魏老師示範如何包紮傷口，校長示範如何打針。一起去吃晚餐，然後鎖在屋裡，撐過黑夜。不知道，我不知道你們為什麼會生病，魏老師總說。不會，你們不會有事。一定，你們一定過一陣子就可以回家了。

這情況很快就改變了。隨著毒克奪走一位位的老師，一節節的課也從課表上消失。一條條的教規崩潰瓦解、灰飛煙滅，唯一留下的是最無可免除的約定。但是我們依舊數著日子，依舊每天早晨醒來，望著天空搜尋攝影機和燈光。本土上的人關心，魏老師總是如此說。從校長打電話給海岸上的納許營求援那一刻起，他們就開始關心了，而且他們在找治癒的方法。物資小組帶回來的第一批海運物資裡，還有一張公告。電腦打字、正式簽名，印著海軍的信頭。

寄件人：海軍事務處，國防部指揮官，化學生物事故控制小組，納許營指揮官，疾病管制與預防中心

收件人：睿特島睿特女子中學

主　旨：疾病管制與預防中心建議之隔離程序

立即進行全面隔離檢疫。為保障安全及維持初始傳染狀態，全體師生不得離開校園。除授權領取物資外（見下），擅自走出校園圍欄者，一律視為違反隔離規定。

電話與網路即將終止：屆時僅限以官方無線頻道進行溝通。資訊完全保密立即生效。

物資將以海運方式送抵西碼頭。日期與時間由納許營燈塔決定。

診斷與治療方法正在研發中。疾病管制與預防中心與當地醫療機構密切合作研究治癒方式。請預期物資抵達。

等待，活著，我們以為很容易——一起躲在圍欄後，遠離蠻荒野林，遠離變得飢餓怪異的動物。但是學生一個接一個地死去。發病，然後身體太殘破虛弱，無法呼吸；或是留下無法癒合的傷口；或者有時候是一陣高燒，使人發狂到只想結束自己的生命。這種狀況如今依舊時時出現。唯一不同的是，現在我們已領悟，唯一能做的就是顧好自己。

芮絲和碧亞，她們是我的唯一，我是她們的唯一。每次經過布告欄用兩隻手指輕觸那張已發黃捲起的海軍公告時，她們是我在心底祈禱保佑的人。海軍公告仍釘在那，猶如平安符，提醒我們他們做出的承諾。只要我們活著，終有一天會等到療法。

芮絲把一片銀色的指甲掘進柳橙，開始剝皮，我逼迫自己把頭轉開。像這樣有新鮮的食物時，我們總用爭的。她說這是唯一公平的做法。不施捨、不同情。如果不是自己贏來的，她絕對不會吃。

周圍，其他女生高聲歡笑擠在一起，在每袋灑出的衣服堆中翻找。海軍依舊送來足以讓全體師生穿用的衣物。上衣、小號的鞋子，但是我們已經沒有這麼年幼的人了。

還有外套。他們從沒停止過送外套來。從草地上開始結出第一層霜後便沒停止過。毒克出現時是春天，那年夏天，我們穿著襯衫配裙子的制服並不覺得冷，但是冬天一如緬因州往常的冬季，漫長而寒冷。爐火在白天燒著，海軍發電機在夜間運轉著，直到一場風暴將之吹毀。

「妳臉上有血。」碧亞說。芮絲從裙子上扯下一角，丟到我臉上。我壓住，鼻子發出噗哧噗哧的聲音。

上頭傳來一個聲響，來源是大廳上方的二樓夾層。我們全抬起頭。上一屆的夢娜，紅頭髮、心形臉，從三樓的醫務室出院了。她在醫務室裡面待了好久，從上一季發病後就一直待在裡面，我覺得大概沒有人預期她會再回來。我還記得那天她的臉如何滾燙發汗、逐漸裂開，記得他們把她抬去醫務室時用張床單把她罩起來，彷彿她已經死了。

現在她臉頰上滿是疤痕，頭髮開始出現光輝。芮絲也是如此，金髮辮子閃著毒克賦予的光輝。那一向是芮絲的特徵，現在在夢娜頭髮上看到，令人有些吃驚。

「嘿。」她說，雙腳還有些不穩。她的朋友全擁上去，揮舞雙手、滿臉微笑，只是與夢娜隔著一大段距離。我們並不是怕被傳染，畢竟我們全早都感染上了，無論是什麼病。我們怕的是看她再次崩潰。我們知道哪天就會輪到自己，知道我們能做的就只是希望自己能安然度過。

「夢娜，」她的朋友紛紛說，「謝天謝地妳沒事。」但是我看著她們讓對話就此結束，看著她們慢慢走去屋外，享受白天最後幾個小時的陽光，留下夢娜一個人坐在沙發上瞪著自己的膝蓋。她們再也沒有空間給她了。她們已經習慣她不在周圍。

我轉頭去看芮絲和碧亞，兩人正在踢樓梯上一塊剝落下的碎片。我想我永遠無法習慣沒有她們在身邊。

碧亞站起來，莫名其妙地皺起眉頭。「妳們在這裡等。」說完她就走去找夢娜。她們兩人聊了一分鐘，碧亞彎著腰對著夢娜耳語，夢娜髮上的光澤把碧亞的臉龐映成一片紅。然後碧亞挺直身子，夢娜用大拇指捏了一下碧亞的前臂內側。兩人看來都有些緊張不安。只有一點點，但是我看到了。

「午安，海蒂。」

我轉身。是校長，臉上的稜角比過去更尖銳了。灰髮緊緊繞成一個髮髻，襯衫的扣子一路扣到下巴底。嘴邊一個斑點，淡淡的粉紅色，是不停從唇間滲出的血染成的。她跟魏老師，毒克在她們兩人身上引起的症狀與其他人都不同。她們沒像其他老師一樣直接被奪走性命，也沒像我們一樣身體開始突變。她們是在舌頭上長出滲血的瘡，四肢不停地顫抖。

「午安。」我對她說。她對很多事都鬆懈了，但對禮儀還是很要求。

她對大廳另一端點個頭，碧亞仍彎著腰在跟夢娜講話。「她怎麼樣？」

「夢娜？」我問。

「不是，碧亞。」

碧亞從去年夏天後就沒發過病了，想必不久又會再發病。發病是隨季節循環的，一次比一次更嚴重，直到我們再也無法承受。但是經過上次的發病後，我實在無法想像碧亞還會有更嚴重的情況。她看起來沒多大不同，只不過多了個怎麼也好不了的喉嚨痛，還有背上一條鋸齒狀的脊骨，有些部分還戳出皮膚——但是我記得當時她發病時的每分每秒。記得她的血流滿我們的舊床墊，最後滴到床下的木頭地板。記得她背脊上的皮膚裂開時，她臉上困惑不解的表情。

「現在還好。」我說，「不過快是時候了。」

「很抱歉聽你這麼說。」校長說。她望著夢娜和碧亞好一會兒，皺起眉。「我不知道妳們跟夢娜是朋友。」

她什麼時候開始關心這一點了？「我們只是對彼此友善吧。」

她看著我，彷彿很吃驚我還站在這。「很好。」說完她就開始穿越大廳，走向位在走廊上的校長辦公室。

毒克爆發之前，我們每天都會看到她。但是之後，她要不就是在醫務室裡來回走動，要不就是鎖在辦公室裡，貼在無線電對講機上跟海軍和疾病管制與預防中心對話。

睿特女中從一開始就沒有手機訊號——招生簡章裡說這是為了培養人格——然後毒克出現的第一天，他們把電話線也切斷了。為了保持機密，為了管理資訊。但是至少我們還可以用無線電跟家人講話，可以聽到父母為我們哭泣。後來連對講機也不能用了。資訊在洩漏，海軍說，因此必須採取對策。

校長當時也懶得安慰我們。安慰早已無用。

校長辦公室的門關起、鎖上，這時碧亞走回來了。

「妳在幹嘛？」我問，「跟夢娜？」

「沒什麼。」她把芮絲拉起來。「我們走吧。」

睿特女中占地廣大，位於小島的東端。三面環海，大門在第四面。大門之後是樹林，長著與校園裡一樣的松樹與雲杉，但是粗壯糾結，新的枝幹纏繞著舊的枝幹。圍欄內我們這一側就與過去一樣工整潔淨，唯一變了的是我們。

芮絲帶頭，我們一行人穿過校園，走到小島的尖端。岩塊被海風吹襲得赤裸嶙峋，拼湊成片如同龜殼。我們肩並肩坐下，碧亞在中間，一頭長髮被寒風吹打得在我們臉前不斷飛舞。今天很平靜，天空一片蒼灰，遠方什麼都沒有。小島邊緣，海洋在陡峭的懸崖下，吞沒沙洲、捲進白浪。海上沒有船隻，天邊沒有陸地，沒有任何事物提醒我們這世界仍存在，不顧我們繼續運轉，而且一切依舊如常。

「妳覺得怎麼樣？」碧亞問，因為兩天前的早上我右眼上的疤裂開了。是那段日子遺留下的印記，提醒當時的我們一點都不理解到底發生了什麼事。

我第一次發病時，右眼瞎掉了，眼瞼黏合在一起，我以為這就結束了，直到眼瞼下面開始長出什麼。第三個眼瞼，至少碧亞是這麼想。不痛，只是癢得要命，但是我可以感覺到有什麼在動。這就是為什麼我兩天前嘗試去把眼瞼上下扯開。

笨。那瘡疤就是足夠的證明。我自己已記不清了，但是碧亞說，當時值勤到一半我就突然放下步槍，開始像著魔般地去摳臉，把指甲戳進結痂的睫毛之間，扯我的眼皮。

那瘡疤已差不多癒合了，但是偶爾它會突然裂開，血水一路留下臉頰，粉紅色的，還帶著膿。值勤時我有很多事情可以去想，而且情況也沒那麼糟，但是此刻，我可以在眼皮下感覺到自己的心跳。感染了，說不定。儘管這是我們最無須擔心的一點。

「妳可以幫我縫起來嗎？」我努力隱藏聲音中的焦慮，但她還是聽出來了。

「有這麼糟？」

「也沒有，只是——」

「妳到底有沒有清潔過？」

芮絲發出一個幸災樂禍的聲音。「我跟妳說過不要讓它這樣敞開著。」

「過來，」碧亞說，「讓我看看。」

我在石塊上挪動，最後她跪著，我的下巴朝她微微抬起。她用手指滑過我的傷口，輕觸我的眼皮。下面什麼東西抽動了一下。

「看起來會痛喔。」她邊說邊從口袋裡掏出針線。自從我的眼睛第一次結疤之後，她總是隨身帶著針線。我們三人當中，她最接近十七歲，而像這種時刻，妳就可以看出她是最年長的一個。「好，別動。」

她把針戳進眼皮，瞬間一陣痛，但是很微弱，立刻就被冷風吹走了。我跟她眨眼，想惹她笑，但她只是搖搖頭，皺起眉。

「我說過別動，海蒂。」

而這樣也很好。碧亞跟我，她凝視著我，我凝視著她，而且我很安全，因為她在這裡，直到她一不小心把針戳得太深，我不禁往後一縮，整個身體屈起來。雙眼緊閉，全身都痛。周圍的世界全是水，我可以感覺到血水流進耳中。

「我的天啊，」碧亞說，「海蒂，妳沒事吧？」

「就縫幾針而已。」芮絲說。她閉上雙眼，在石頭上躺下來。襯衫下襬被風吹翻，頭暈目眩的我可以清楚看到一截白皙的肚皮。她從來都不冷，連像今天這樣呼氣會結霧的日子也是。

「沒錯。」我說。芮絲的手才不會像我的眼睛這樣給她惹麻煩，但我忍住嘴裡的一聲咒罵。我們已經有夠多可爭吵的了，沒必要再計較這小事。「繼續縫吧。」

碧亞正開口想說什麼，花園裡就傳來一聲大叫。我們轉身去看是否有人第一次發病。睿特女中的學生從小六上到高三，至少以前是如此，所以我們當中最年幼的女孩現在都十三歲了。這片混局開始時，有些女孩十一歲，而現在，毒克開始一一侵襲進入青春期的她們。

不過什麼事都沒有，只不過是我們這屆的姐拉——手上有蹼的那個女生——等在岩塊起始之處。「射擊課，」她對我們喊，「魏老師說射擊時間到了。」

「走吧。」碧亞把縫線打個結，站起來，手伸向我。「吃完晚餐再幫妳縫完。」

毒克侵襲之前，我們也有射擊課，是創校時期沿襲下來的傳統，但是跟今日的射擊課不

同。當時只有高年級生——還有芮絲，全島上沒有人比她槍法更準了，天生就熟諳槍擊之法，就猶如她天生就熟悉睿特島的一切——能夠跟著哈克先生去樹林裡，射擊他在地上擺成一排的汽水罐。我們其他人只能上一堂用槍安全的課，但這節課最後往往變成自由活動，因為哈克先生照例總是遲到。

後來毒克奪走了哈克先生。奪走了芮絲開槍的手，變形到使她無法扣扳機。而射擊課不再是射擊課，成了打靶課，因為現在我們必須真的用槍殺死什麼。每隔幾天的下午，太陽開始西沉時，我們便一個接一個地開槍射擊，直到擊中目標。

我們必須做好準備，魏老師如此說。為了保護自己、保護彼此。第一年的冬天，一隻狐狸鑽過欄杆間的空隙，就這麼闖進圍欄。因為槍擊小組的女生說牠使她想起家裡的狗，因此當時她開不了槍。這就是為什麼後來狐狸得以穿過校園，一路跑到露臺上。這就是為什麼最後牠把學校裡仍存活最年幼的一個女生逼到死角，撕裂她的喉嚨。

打靶練習在馬廄裡進行，就在小島的尖端不遠處，巨大的滑門兩邊都敞著，如此打偏的子彈就直接飛進海裡。馬廄裡以前有馬，總共四隻，但是毒克出現後沒多久，我們注意到那病症開始侵入牠們的體內，就跟它侵入我們體內一樣，它把牠們的骨頭往外推擠、刺破皮膚，它拉扯牠們的身軀，使牠們痛苦地狂叫。於是我們把牠們帶到水邊，一槍射死。所以馬廄現在是空的，我們魚貫而入等著輪到自己。妳必須對著目標射擊，射中靶心了，才能走。

魏老師把大部分的槍枝都鎖在大樓裡的儲藏櫃裡，海軍聽到動物的狀況後開始送來的子彈，也一併收在裡面。所以在這外面，就只有一把獵槍和一盒子彈供我們大家用，就擺在一個用兩座鋸木台和一片薄薄的三夾板搭成的桌子上。打靶練習的槍不像我們槍擊小組執勤時用的步槍，但是魏老師總是說，槍就是槍，而每一次，這句話總會使芮絲下巴上的肌肉抽動一下。

我跳上一個馬棚的小門，碧亞隨之跳上來，坐在我旁邊，使小門晃了一下。芮絲無精打采地靠在我們中間。她手變形了所以不能一起練習打靶，但是她每次都跟著來，緊繃、沉默，盯著靶心。

有一陣子，我們按照字母順序打靶，但是我們全都遺失了什麼，眼睛、手、姓氏。現在是從最年長的學生先開始。她們很快就打完了，其中大多數人只需幾發子彈就可擊中靶心。茱莉亞和卡森兩人都只用了兩發子彈，蘭卓花掉的子彈我已數不清，是一陣漫長難熬的等待。然後就輪到我們這一屆。碧亞只用了三發子彈，算厲害了，但是她們把她跟我排在一起執槍擊小組的勤，是有原因的。如果她沒擊中目標，我會。

她把獵槍交給我。我往手中吹氣，恢復雙手的知覺，然後站到前面，把獵槍頂到肩窩，對準目標。吸氣、瞄準，然後吐氣、扣扳機。聲響震徹我全身。這對我來說很簡單。這是我唯一勝過碧亞之處。

「很好，海蒂。」魏老師說。後面的人群中有人模仿魏老師說這句話，裝腔作勢、說說笑笑的。我翻了個白眼，把獵槍擺到桌上，回到小門邊找芮絲和碧亞。

接下來通常是輪到凱特，但是人群裡有一陣推推擠擠、一聲低聲抗議，接著有人把夢娜推出來。她跌跌撞撞地前進了一、兩步，然後站直身子，環顧一圈，試圖從大家的臉上贏得一絲同情。但她不會找到任何同情，因為這些日子，我們把同情都留給自己了。

「我可不可以不打？」她對魏老師說。夢娜的臉龐蒼白而平靜，但是身體在不安地挪動。她差點就得逞了，差點就得以不打靶。但是我們其他人不會容許這種事發生。魏老師也不會。

「不可以。」魏老師搖頭說。「來吧。」

蘿娜嘴裡喃喃說了什麼，但是聲音太小，沒有人聽到。她走向桌邊，獵槍就擺在那。要做的就只是瞄準、射擊。她把獵槍拿起來，像個洋娃娃一樣抱在懷裡。

「就等妳準備好。」魏老師說。

蘿娜把槍舉起，對準目標，一隻手指滑到扳機前。我們全悄然無聲。她的雙手在顫抖，槍是瞄準了目標，但是舉著槍對她來說太吃力了。

「我辦不到，」她嗚咽說，「我做不到……我辦不到。」她垂下獵槍，往我這裡看。

就在此刻，它們裂開了，她頸側三道深深的裂口，像魚鰓。沒有血，只是隨著每一次的呼吸上下起伏，皮膚下有什麼在抽動。

蘿娜沒尖叫，沒發出任何聲響。只是猛然往後一倒，躺在地上，嘴巴大張著喘息。她仍在看著我，胸膛緩緩起伏。我無法把目光轉開，連魏老師趕過來跪在她腳邊、量她的脈搏時，我仍無法把目光轉開。

「把她帶回她房間。」魏老師說。回她房間，不是進醫務室，因為只有病況最糟的人才會被送進醫務室。而蘿娜的病況曾比此刻更糟。我們都是。

物資小組的女生從人群裡踏出來，只有她們可以在皮帶上帶著刀。總是她們。她們抓住蘿娜的手臂，把她拉起來，帶走，回大樓。

一陣竊竊私語，然後我們沉靜下來，準備跟著回去。但是魏老師清了清喉嚨。

「同學們——」她故意拖長這幾個字，就如同以往在宿舍清點人數時。「我有說下課了嗎？」沒人回話。魏老師拿起獵槍，交給最年長的女生。「再來一次，重頭開始。」

我們沒人感到吃驚。我們在某處中斷了，忘了是哪裡。於是我們排隊、等待、開槍射擊，感覺到那暖意——夢娜的體溫——從獵槍滲出來，流入我們的手中。

——

晚餐散亂零落、煩躁不安。通常，我們至少會全坐在同一個房間裡，但是今天，我們每人從魏老師手中拿到自己的一份後，便分頭四散。有些在大廳裡，有些在廚房裡，擠在舊火爐邊，燒著最後幾條窗簾取暖。經過像今天這樣的日子和夢娜這樣的女生後，我們總四散分飛，心裡納悶下一個會是誰。

我在樓梯邊，靠在欄杆上。我們三個是今天最後去領晚餐的人，而最後剩下的總沒什麼好東西：只有一條麵包的兩塊末端，黏糊糊都發霉了。碧亞看到我只帶回這兩塊麵包時，眼淚都快流出來了——我們兩人都沒吃午餐，畢竟芮絲光明正大地贏走了那顆柳橙——但是還好，物資小組的卡森送給我一罐過期的湯。現在我們在等著開罐器傳到我們這，芮絲躺在階梯上想打個小盹，碧亞則抬頭望向那扇鎖上的門，門後的樓梯通往三樓的醫務室。

這大樓剛建好時，三樓原來是傭人的住處。六個房間分布在一條狹長的走廊上，上面是屋頂平台，下面是天花板達兩層樓高的大廳。要上三樓，就只能從二樓夾層的樓梯上去，而這樓梯被鎖在一個低矮傾斜的門後。

我不喜歡去看這門，不喜歡去想起生病的女生被藏在其後，不喜歡那裡面的空間容不下我們大家。也不喜歡裡面每一扇門都可從外面鎖上。不喜歡如果你想，你可以把人關在裡面。

因此我轉頭望向大廳另一端，望向餐廳的玻璃牆。沒人坐的長餐桌早已被拆掉拿去生火，銀製餐具則被丟進海裡，以免刀子落入我們手中。它過去是我最喜歡的一間房間。入學的第一天還不是，那天我根本沒位子坐，但是之後每一天我來吃早餐時，都會看到碧亞為我佔好一個位子。來這第一年時，她有一間單人房，而且喜歡早起在校園裡散步。我會在餐廳裡跟她碰頭，這時她早已拿了吐司麵包在等著我。到睿特之前，我吃吐司麵包總是塗奶油，但是碧亞讓我發覺，果醬更好吃。

凱特從大廳另一端與我目光相交，舉起手中的開罐器。我把自己從欄杆推開，走過去找她，途中繞過一群女生。那四個女生躺在地上圍成一個正方形，每個人的頭躺在下一個人的肚子上，惹彼此發笑。

「我看到妳搶了卡森的湯。」走近時凱特對我說。一頭黑髮，又細又直，深思熟慮的深色雙眼。她的病症算是最嚴重的幾個之一，有好幾星期待在醫務室裡，雙手被綁住，阻止她去搔抓發燙起泡的皮膚。她的皮膚上現在還留著疤痕，白斑遍佈全身，還有每一季總重新綻放流血的水泡。

我把目光從她頸子上的一顆新水泡移開，露出微笑。「輕而易舉。」我接過她手中的開罐器，塞進褲子腰間，藏在上衣之下，走回樓梯的路上就沒有人能偷走。「妳們都好嗎？衣服夠暖嗎？」凱特身上只穿著她朋友琳賽外套上可拆下的刷毛絨襯裡。她們兩人上次抽籤領衣服時運氣很不好，而這裡沒有人能夠長期保有一條毯子，除非妳分分秒秒盯著。

「還好。」凱特說。「謝謝妳的關心。對了，妳的湯，確定一下罐頭的蓋子沒有鼓起來。要擔心的已經夠多了，別再吃到肉毒桿菌。」

「我會跟她們說。」

凱特就是如此，以她獨特的方式關懷妳。她跟我們同一屆，媽媽就跟我爸一樣在海軍。睿特島和納許營是此一地帶唯一的文明據點，多年下來兩者的關係變得如此緊密，因此睿特女中特別發給海軍人員的女兒獎學金。這是我在這裡的唯一理由。是凱特在這裡的唯一理由。每學期末我們會一起搭公車去機場，她回聖地牙哥的基地，我回諾福克的基地。她從來不會在公車上為我佔位子，但是如果我默默地坐到她旁邊，她會露出微笑，讓我在她的肩上睡著。

我才剛在碧亞身邊坐下，前門附近蘭卓那群女生聚集之處就開始一陣騷動。你可以把我們整群人分成十一到十二個小團體吧——有些大、有些小——最大的一群以蘭卓為中心。蘭卓比我大兩屆，出身波士頓一個歷史悠久的名門望族，家族歷史甚至比碧亞家還淵遠。她從一開始就不怎麼喜歡我們，尤其是她在抱怨島上沒有男生後，芮絲露出我見過最冷漠的表情說：「但是有很多女生。」

當時芮絲這句話使我胸口一陣悸動。夜間，芮絲的辮子在天花板上投射出漣漪般的光輝時，我仍可感到這份悸動。一種渴求，一種願望。

但是她太遙遠了，她總是如此遙不可及。

有人尖叫一聲，我們看著那群女生開始窸窸窣窣、站成一圈，緊緊圍著一個躺在地上的軀體。我彎身向前，試圖瞥見一眼。光滑柔順的棕髮、孱弱瘦削的身軀。

「再看吧。」芮絲說。這不是我們對彼此說過最貼心的話，但是已經很接近了。

那天晚上，碧亞替我縫完眼睛後，我無法入睡。我瞪著芮絲上鋪的床底，碧亞一遍又一遍地刻進自己名字之處。BW、BW、BW。她在各處刻下自己的名字。床板上、我們上過的每間教室的書桌上、水邊小樹林的樹幹上。把睿特標記成她的地盤，有時候我覺得，如果她問我，我也會讓她在我身上刻下名字。

寂靜，持續的寂靜，直到接近午夜時，兩聲槍響劃破寂靜。我緊繃起來，等待，但是不到頃刻，槍擊小組的叫聲便一路迴盪下來：「警報解除！」

上方，芮絲在上鋪打呼。碧亞跟我一起睡下鋪，貼在一起，我都可以聽到她做夢時磨牙。暖氣前一陣子壞了，因此我們有可能就窩在一起睡，穿著外套，穿著所有的衣物。我把手伸進口袋，撫摸藏在裡面的子彈，外殼平坦光滑。

魏老師指派好最初幾輪的槍擊小組後沒多久，我們就學到子彈的意義了。第一輪的女生從屋頂上看到什麼了，但是無法確定是什麼。一個女生說那東西朦朧而閃亮，緩慢審慎的步伐簡直就跟人一樣，但是另外一個女生說那東西體積太大，不可能是人。總之，她們嚇得把槍擊小組所有的女生都叫去二樓最小的房間裡，然後教我們如何把子彈敲開。如何不理會顫慄的五臟六腑，如毒藥般吞下彈藥粉，萬一我們得死，這就是解答。

有些夜裡，我會忍不住去想圍欄外那東西可能是什麼，去想她們可能看到了什麼，然後撫摸手中的子彈，就會使我平靜下來，因為我知道如此我就不用害怕她們看到的那東西，不用害怕她們所畏懼的那東西。但是今晚，我在腦海中看到的全是夢娜——夢娜拿著槍，夢娜一臉看起來想把槍舉到自己頭上。

來到睿特之前，我從來沒拿過槍。有時候，我們家裡會有一把——如果我爸在家，海軍發給他的手槍便也會在家——但是他會把手槍鎖進櫃子。碧亞以前則是連見都沒見過真槍。

「我是波士頓來的，」當時她對笑個不停的芮絲和我說，「我們那裡沒有槍，不像妳們這裡。」

我之所以還記得這段話，是因為碧亞幾乎從沒提過自己家。從來不曾在閒聊中不經意談起，如同我總不經意談起諾福克。我覺得她根本不想家。睿特女中不讓我們擁有手機，所以如果想打電話回家，就只能利用下午午休時間時排隊去用校長辦公室裡的電話。我從來沒在那看到她，一次也沒有。

我翻過身去看她，四肢伸展著貼在我身邊，已經熟睡。如果我出身像她那樣的家庭，名門望族、家財萬貫的，我一定會想家。但這就是我們之間的區別。碧亞從來不曾想要她不擁有的事物。

「別盯著我看。」她嘟囔道，戳了一下我的肋間。

「對不起。」

「真變態。」說完她把小指頭繞在我的小指頭上，又睡著了。

之後我一定也睡著了，因為一段時間我腦中一片空白，接下來我只知道我在眨眼睛，聽到木頭地板吱呀一聲，而碧亞已不在床上。她站在門邊，在身後把門關上，準備走進來。

我們在夜間其實不准離開房間，連去走廊的盡頭上廁所也不行。黑暗太濃厚，魏老師的宵禁太嚴格。我半坐起來，把自己撐在手肘上，但是我藏在陰影下，所以碧亞一定是沒看到我。她停在床腳，然後爬上梯子去芮絲的上鋪。

其中一人嘆了一口氣，碧亞鑽進芮絲的被窩，一陣窸窸窣窣，接著芮絲黃白色的辮子從上鋪垂下來，在我頭上輕輕地搖晃。像羽毛般地飄盪，在天花板上映滿淺色的光點。

「海蒂睡著了？」她問。不知道為什麼，我把呼吸緩下來，不想讓她們知道我醒著。

「嗯。」

「妳在幹嘛？」

「沒幹嘛。」碧亞說。

「妳跑出去了。」

「嗯。」

我的心痛起來。她為什麼不找我一起出去？為什麼她選擇跟芮絲談？碧亞不該在芮絲身上找到無法在我身上找到的東西。

其中一人在挪動，大概是碧亞貼向芮絲。她喜歡偎著人睡，碧亞。我醒來時，她的手指總勾在我的褲子口袋裡。

「去哪了？」芮絲輕聲問。

「去散步。」但是我知道謊言聽起來是什麼樣。她絕不可能冒險溜出去就只是為了散散步。我們每天早上散的步就已經夠多了。沒錯，她的聲音裡藏著一個祕密，而通常，她總會與我分享她的祕密。現在為什麼不一樣了？

芮絲沒回話，於是碧亞繼續說：「回來時還被魏老師抓到。」

「該死。」

「還好，我只不過在樓下，在大廳裡。」

「妳怎麼跟她說的？」

「說我想去拿瓶水，因為頭有點痛。」

芮絲銀色的手把辮子拉出我的視野。我可以想像她那提防的眼神，那緊繃的下巴。也或許她在黑暗中更平易近人，也許她覺得妳無法看到時，就會卸下所有的心防。

第一次見到芮絲，是我來到睿特的那天。十三歲，但不是真正的十三歲，不是那種有胸有臀、氣焰囂張的十三歲。那時我已經認識碧亞了，就在從本土開往小島的渡船上，我們兩人一拍即合。她知道自己是誰，知道我應該是誰，融入我自己無法填滿的部分。但是芮絲不同。

當時她坐在大廳的樓梯上，穿著太大的制服，及膝襪鬆垮垮地垂在腳踝上。我不知道她們是已經開始怕她，還是有別的原因，還是因為她身為學校管理員的女兒對她們來說具有特殊的意義，對我而言卻沒有。總之我們這一屆其他的女生全都聚在壁爐邊，與她離得遠遠的。

碧亞跟我走去找其他女生時，經過她面前，她當時看著我的神情，充滿憤怒，猶如烈焰——我永遠不會忘記。

之後有一陣子，我們三人根本沒什麼交集。就只是一起上課，去浴室的路上在走廊上互相點個頭。後來在法文課上，碧亞跟我還缺一個人一起完成小組報告，而芮絲是班上法文最好的——幾次小考後就超越了碧亞——於是我們就找了她。

從此我們三人形影不離。晚餐時芮絲坐在我們旁邊，集會時芮絲坐在我們旁邊，而如果我又想起第一天她看著我的神情，如果我注意到她每次說我的名字時我的胃如何絞成一團，也無所謂。現在還是無所謂。這就是我們之間最近的距離——我在下鋪，她在上鋪，聲音在黑暗中輕緩溫柔，與別人說話。

「妳覺得，」一會兒後芮絲說，「情況會惡化嗎？」

我簡直可以聽到碧亞聳肩。「也許吧。」

「也許吧？」

「哎呀，我也不知道啦。」碧亞說。「當然會惡化，只不過不是對每個人來說都是。」

我聽到芮絲翻了個身，腳上的靴子互相摩擦。「下去吧，」她說，「妳擠得我都沒位置了。」片刻的沉默，然後又是碧亞的聲音，輕到我得專心聽。「聽好，如果妳知道什麼——」

有時候我會想，她母親離開前，她是否不一樣。是否更易親近。但是我無法想像她平易近人的樣子。

碧亞回到下鋪時，我動了一下，但是假裝沒醒來，只是翻過身背向她。我覺得她看著我一會兒，但是沒多久就睡著了。天際露出曙光時，我才睡著。

第三章

破曉來得急促清冷。窗上覆上了一層新霜，蘆葦間結著成束的冰。碧亞跟我起床，躡手躡腳不想吵醒芮絲，然後出門散步。

一開始只是碧亞一個人去散步。她一個人，在校園裡慢慢地繞圈子。其他學生以前會閒言碎語。想家，她們說，寂寞，然後又是同情又是嘲笑的。但是我知道散步的習慣使她容光煥發，使她更平易近人。來到這裡兩個月後，我開始跟在她後面走，希望能感染到那份氣息。

穿越大廳時，除了守衛前門的學妹之外，大廳裡空無一人。學校大樓是個ㄇ字形，中間的主樓是舊的，兩邊的側翼是後來新建的。二樓是宿舍和教師辦公室，一樓則是教室、大廳、校長辦公室。校長辦公室位在側翼的轉角，校長大概正在裡面記錄物資、確認數量。

經過布告欄時，我伸手輕觸那張海軍公告，就在信頭之處。這是整張紙上最吉利的地方，被一百個女生摸過一百次後，你可以看到上面的顏色已褪去。我露出微笑，想像我跟碧亞在某處某個陽光燦爛的城市，不再憂慮毒克。

「嘿，」碧亞對守門的學妹說。這學妹十三歲，是仍存活的學生當中最年輕的幾個之一。

「沒任何異狀吧？」

「沒有。」說完學妹沒等碧亞開口問就去使勁拉門。人們對碧亞來說就是如此，無論她對別人來說是什麼樣。

門只開了一個小縫，太重了，學妹一個人拉不動。守衛小組的成員都是最年幼的學生——如果真有狀況，槍擊小組會接手，但是守衛前門的責任能夠給予低年級的女生足夠的鍛鍊。我往前踏一步，雙手放在她的手上。用力拉，感覺到鐵鏽的阻力；那門上的鐵鏽一季比一季更新更厚。這將是毒克爆發後的第二年冬天，我來到睿特後的第三年冬天。我在此處還會經歷多少個冬季？

「謝謝。」我用手臂碰碰她的肩膀，這樣她就不會發現我根本不記得她叫什麼名字。「待會兒見。」

屋外的門廊上，我等碧亞扣上外套的扣子。草地早已枯死了，地上那層白霜上已被踩出一條足跡。是碧亞昨晚的腳印嗎？

「嗯，」我說，「有人晚上出來了。」

她沒回話，只顧著小題大作地撥弄外套最上面一個鈕扣，然後跟我踏上通向大門的石板路。

「昨晚睡得好嗎？」我又試了一次，暗暗希望不需要掘得太深。她為什麼就不告訴我她昨晚去哪了呢？

「好啊。」

「我有動來動去嗎？」

「沒比平常嚴重。」

我等著，再給她一次機會說出真相，但是她不說。「因為我醒來了，三更半夜的，妳不在床上。」

碧亞離開石板路，往左彎。我們總是走這條路。「真的？」

「真的。」

我一開始以為她不會解釋——她不一定會跟我解釋，儘管我總是跟她解釋——但是她突然停下腳步，直直地凝視我，說：「妳說夢話了。」

我根本沒想到她會回我這句話，吃驚得下巴都快掉下來了。「真的嗎？」

「真的。」她的神情裡隱隱浮現一絲心痛，彷彿不確定是否想讓我看到。「我不知道妳做了什麼夢，但是妳說……說了什麼。」

我沒說，我知道我沒說，但是我不夠確信，因此說不出口。「我說了什麼？」

她皺起臉，搖搖頭。「不是我想再聽到一次的話。我們就別再提了。」

有一片刻，我內心的感受果真被她擺弄。太憂慮、太內疚，不敢再追問。但那不是真的。我當時醒著，看到她了。「啊，」我說，「妳確定嗎？」

我質問她只能質問到這個程度。逼得太緊，她就會惱羞成怒。我看過她如此發火上百次了，對老師發火，像是如果我們有人忘了寫作業，或是校外教學時魏老師抓到她假冒我媽的簽名。碧亞太會說謊了。但是通常，她都是為了我才說謊。

「確定。」她說，聲音恰到好處地發顫。「但是沒關係，好吧？後來我就爬去上鋪找芮絲了。」

至少這一點是真的。但是在睿特，有什麼祕密好藏的？我們體內全藏著同樣的威脅，同樣的疼痛，同樣的渴求。

「對不起。」我說。別無他法，只能假裝豪不知情。「無論如何，妳知道妳是我最好的朋友。」

碧亞立刻眉開眼笑，一隻手臂甩到我肩上，把我拉近。我們又開始走，步伐一致。

「嗯，」她說，「我知道。」

上方，學校大樓隱隱聳現，其他學生開始一一醒來，聲音從破裂的窗戶傳出。為衣物和床舖而爭執，偶爾還有更激烈的爭吵，但每天大多是同樣的對話。同樣的雜誌傳了又傳，同樣的問答遊戲玩了又玩，同樣的回憶如故事般地重述，直到它們屬於每一個人。父母如蛋糕般被分享，初吻如禮物般被交換。

我從來沒什麼內容可加上——無法憶起足夠的爸爸，不忍想起媽媽孤單一人在基地的家中。我渴望過男生，也渴望過女生，但是從來沒有人讓我渴望到思念的程度，渴望到使我將之從過往的生活剪影中挑出來，帶來這裡。

有時候，如果我閉上眼睛，就會忘了一切的改變。睿特不再是彈藥與飢餓的急流。而是無聊，是深入心底的無所事事。

我們走到圍欄邊了，學校大樓在身後，樹林在我們眼前展開，枝葉一片長久不變的綠。小路穿入樹林，已被踩平，一年比一年更狹窄。圍欄後幾公尺，我可以看到想必是槍擊小組昨晚擊中的目標——一隻鹿，已經死了好幾個小時，肉已被污染得太嚴重，不能吃。張開的嘴邊爬著蟲，毛上沾著乾掉的血。

除了鹿之外，樹林裡還有其他的動物。我們都知道，但是心照不宣。如果逮到恰當的時機在外頭，就可以感覺到土地偶爾在震動，就跟我在基地的家、每次有噴射機飛得太低時一樣。毒克侵襲的初期，我們還常會翻閱地球科學課本，閱讀裡面列出的動植物，好奇哪些可能會生長在外頭的樹林裡。但是後來我們不得不把書燒了，升火取暖，而好奇也不好玩了。

屋頂上值勤的兩個女生想必正舉著步槍瞄過我們頭上，但是我們沒抬頭往上望。我們伸手循著圍欄一路走到水邊。水邊堆疊著岩塊，激起的浪花在此處積成一攤攤的小水池，到了嚴冬才會結凍。層層疊疊的灰，水藻一片鮮綠，海洋捲向遠方，黑沉起伏。

「走吧。」碧亞說。

我爬到一塊岩石上，趴下來，望進最大的一個水池。裡面沒有魚——一切開始改變後，根本沒什麼魚再游近小島——但是這一次，我看到了什麼。很小，比拳頭沒大多少，亮麗、令人不安的藍。一隻螃蟹。

「嘿，快來看。」我說。碧亞也爬上來，趴在我旁邊。

我來到睿特之前幾年，牠們就出現了。是時代變遷的跡象，我們的生物老師當時如此說。第二學年的秋季，一節氣候變遷的課，老師把我們帶來這裡觀察牠們。過去牠們從來不曾遷徙到鱈魚角以北，但是隨著世界流轉，氣候也跟著變遷。我們將之稱為睿特藍蟹，而且在此處，牠們長得不同。

哈克先生協助我們抓來幾隻，然後我們把牠們帶回教室，輪流拿起解剖刀。空氣中瀰漫著濃厚的鹽味，我們把殼敲裂，如蓋子般拉起時，兩個女生差點昏倒。妳們看，老師說，看牠們既有鰓又有肺，可以在水裡呼吸，也可以在陸上呼吸。看一個身體可以如何適應改變，給妳最佳的生存機會。

我倆看著那螃蟹在水池底部緩緩移動好一會兒，然後碧亞突然往前挪，差一點把我撞進水裡。

「小心點！」我說，但是她根本不聽，只顧著伸出手，手指劃破水面。一個又細又長的東西竄到一顆石塊下。

「我想再看一次。」她在水裡繞圈撥弄，讓螃蟹隨著水流浮上來。

「別弄了。」我說，「太殘忍了。而且如果妳一直把手放在水裡，遲早會得凍瘡的。」

但是她不聽。猶如過去曾生長在此處的蒼鷺一般敏捷，她把手往下一伸，在手肘邊激起片片漣漪，然後手又伸出來時，兩隻手指之間夾著螃蟹，身體垂在螯腳下晃動。螃蟹想去夾她，但是她立刻把牠壓在地上。

她一隻手壓住螃蟹，另外一隻手去摸索池邊鬆散的石塊。抓起一顆，砸在螃蟹身上。螃蟹在扭動，螯腳狂亂地抽動。

「天啊，碧亞！」

她低頭看著被砸碎的螃蟹。從螯的最尖端開始，藍色的蟹殼開始變深，彷彿被浸在墨水裡般漸漸轉黑。就是這個景象使當時生物課上某些女生雙腳發軟，使她們頭暈目眩、大口喘息。

「妳為什麼要這樣？」我邊問邊把頭轉開。如果我們已經吃過早餐，現在我大概全吐出來了。

「因為，」她邊說邊舉起奄奄一息的螃蟹，丟回水裡。「這樣才能確定牠是睿特藍蟹。」

「妳就不能摘朵花嗎？」鳶尾花也如此，死去時會變黑。在毒克出現之前就如此了，而現在，我們也一樣。每個睿特的女生被毒克奪去生命時，指尖都會變黑，一路黑到指節。

「但是不一樣。」碧亞說。

她站起來，不等我就走向最外圍的岩塊，在湧進的潮水中雙腳穩健，步伐嫻熟。她曾跟我說過，那變化無常的邊緣，是睿特島她最喜歡的一點。土石垂落、低沉下海，而碧亞就站在那，雙眼閉起，下巴抬著。

「妳還記得嗎？」我突然喊，寒風從嘴邊吹走我的聲音。「還記得以前是什麼樣子嗎？」她轉頭越過肩膀望向我。我納悶她是不是也在想著同樣的景象。想著從門廊上看著高年級的學姊穿著白色的畢業禮服聚集在海灘上，想著在集會時牽著手，用力捏免得笑出來。想著站在餐廳裡，最後一絲斜陽從格子木窗照進來，在坐下吃飯前唱著走調的聖歌。

「記得，」碧亞說，「當然記得。」

「懷念嗎？」

有一秒鐘，我以為她不會回話，但是她咧開嘴露出一個微笑。「有關係嗎？」

「沒有吧。」頭上，雲層流移，露出一絲溫暖的陽光。「走吧。」

我們在廚房門邊跟芮絲碰頭，她正在等兩個女生在洗碗槽共用一桶雨水洗完頭。每隔幾天，我就會跟碧亞一起洗頭，畢竟我的頭髮太短，只須在髮根抓一抓。而芮絲的辮子驅散水珠的畫面就彷若點點星光，美到令人難以注視，因此她可以獨佔整個洗碗槽。

「這兩人永遠也洗不完。」我們走到她身邊時她說。芮絲銀色的手緊緊抓著辮子，我可以看到那兩個女生臉上的表情緊張起來，看到她們望向門口，像是想拔腿就跑。

「不好意思，」其中一個說，「我們快洗完了。」

「那就快洗完吧。」

她們互看一眼，然後就抓起頭髮，用手擰著快步走過我們。第二個女生的額角上還閃著洗髮精的泡沫。

「謝了。」芮絲說，彷彿她們有選擇一樣。

碧亞跟我站在門邊，看著芮絲解開辮子，把一頭長髮浸入水桶。她花了幾分鐘，洗完時，兩手的袖子都濕透了，連我們三人在大廳裡找到一張空沙發坐下來等待時，袖子都還在滴水。如果物資小組的名單要變更，魏老師一早就會公布，就在最年幼的學生吃完早餐後。

我癱靠在扶手上，雙腳歇在碧亞的膝上。芮絲坐在碧亞的另一邊，身子往前彎，垂下一頭濕漉漉的頭髮，正在重新編辮子。

芮絲不緊張，只不過是有點緊繃。那份緊繃總是存在，只是有些時候更浮現於表面，像是今天。她用銀色的手開始去摳沙發的布料時，我們都默不作聲。

我從來不曾如芮絲渴望加入物資小組那般渴望過什麼。我仍舊能夠在腦海中看到哈克先生離開那天芮絲站在大門邊的模樣，伸出雙手想挽留住。我仍舊能夠聽到泰勒把她拉走時她的尖聲叫喊。她當然想出去，穿過圍欄，越過小路的轉角。去找尋任何僅存的他。

我們無法協助芮絲溜出去，否則就是違法隔離規定，公告是這麼說的。而且一個女生單獨在外，終究也太危險了，但是碧亞跟我能幫上什麼就幫什麼。例如帶芮絲到屋頂平台，看看能否在樹林間瞥見她舊家，結果她只是更氣惱。

「不知道，」當時我們爬進屋時她說，「爛透了。」然後整整兩天都不跟我倆說話。

校長辦公室的門被一把掀開，魏老師手上拿著一張紙，沿著走廊走過來。芮絲站起來。

「同學們，」魏老師說，「請看一眼新的值班表，有些人換班了。」她把舊的值班表取下來，在壁爐上方的公告旁邊釘上新的值班表。「物資小組的同學有空請來找我，我待會兒會在南翼儲藏室。」

我本來以為魏老師一走，芮絲就會衝過去，但是她沒衝過去，前進的腳步猶豫不決，雙腳像機械一樣僵硬。大廳裡有人在竊竊私語，但是沒有人走去看新值班表，這時我才發現大家都在看她。

芮絲走到新的值班表前。我緊繃起來，等著她臉上露出一絲微笑，表示她如願以償。但是那微笑沒出現。

芮絲一個轉身，幾個大步就回到沙發，銀色的手緊緊抓住我的腳踝。天啊，她的手真冷，然後使勁一拉，我一屁股跌到地上。

「芮絲！」我吃驚不已，想坐起來，但是她動作更快，一下就跨坐在我身上，雙膝壓著我的雙臂，掌跟頂在我下巴上，露出我的頸子。

我想說話，雙腳在亂踢，想轉動臀部，也許有用，我只想要呼吸，吸一口氣，但是她只是掐得更緊，銀手一拳打在我的胸膛上。

「到底怎麼了？」我可以聽到碧亞的叫聲越來越響亮。「芮絲，別打了，到底怎麼了？」芮絲把頭稍稍轉開，利用這個空檔我掙脫出一隻手，伸去抓住她的辮子，往後一拉。她大叫一聲，接著我臉上瞎掉的那一側只感覺到一道撕劃與一陣灼痛。她把前臂壓在我的氣管上，往下壓。

我想把她推開，但是她太強壯了——強壯到彷彿她不只是她自己，然後碧亞站在她身後，尖叫又尖叫。世界變黑之前最後一次吃力地喘息，然後我說出她的名字。

芮絲跌跌撞撞地退開，搖搖晃晃地站起來。

「我的天啊。」碧亞說，一臉蒼白。

我動不了，劇痛挖空我的胸膛。我們以前也搏鬥過，但只是為了吃的。我們總是到此為止，這是我們劃下的界線。

芮絲眨眨眼，清了清喉嚨。「她沒事，」她沒好氣地說，「她不會有事。」之後她想必是離開了，因為接著碧亞跪在我身邊，等到我的雙腳終於夠穩定時，是她扶著我站起來。

我差一點就沒去看新值班表，差一點就直接上樓回房休息了。但是我們剛好經過，於是我瞄了一眼，快速掃過新的槍擊小組和新的守衛輪班，然後看到我的名字。就在那裡，這就是為什麼。因為我是物資小組的新成員。

我露出微笑。我無意如此，但是我露出微笑。身後傳來竊竊私語，我必須收起笑容，立刻就收起，否則如果芮絲聽說了，只會更恨我。

碧亞把手放在我肩上。「妳應該去找她，跟她談一談。」

「恐怕不是好主意。」

「我知道她那樣不對。」碧亞為我撥開臉前的頭髮。「但是她——」

「我得去報到。」我說，「跟魏老師報到。」我無法掩藏聲音中的興奮。我並不想加入物資小組——我知道該加入的不是我——但是現在被選中了，我只感到自豪。我的槍法好、身體壯，我知道為什麼我的名字會在名單上。

「好吧。」碧亞把手收回，在胸前交叉起雙手，我可以感覺到她還想說什麼。但是她只是又看了我一眼，然後就走上樓梯。

周圍，其他的女生在等待。在觀察我，眼神裡一股敬佩，因為我是物資小組的一員。他們在等著我為她們以身作則，等著我跟她們下達指令，而之前我不知道自己要肩負的還有這麼多。儘管睿特不少規則已崩潰瓦解，我們也有新的規則，比之前任何一條校規都更權威、更嚴格。誰都不准穿越圍欄——這是首要的規則，最重要的一條規則，而我有權利違反這條規則。

我對身邊最近的一個女生露出微笑，心中暗暗希望這微笑看起來成熟又負責，然後離開大廳，仍舊感覺到大家在盯著我。魏老師說去找她報到，於是我沿著南翼的走廊一路走到儲藏室，看到她正在清點存貨。

「海蒂，太好了。」她看起如此疲憊，有一秒鐘，我心中充滿感激。毒克傷她的程度不如我們這麼嚴重，但是至少在每次發病之間，我們總能享有片刻的祥和。「過來幫我一下。」

她把一疊毯子丟到我懷裡，開始輕聲細數。我把額頭靠在毯子上，確定自己在平緩呼吸。眼睛上的縫線好像裂開了。

「我們可能明天或後天會再出去一趟。」她邊說邊把毯子拿回去。「昨天送來的東西不多，所以我希望他們會再補送。」

我們頂多只能指望一點吃的，也許再加上一、兩條毯子。以前送來的東西更多。隱形眼鏡藥水，這樣卡拉就不用戴普通眼鏡。奧莉薇雅的胰島素，還有魏老師的避孕藥，用來調節荷爾蒙。但是一個月後左右，他們就不送這些東西來了，就連校長出面也沒用。於是卡拉失去了隱形眼鏡，魏老師失去了避孕藥，奧莉薇雅失去了生命。

「那我在哪裡跟妳碰頭？」我問，「我要帶什麼嗎？是——」

「我會去找妳。」她快速打量我一眼。「睡飽覺，還有盡量避免像剛剛在大廳那種鬧劇。」

「跟芮絲說吧。」我喃喃道。

「噢，不好意思。」身後一個聲音說。我轉身，看到泰勒站在門口不安地挪移。起初我以為她來這裡是要刁難我的，因為我取代她在物資小組的位置了，儘管是她自己說要退出的。不過她是來找魏老師的。

「無意打擾你們。」她繼續說，「魏老師，我可以晚一點再找妳嗎？」

兩人交換了一個眼神——微乎其微，一閃即逝，我還沒能解讀便已消失無蹤。「當然。」魏老師故作輕鬆地說。

泰勒沿著走廊離開。我望著她的背影，試圖瞥見毒克在她身上引起的症狀。沒人確定她每次發病後留下了什麼痕跡，連跟她同屆的同學都不知道。無論是什麼，一定是藏在衣服下了。

「記住，海蒂，」魏老師清點完毯子後說，我立刻把頭轉回來。「休息、喝水，還有別演出鬧劇。妳可以走了。」

回到走廊上，我及時看到泰勒走進廚房。魏老師不會告訴我圍欄之後藏著什麼，但是泰勒可能會。

我跟著她溜進廚房，看到她正跪在舊冰箱邊，一隻手伸到冰箱後。

「噢。」我說，聲音把她嚇了一跳，只見她另一隻手立刻伸向皮帶，以前還在物資小組時藏刀之處。

「天啊，海蒂，出點聲音好嗎？」

「對不起。」我走近。「妳在幹嘛？」

泰勒望向我肩後，身子仍緊繃地蜷縮著，然後露出一絲微笑。我看著她全身放鬆下來，往後坐在腳跟上，從冰箱後掏出一包鹹餅乾。「想吃點零食嗎？」

學校嚴格禁止偷藏食物。初時有幾個女生企圖偷藏食物，結果教訓她們的不是老師，而是其他學生。物資小組把她們帶出去談了談，最後把血流滿面的她們留在院子裡。但是泰勒呢——泰勒贏得了某特權。無法想像有誰會懲罰她。

「好啊。」我在她身邊的格子地磚上坐下來。她遞給我一塊餅乾，我咬了一口，感覺到她在盯著我。

「我去年夏天把餅乾藏在這裡，本來以為早就被妳們哪個人發現了。」

「沒有人會去看冰箱後面。」我說，「太多噁心的蜘蛛網了，而且說不定還有老鼠之類的。」

泰勒嗤之以鼻。「妳最後一次在這裡看到老鼠是什麼時候了？」她兩口吞下一塊餅乾，抹開嘴邊的碎屑。「好啦，想問什麼就快問吧。」

「什麼？」

「拜託，妳的名字出現在物資小組的名單上，然後只是碰巧來這裡跟我聊天？別裝了，海蒂。」

我又拿了一塊餅乾，但是口乾舌燥，於是就只是握在黏答答的手掌中。「嗯，我只是想知道該做好哪些心理準備。比如說，難道我們就只是拿了東西然後回來？不會那麼簡單吧？」

泰勒笑出來，而且是那種妳聽了就要跟著一起笑的笑聲，因為如果不跟著一起笑，她可能會哭出來。「要來之前，他們會從納許營的燈塔通知我們，可能是摩斯密碼之類的，我也不知道。總之如果他們給了訊號，魏老師就會來叫醒妳。她喜歡一大早就出發，這樣就可以趕在日落前回來。其實如果他們可以把東西直接送到這裡，就方便多了，省掉我們走一趟。」

我想都沒想過有這個可能性。「那他們為什麼不把東西直接送到這裡呢？」

泰勒又咬了一口餅乾，碎屑紛飛落地。「他們說這樣有污染的危險。」她透過滿嘴的餅乾說。「說實話，我覺得他們只是繞不過小島這端的岩塊，好像他們不是海軍一樣，好像海軍不應該精通航海的技術一樣。」

聽她用如此不滿的語言敘述這個神聖的使命，令我吃驚不已。但是話說回來，她畢竟有親身的經歷。

「它……」我不得不停頓下來，尋找恰當的字眼。「它在外面真的就如從此處看到的一樣巨大嗎？」

「巨大？」

我想著校園，想著松樹如何越長越高，一點都不像我從屋頂上看過的任何東西。樹林裡，毒克仍在狂野肆虐。沒有女孩可以侵襲，於是它侵入所有其他的生靈。它在外頭歡欣地綻放、蔓延。放縱不羈、邪惡、自由。

「沒錯，」我說，「應該是吧。」

泰勒往前傾。「妳還記得那是什麼樣子嗎？第一天那天？」

一年半前，在初春的陽光下。當時我在校外的短葉松樹林裡，盤根錯節之處，芮絲和碧亞看著我平衡在最低那根樹枝上，看能往外走到多遠。然後我摔下來了，不過這沒什麼好奇怪的，畢竟那時我們全都滿身布滿傷口與疤痕，有時候是因為彎過轉角跑得太快，有時候是因為裙子下襬改得太短，有時候是因為把尖銳的物品壓進皮膚，就只是為了看看那感覺起來是什麼樣。真正奇怪的，是之後發生的事。

我笑著站起來，但是接著血就從我的右眼流出來。一開始是慢慢地流，後來卻越流越快，淌下臉頰，積在嘴裡。熱到猶如滾燙的程度，然後我開始哭，因為我看不到。

碧亞咒罵一聲，抓起我的手臂。芮絲抓起另一隻手臂，兩人立刻把我帶回學校大樓。我把眼睛閉著。我可以聽到其他的學生，聽到她們又說又笑，然後在我們經過時沉默下來。碧亞把身體緊緊靠向我。她是我還站著的唯一理由。

大廳裡，碧亞跟我在樓梯上坐下來，芮絲跑去找護士。我們在那坐了一陣子，不記得多久了。碧亞的雙手握著我的手，我靠在她肩上，血流到她的襯衫上。芮絲回來時，帶著魏老師，兩人把紗布壓在我的右眼上，直到血都乾了。直到她們可以看到上下眼瞼已黏合在一起。

護士走了。另外三個女生也病了。一切開始了。

他們隔天早上就隔離小島。軍用直升機在頭上盤旋。穿著隔離衣的醫生湧進學校，檢查、再檢查，卻沒有解答，只有一個未知的疾病，蔓延到我們每一個人身上。

「嗯，」我清清哽咽的喉嚨，「記得。」

「外頭就還像是那個樣子。」泰勒說，「在學校裡，我們太悠哉了。但是外頭，就還像最初幾天那樣。就像我們一無所知一樣。」

也許她會告訴我真相。也許現在我有資格聽到真相，畢竟我是物資小組的一員。「這就是妳退出的原因嗎？」

不該問的。我一講完，泰勒的臉就變了。眼神冷漠，嘴巴抿成一條線，站起來。「餅乾儘管吃，別客氣。吃完後藏回去。」

芮絲沒找我們一起吃晚餐。我們問起時，魏老師只跟我們說，芮絲宵禁前回來了。但是我去廚房領取我們的晚餐時，沒看到她；後來羅蘭跟艾麗為了一包嶄新的髮圈打起來、茱莉亞得把兩人拉開時，仍舊沒看到她。勸架現在也是我的職責，我提醒自己。我是物資小組——我是被選中的新成員。

跟碧亞回到房間時，芮絲的床是空的，但是我似乎從眼角餘光看到她那閃著銀光的手往走廊深處去。我逼自己把頭轉開。

我跟碧亞鑽到床上。「該生氣的是我。」我說，「是她掐著我的脖子，不是我去掐她的脖子。」

「妳奪走了她的希望。」碧亞說，「至少從她的角度看來是如此。」

我摒住呼吸，繃起下巴，強忍住眼中的淚水。她怎麼樣也不能認為我想故意傷害她啊。但是芮絲就是這樣——總是在保護自己，儘管我根本看不到有任何威脅。「我又沒要求加入物資小組。」

「我覺得這一點對她來說根本不重要。」

我們在床上調整睡姿，我把背靠在牆邊，碧亞平躺著，佔去一大半的床。毒克爆發後，我們便一直這樣睡，一開始是為了取暖，後來是因為習慣。

躺好後，碧亞說：「妳可以拒絕加入。」

「如果她之前好好跟我講，」我沒好氣地說，「我可能早就拒絕了。」但是那股憤怒沒有持久。我嘆了一口氣，閉上眼睛。「我有時候實在不知道該拿她怎麼辦。」

碧亞輕聲說：「還好有我在這裡，是吧？」

「一點都沒錯。」有些日子還算過得去。但是也有些日子，我簡直快崩潰了。空盪盪的海平線，體內的飢餓，還有如果我們無法與彼此共存，又如何從這場災難中存活？「我們會度過這場難關的。告訴我我們會度過這場難關。」

「他們很快就會找到療法了。」碧亞說，「我們一定會度過這場難關，我保證。」

第四章

泰勒說得沒錯。隔天清早魏老師來叫醒我時，天仍是黑的。我還睡眼惺忪，花了幾秒鐘才看清她。

「怎麼回事？」我問。她又猛搖我一陣。

「到樓下集合，越快越好，我們要出發了。」

房門喀啦一聲在她身後關上。芮絲在上鋪仍熟睡著，但是碧亞翻過身來，用手肘撐起上半身。

「要走了？」她用沉滯沙啞的聲音問。

「對。」

「小心點。」

是個命令，我露出一絲微笑，也許她會看到。「我盡量。」

走到廚房外的壁櫥時，魏老師跟卡森和茱莉亞已經等在那了。卡森手上缺了三個指甲，因為一次發病逼得她去狂抓醫務室的門。茱莉亞黝黑的皮膚上布滿了瘀青，一天比一天更大。沒人知道這瘀青是怎麼來的，只知道瘀青的顏色從不褪去。

茱莉亞和卡森並不是從一開始就在物資小組裡。位置被我取代的泰勒，是最初的物資小組裡僅存的一員。當時她跟艾蜜莉和克莉絲汀一起被選中。艾蜜莉和克莉絲汀是雙胞胎，在華盛頓特區某間學校上學，來這裡只是當交換學生。她們本來只該留在這裡一學期的。她們選錯學校了。毒克爆發三個月後，她們從樹林中歸來，完全忘了自己的名字。毒克奪走了她們的人性、摧毀了她們的人格，只有如何拿刀她們還記得。晚餐時間，她倆在大廳裡互相把刀戳進對方，看著彼此失血而死。

我走近，卡森對我露出微笑。她在外套之外又穿著第二件外套，又厚又重的，還有法蘭絨襯裡，而且把頭髮都裹在兜帽裡了。旁邊，茱莉亞正彎著腰，從壁櫥裡拉出衣物，給她自己穿，我猜還有給我穿。

「拿去吧。」她把一疊衣物塞進我懷裡，然後坐下來，踢掉腳上的靴子，準備再多套上幾雙襪子。「穿上。」

手上的外套介於黑色與海軍藍之間，前面一排黃銅大鈎子，像坐輪船帶的旅行箱上那種扣環。很合身，而且把領子翻起來，冷風就吹不到脖子上了。還有一頂紅帽子，有護耳的那種，但是我不確定合不合，因此抬頭看魏老師，發現她戴著一條紅圍巾。卡森也是。茱莉亞已經站起來，不耐煩地皺著眉，外套上也穿著一件蓬蓬的紅背心。

「紅色很顯眼。」魏老師說。她正在撥弄掛在皮帶上的對講機，想必是用來跟校長通訊用的。「方便我們找到彼此。只是以防萬一。」

茱莉亞沒好氣地說：「但是也方便其他東西找到我們。快吧，海蒂，把帽子戴起來，我們要走了。」

魏老師將一把布伊刀塞進我手裡，教我把它像茱莉亞和卡森一樣套進牛仔褲上的皮帶環時，我有些吃驚，儘管我根本無須吃驚。我現在只能拿刀子，但是茱莉亞跟魏老師一樣還有一把槍，不是我們在屋頂上用的那種步槍，而是一把小巧方便的手槍，而且看來茱莉亞已很熟悉怎麼用。

「準備好了？」魏老師說，對我點點頭。「妳走在茱莉亞後面，跟緊。」

我們走出門，踏上石板路。我轉身，就只是為了看學校大樓一眼，為了記得，而瞬間我彷彿回到了十三歲，剛從車裡鑽出來，走上石板路，碧亞就在一步之後。那龐大的前門、那門廊，一切感覺起來都將產生重大的意義。

走到圍欄前，我們停下來，等魏老師把大門拉開。圍欄是鍛鐵製的，緊密的柵欄讓你根本鑽不過去，就算你用力吸氣也沒用，而且這圍欄從幾百年前建校時就存在了。用來把工整潔淨的校園與外頭的蠻荒野林分開，用來阻止外頭的動物跑進來去垃圾堆找吃的。還有我猜，用來把學校的女生關在校園裡，彷彿小島上還有其他地方可去。

但是自從毒克爆發後，外頭的樹木開始悄悄爬近，新的樹苗如雨後春筍湧現，枝葉穿過圍欄，彷若想伸手觸及我們。有些是松樹，乾枯的針葉落滿結霜的地面，還有別的樹，前所未見地粗糙多瘤。它們就長在柵欄邊，枝葉往上伸展，越過圍欄，然後往下低垂，結滿紅色如血的莓子。沒有人會去吃。梅子迸開時，裡面會滲出黑色的液體。

只有一處的樹木想遠離圍欄，在小島的北側，就在海岸落入六公尺深的懸崖之處。其他每處，我們能砍掉多少枝幹就砍掉多少枝幹，能找到什麼東西、能捨棄什麼東西就用什麼東西加強圍欄。

樹林已經夠可怕了——我簡直可以發誓，這樹林根本就想吞沒我們——但是如果是動物要來，牠們的動作更快。郊狼，長得比狼還要大。狐狸，現在成群地獵殺。有時候快到讓槍擊小組來不及反應，因此我們把圍欄上方插滿玻璃屑和罐頭蓋。把教室牆上的布告欄拆下來，封住圍欄的間隙。

我們沒派人在大門守衛。離樹林太近，對動物來說太誘人，而且終究也不需要守著。大門從裡面很好開，出去後關上就鎖住了。進入大門唯一的方法是吊在魏老師皮帶上的鐵鑰匙。

大門緩緩打開，我們從狹窄的隙縫側身鑽出去。魏老師關上門時，可以聽到門鎖上的聲音，聽來如此單薄，彷彿我光是用念力就可以毀壞。這真的就是保證我們安全的堅固大門嗎？

「準備好了？」魏老師問，但是根本不等我回應，大家就起步了。

我們走的是條泥路，邊緣蔓延著樹根與雜草，坑坑窪窪被芮絲的爸爸哈克先生用石頭填滿了。我花了一年半的時間從屋頂上盯著這條路，但早已忘了它踩在腳下是什麼感覺，徹底凍結，如棉花糖般嘎吱作響。我的氣息結成霧氣，想必是氣溫乍冷，一週前還是晚秋，但今天已徹底進入冬季。

頭上，松樹高入雲霄。異常地高聳，樹幹也更粗壯，樹枝成千上百地分支擴展，樹頂遮掉了大半已經很微弱的陽光，使樹林裡昏暗朦朧。一切感覺起來如此荒蕪原始，彷彿我們是百年來第一次來到此處者。路上沒有車胎的痕跡，沒有任何跡象顯示此處曾有所不同。

我們不應該在這裡。這地方已不屬於我們。

我想我從來都不知道我們在學校大樓裡製造出多少聲響，但是走在路上幾分鐘後，我就領悟到了。路上如此安靜，都可以聽到樹林的聲音；聽到樹林在長大、在移動，聽到樹林裡的動物在長大、在移動。鹿，在毒克爆發之前體積嬌小，現在體積大到足以餵飽我們好幾星期，只是牠們的肉早已腐爛死去。郊狼，我還聽過狼的叫聲，但是從未親眼見過。還有其他種種從不露面的生靈。毒克不只侵襲我們。毒克侵襲一切。

苔癬在地上鋪成一層厚厚的地毯，藤蔓沿著樹木盤旋而上。這裡那裡，成群的野花茂密繁盛，不畏天冷。全是鳶尾花，鮮活的靛藍色花瓣上覆著白霜，垂在嬌小的花蕊外圍。它們生長在全島各處，一年四季從不間斷，過去學校裡幾乎每間房間都會擺著一瓶鳶尾花。睿特鳶尾花，特徵就是花瓣摘下來後會慢慢變黑。就跟睿特藍蟹一樣。然後現在，就跟我們一樣。

隔離檢疫之前，一切並非如此。那時動物感覺起來都很溫馴，儘管學校總要我們把食物儲藏好，免得引來動物。那時樹林感覺起來像是屬於我們的，松樹成排地長著，但是因為土壤貧脊，樹幹細瘦如針，因此如果站對位置，幾乎可以從小島的一端望到另一端。我們從來不會忘了海洋的存在，因為空氣中總是瀰漫著鹽味。而如今在這座叢林裡，只能偶爾瞥見一線海洋。

毒克開始時，是樹林先被感染。至少我這麼認為。毒克的野性在鑽入我們體內之前，先滲入了土地。樹木長得越來越高，樹苗湧現地越來越快，到達異常的程度。但是這樣也還好，沒什麼好憂心的，直到一天，我望向窗外，卻看不到我熟悉的睿特島。那天早上，兩個女生為了早餐扯下彼此的頭髮，兇殘的程度猶如動物，然後到了下午，毒克已侵入我們。

眼前這一段路筆直地前進，布滿了腳印，是一年半來物資小組來來回回留下的。兩側什麼都沒有。偶爾彎進樹林的小徑，現在全消失了。沒有半點人跡。我能找到就只是樹幹上一道道粗糙的刮痕。也許是爪子抓出來的，或者是牙齒。

我沒想到樹林裡是如此。我看到樹木如何攻擊圍欄，看到樹木間的黑暗有多濃密，擴散蔓延出來。我知道毒克的作用，但是我一直以為我過去的生活有一部份會仍存在於此處。我以為我們的某些部份仍存活下來了。

「走吧。」魏老師說，這時我才發現自己慢下來了，落後其他人好幾步。「我們不能停下來。」

我納悶芮絲的老家現在是什麼樣。她老家應該就在小路右側走進去某處，藏在蘆葦叢中。我從來沒自己把路記清楚，總是讓芮絲帶頭。她等了好一陣子才鼓起勇氣邀請我們去她家，但是等我們真的到她家了，卻沒有賓至如歸的感覺。芮絲和她爸爸說說笑笑，碧亞則撥弄著盤子裡的飯菜，而我呢，手足無措，於是就一直微笑著。

身後某處突然一個沙沙聲，然後是一聲咩，又尖又快，我忍不住咒罵一聲。魏老師立刻跳到最近一棵樹邊，拉著我跟她一起平躺在樹根之間。小路對面，卡森和茱莉亞立刻躲進樹叢裡的空隙，蜷伏著，頭靠在一起。

「什麼——」

「噓——」魏老師低聲說，「別動。」

在屋頂上，完全不同，只有枝葉和步槍的準星。但是此刻，我可以感覺到土地在震動。沉重輾攪的腳步。我口乾舌燥，害怕得全身發抖。咬緊下唇，免得叫出來。

我貼在地上，就在魏老師身旁，松樹蔓生的樹根在我們周圍扭曲交纏。我偷窺一眼。一開始只是個龐大的影子，然後它就潛入視野。我看到它了。波狀起伏的毛猶如長草。體積太大，不可能是郊狼；毛色太深，不可是山貓。是隻黑熊。

我知道如果牠看見我們，應該怎麼反應。灰熊不一樣，但是如果是黑熊，你要發出聲響，回瞪牠。不能跑，要反抗。哈克先生一次看到一隻黑熊在翻找他的垃圾後，我們就學到了這一點。牠們的速度比外表看起來還要快，他當時說，而且可以一眼瞄到樹叢中的顏色。

我扯下頭上的帽子，塞進外套裡，汗水在頭皮上冷冰冰的。數著狂飆的心跳，努力不要呼吸得太大聲。

旁邊的魏老師露出笑容，小小一抹，彷彿她忍不住。我們就這樣躺在那裡不知道多久。直等到腳步聲離去，樹木靜下來，聲響已遠去，魏老師才站起來，把我也一起拉起來。

「牠走了。」魏老師說，「妳可以把帽子戴起來了。」

她呼喚卡森和茱莉亞，兩人從樹叢裡跑出來，一點都沒有被嚇破了膽的樣子，彷彿對這種事已司空見慣。

「好玩嗎？」茱莉亞問。我覺得她可能是認真的。

睿特島只有八公里左右長，形狀像個子彈，尖端朝西，但是我們的速度慢，因此花了好段時間才到達另一端。你可以看得出來我們正在接近西端，因為所有的樹木都朝後遠離海岸，彷彿畏懼海洋。前方某處，被最後一段樹林擋在視野之後，就是遊客中心。遊客中心甚至在建校前就成立了，本來是某個捕魚公司的總部，但是後來龍蝦全消失了，於是便改建成遊客中心。毒克之前，此處總空無一人、關起大門，只有夏季才開放，但就算是開放時，也只有哈克先生坐在櫃台後，聽著波士頓紅襪隊的球賽，遊客則坐著渡船經過，前往其他的城鎮、其他的小島。

樹林終於稀疏起來，我可以看到空曠的鹽沼在前方綿延開來。遠處，也許一公里之外，灰色的海洋波濤洶湧，天際如以往空無一物。

「噢。」我忍不住說出口。

魏老師對我皺起眉。「怎麼了？」

「我只是以為他們會在這裡等我們。」

沒人回答我，於是我嚥下心中的失望，與大家排成縱列，走在卡森與茱莉亞之間，跟著魏老師走出樹林的屏障。一走出去，就感到刺骨的寒風，風勢大到差點把我吹倒。我把帽子塞進外套口袋裡，靠到茱莉亞身後，希望她能為我擋去一點風勢。

這段路很平坦，兩側的土地向外逐漸演變為蘆葦叢和大大小小的泥坑。右方，可以看到從碼頭通往遊客中心的木棧道遺跡，過去曾蜿蜒於沼澤和樹林之間，一路上設滿了解說牌，現在似乎全消失了。我想問為什麼。但是就跟其他所有的疑問一樣，答案只有一個：毒克。

我們沿著小路前進，速度很慢，好一陣子才抵達渡船碼頭的起點，入口處一條破舊的紅帶子在風中飛舞。一開始時，大家都在說他們在計畫築一道牆，真正的牆，有金屬、也有透明可看過去的塑膠部分，但是最後他們只做到如此。一條紅帶子和一個警告牌：「警報解除後方可進入。」

我們停下腳步，魏老師把身上的袋子放到地上，在裡面翻找，最後掏出一副望遠鏡，舉在眼前望向天際。

「現在怎麼辦呢？」我問，一隻腳去踢另一隻腳，想驅走寒冷。

「通常，」卡森先說，「我們要等一陣子。不過——」

突然一聲鳥鳴。我倏地轉身，望向樹林，一隻眼睛掙扎著辨明遠近。「那是什麼？」

就在我們開始生病後，鳥就不再唱歌了，寂靜下來，彷彿從來不存在。隨著日子過去，我們看著牠們一一離去，蒼鷺、海鷗、椋鳥，全都永遠地飛向南方。已經有這麼久沒聽過鳥叫，我都忘了聽起來是什麼樣。

「很好，」魏老師說，「他們快到了。」

我還在納悶大家為什麼不覺得聽到鳥鳴很奇怪，海上便突然傳來一陣霧笛般的聲音。我跳起來，心跳加速，急促的氣息在肺中劇痛。

「在哪裡？」我問。

今天視野算好的，太陽就藏在灰色的雲層之後某處。你可以從這裡看到海岸，在海浪中形成一條灰影。但是在天際與海岸之間，沒有小船，也沒有大船。

「再等一下。」

「但是我看不到有船啊。」

又一聲霧笛，其他人都一副準備好的樣子，好像理所當然。然後，從一團灰中，彷彿從一團濃霧中駛出，一艘大船的船首出現了。

是艘拖船，圓潤的船頭、褪色的船身。體積太大，無法接近學校所在的小島那端，但是這裡的渡船碼頭伸進深沉的水域，剛好可靠岸泊船。拖船搖搖擺擺地慢慢駛近，我認出印在上面的編號，白色的數字與藍黃相間的水平條紋。在諾福克時，有時候也會看到這種編號。意思是海軍用船，海岸納許營編制。

船轉向時，尾波正拍打著海岸。如果我瞇起眼，可以隱約辨出兩個人影，穿著鮮豔的隔離衣，使他們看起來比真人還要巨大，在平坦的甲板尾端走動。船在轉向，引擎聲越來越大，大到使卡森受不了，把手指塞進耳朵。接近船尾處有座橘色的起重機——我現在可以看清楚了——正在抬高、前伸，從甲板上吊起一個棧板，向外伸過水面，到達碼頭末端。

起重機的吊鉤一鬆開，棧板便砰地一聲落地。腳下，碼頭的木板隨之震動。我踏前一步，但是茱莉亞立刻伸出一隻手擋在我胸前。

「要等他們解除警報。」她說。

鉤子已鬆開，起重機往回縮，船上那兩人就只是站在甲板上，看著我們，我還在期望其中一人也許會跟我們揮揮手或什麼的，霧笛便忽地響起，如此接近、如此響亮，我們被驚嚇得就只是目瞪口呆地站在那裡，讓那聲音淹沒我們。

最後霧笛終於靜下來，我大吸一口氣。

「現在可以過去了。」茱莉亞說。

拖船加快速度，尾波也變大了，拍打著碼頭的木樁。兩隻海鷗嘈雜地停在碼頭的欄杆上，在看著我們，看著拖船留下的物資，想在此處撿食，有多少算多少。牠們一定是跟著拖船從本土一路飛過來的。

走近後，我可以看到他們送來很多東西。真的很多，比物資小組平常帶回學校的還要多。棧板上堆著幾個木箱，全用釘子釘起，木箱上頭還有五、六個袋子，物資小組總帶回學校的那種。

「這麼多？」我問。我太熟悉碧亞那突出的肋骨。她需要這些食物。我們都需要。

「沒錯，是有這麼多。」魏老師說，「但是只有我們知道。」

「沒關係的。」卡森說，我掙扎著把目光從那堆木箱上移走。「我知道妳很難馬上接受。」

「這全是吃的嗎？如果全是吃的，可以讓我們吃飽一整週啊。」

「可能還更久。」茱莉亞冷冷地說。

她們全在看著我，等著什麼，只是我根本不知道她們在等什麼。「每一次都這麼多嗎？」也許今天是第一次，也許她們就跟我一樣吃驚，但是魏老師冷靜地點點頭。「那我就不懂了。那這些東西都去哪了？為什麼沒帶回學校？」

魏老師踏向我，擋在我跟食物之間。茱莉亞和卡森站到她身邊，個個神情嚴肅，只有卡森焦慮地皺起眉頭。

「現在仔細聽我說。」魏老師開口了。「我選妳是有原因的。我們的最終職責是保護其他的學生。就算很艱難，就算事情看起來跟妳所預期的不同，我們都是為了保護大家。」

我搖搖頭，退後一步。這樣不對。我不理解。「到底是什麼意思？」

「其中有些食物早已壞了。」魏老師解釋，「他們每次都送來很多，但是大概只有一半可以吃。裡面什麼壞東西都有，過期的產品、殺蟲劑。」

「殺蟲劑？」我難以置信，但是茱莉亞和卡森都在點頭，跟魏老師一樣一臉嚴肅。「就因為殺蟲劑，所以我們得挨餓？」

「妳們的免疫系統已經受損了，我不想讓妳們冒險吃壞肚子。」

「所以就讓我們幾乎麼都吃不到？」

「沒錯。」魏老師的聲音很平靜，看著我的眼神冷靜審慎。「我剛說過了，海蒂：我會選妳，是因為我覺得妳能夠了解。說實話，有時候我也會看錯人。如果我真的看錯妳了，我們可以馬上解決這個問題。」她微微地移動手，最後把手停在從牛仔褲腰間露出的手槍槍托。我可以想像那畫面。一槍射向我兩眼之間，然後看著我的身體跌入海中。物資小組其中一個女生失蹤了，回到學校如此跟大家解釋太容易了。

「但是我痛恨看錯人。」魏老師繼續說，「而且我覺得我沒看錯人。我覺得妳能夠了解，是嗎？海蒂？」

起初我回不了話。我們全都曾為了最微小的食物碎屑而爭鬥，然而這麼久以來，其實還有這麼多的食物。魏老師憑什麼覺得有權不給我們吃這些食物？

但是如果我違抗，我的命就不保。魏老師一點都不會遲疑除掉我。她連一秒鐘也不會睡不好。經歷了一年半的毒克，我們每人都學會了該做什麼就做什麼。而且說實話，我無法假裝她們選我對我來說沒有特別的意義。選了我，卻沒選芮絲。

「所以呢？海蒂？」

無論這裡有什麼不對勁——而且一定有什麼不對勁，我很確定——我現在也無法改變。我挺直身子，盯著魏老師的眼睛。我無法像碧亞那樣說謊，但是我可以努力嘗試。「沒錯，」我說，「妳說的沒錯。」

魏老師拍拍我的肩，露出一個真誠開心的笑容。「我知道我們沒選錯人。」

「很好。」茱莉亞說。卡森靠過來，用皸裂的嘴唇在我臉頰上咂地親了一下。我吃驚地往後一跳——卡森好冷，嘴唇比周圍的空氣還要冰。

「真高興妳加入。」卡森說。兩人都如釋重負地露出微笑，彷彿早已準備好，只缺我一人回家。

當然是如此。

魏老師一隻手圍住我的肩。「我們當然不能跟其他學生說。」她邊說邊領我走到木箱那，「而且我們不讓這事傳到校長耳中。」

「校長？」我忍不住吃驚地問。這一切已經很奇怪了，但是魏老師和校長還能夠藏著祕密不讓對方知道，就更奇怪了。

「她要忙的事已經夠多了，沒必要用這些瑣碎的細節增加她的煩惱。」魏老師露出微笑，「我們自己處理簡單多了。妳也知道她有多喜歡事必躬親。」

「當然。」我說，因為這應該就是她想聽到的答案，而且她已經很清楚表明，為了保守這個祕密，她願意付出什麼代價。

「很好。」她放開我。「我們開始吧。一開始看起來有點複雜，所以妳這次先看我們怎麼做，好吧？看久就學會了。」

卡森開始把一個個的袋子交給茱莉亞，茱莉亞解開繩子，把袋子裡的東西倒在地上。蔬菜、水果，甚至還有一包培根。全都在包裝裡，像是直接從雜貨店送來的。但是我仔細一看後，卻發現有些盒子已經開了，有些袋子已被劃破，用印著納許營徽章的膠帶又封起來了。一個指南針和一個地球儀，還有一塊橫布條，上面的字小到無法閱讀。

魏老師拿起一袋胡蘿蔔，舉倒鼻子前，我的胃開始翻騰攪動。

「壞了。」說完她就把整袋胡蘿蔔扔進海裡。我費了好大的勁才克制住自己跟著跳進水中。

接下來培根也被丟進海裡，然後一袋葡萄、一籃甜椒，直到整整兩袋都被清空了，碼頭周圍的海浪上全飄著食物。

「終於像樣點了。」魏老師說。她正在檢查第三個袋子，裡面有好幾箱瓶裝水，瓶子上的標籤嶄新耀眼，印著跟以往同樣的品牌。我們現在就只喝這些瓶裝水——學校以前用井水，但是毒克爆發後，海軍叫我們別再喝井水，說井水可能已污染。

卡森開始數有幾箱水。旁邊的茱莉亞正把火柴和肥皂整理成堆。我可以看到洗髮精的瓶子從她手上的袋子露出來，光華潔白，毫無用處。

大家花了一段時間，最後她們終於把袋子都清空，把要帶走的都裝好了：包裝仍舊完好的食物，鹹餅乾、牛肉乾，甚至還有一袋已經乾掉硬如石頭的貝果。這時茱莉亞掏出刀子，把一個木箱撬開。紙屑隨風飄出，如灰燼撒滿水面。

總共有四個木箱。一個裝滿了急救箱、醫生戴的那種口罩、用來裝生物危害物品的袋子，我們扔掉了一半，留下一半。第二個箱子裝著滿滿的子彈，第三個箱子裡裝著一對手槍，仔細地包在泡棉裡。魏老師拿出來，裝進手上的袋子，把幾盒子彈傳給我們。

然後我們打開最後一個箱子。裡面幾乎全是紙和稻草，但是中央埋著一條巧克力，真的巧克力，深色的，品質很好的那種。我們圍在魏老師身邊，看著她把巧克力取出來。

「那是……？」但是這句子我根本沒說完，因為魏老師已把包裝紙拆開，可以聞到那香味。我已經忘了那是什麼感覺：糖香飄散至空中，如同葡萄藤蔓生開來。不知不覺我已把手伸出。

卡森笑出來。「別急，妳也有一份。」

「妳們以前也吃過嗎？」我問，茱莉亞點點頭。我知道我應該感到憤怒，但是嫉妒是我此刻唯一的感覺。

魏老師掰下最前面兩小塊，巧克力發出我聽過最美妙的聲音，清脆、真實，彷彿那聲音真有形體。

「他們每次都會送一條來。」

「不是每次。」魏老師說。接下來兩小塊落進茱莉亞的手中。「但是很常了。」

然後輪到我了。巧克力已經開始在我的掌心溶化，我急忙塞進嘴裡，急得都快噎到了，但是誰在乎呢？說實話，誰真的在乎？因為那是如此如此的美味。

我們花了一會兒才吃完，因為我不停地舔手指，想把最後一點一滴的巧克力都舔乾淨。然後我們把袋子提起，背回小路上。棧板已經空了。魏老師把木箱全推進水裡，我問她為什麼，她說如果在這裡留下任何東西，他們下一次就會送更少東西來。儘管只帶走三分之一左右的物資，我們依舊什麼都不留在此。

我知道我們走原路回去，但是離碼頭越遠，一切看起來越不一樣。也許是因為光線，此時的光線比早上偏黃，但也許也不是，也許是別的東西。海鷗已起飛，在上空盤旋，尖聲急躁地鳴叫。我正把帽子上的護耳貼緊兩耳，魏老師卻突然站住，後面的卡森猛地撞到她。

「對不起。」卡森說，但是魏老師根本沒在聽。

「怎麼了？」茱莉亞問。

魏老師轉過來看著我們，嘴角微微抽動。「有東西在接近。」海鷗早已飛走，四周一片纖薄脆弱的寂靜。「分開走。」她說，「兩人一組。避開小路，在學校大門會合。海蒂，妳跟我走。」

茱莉亞和卡森互看了一眼，便鑽進樹叢，越走越深，直到她們身上的紅色衣物也消失不見。

魏老師帶我走進樹林，我們腳步急促，在松樹間穿梭，衣服刮擦在樹皮上。周圍的幽暗越來越濃密，每個聲響都猶如有隻動物在樹林間潛行。我們越走越深，手上的袋子開始從我濕黏的掌中滑落。

「魏老師！」我喊，但是她不回話，只是伸手抓住我的外套，把我一起往前拉。

左側的樹叢中，樹枝劈啪一聲折斷。魏老師忽地站住，一動也不動，一隻手擋在我胸前。四周的松樹圍住我們，雜亂地排列著，將海平線劃分為無數的碎片。我看不到有什麼在動。也許我們聽錯了，我想，也許我們已經快到家了。但是它又出現了，然後我瞥見什麼一閃而過。它在移動。一雙閃閃發亮的黃色眼睛，頃刻之後又消失了。

「那是什麼啊？」我輕聲問。心臟在胸口砰砰直跳，被恐慌緊緊攫住的肺部喘不過氣。

「不知道。」魏老師慌張摸索褲腰，找出隨身帶的手槍，舉在身側，手指就在扳機前。

「我什麼都沒看到——」

她被打斷，一陣輕柔的隆隆聲從我們身後傳來。是動物的低吼，然後樹枝折斷的聲音。我轉身。

是隻山貓，一身灰毛，長長的身軀貼地蹲伏著。尖尖的耳朵平貼著，在齜牙低吼，露出閃閃發光的牙齒。距離我們也許十公尺遠，但正以謹慎輕巧的步伐接近，腳下的白霜嘎吱作響。

在毒克侵襲之前，牠們體型嬌小，生性怕羞。一聲槍響就可以把牠們嚇走。但是這一隻，我可以在牠的毛皮下看到肌肉的線條，壯碩的肩膀幾乎到達我的腰。

「躲到我身後。」魏老師輕聲說，「慢慢地。」

我幾乎無法呼吸，雙眼盯著山貓，慢慢站到魏老師身後，每踏出一步前都先用腳試探地面。山貓又低吼一聲，把胸膛貼近地面。牠現在距離我們更近了，我可以看到牠的背上點點的黑斑，是皮膚掉落之處乾掉的血跡。前腳內側布滿了瘡，膽汁染黑了頸上的白毛。

踏前一步，再一步，尾巴從一側晃到另一側。魏老師把我往後推，結果我的腳被一塊樹根絆到。我咒罵一聲穩住腳步。山貓嘶嘶低吼，往前一躍，發出刺耳的嚎叫。

魏老師對空鳴槍，聲響在我腦中迴盪。山貓低吼一聲往後跳，晃著尾巴開始繞著我們轉圈。

「我一給信號，」魏老師說，「就衝回學校。我盡量跟上。」

轉身，轉身，魏老師握槍的手在顫抖，我根本辨不清我們是從哪個方向來的，也辨不清我該往哪個方向跑。但是都無所謂了，狂跳的脈搏只告訴我跑、跑、跑。

「好了？」魏老師問，把手槍對準山貓兩眼之間。山貓繼續低吼，啪地擺動下顎。

不會吧！我心想。但是已經太晚了。扳機一扣，子彈劃過山貓體側，山貓發出一聲尖吼。魏老師把我推開，大喊：「快跑！快！」

耳中的嗡嗡聲模糊了她的聲音，但是我的身體聽到了。我把袋子往肩上一甩，拔腿就跑。雙腳砰砰地撞擊著土地，我氣喘吁吁地吸入冰冷的空氣，沒命地往前狂奔。身後又一聲槍響，我沒回頭。

我在樹林裡穿梭，兩旁的松樹一閃即逝。恐懼像片面紗，使所有的事物看起來都像別的事物，像危險、像傷害。一條小路在我眼前展開。我跑上去，雙臂寒毛直豎。我在此處太暴露、太脆弱，但是我覺得這是哈克先生所用的小徑之一，就在小島的南側，至少我沒跑錯方向。

我的肺在灼燒，一隻腳開始抽筋，袋子無情地捶打在臀上。前方有一群雲杉，枝葉低垂落地。如果跑進去，我就可以躲在裡面不被追逐的動物看到，還可以等待魏老師。

我用肩膀頂開濃密的枝葉跑進去，來到一個隱蔽的小空間，一片鮮綠辛香，整個世界被縱橫交錯的針葉切碎。身後，樹林看來一片沉寂，沒有任何動靜，沒有魏老師的紅色圍巾。我在袋子裡搜尋，找出帽子掛在樹枝上，如果魏老師經過，即可看到。

我對自己說，如果幾分鐘後魏老師仍沒出現，我就繼續走。但是一想到要再回到外頭，我的胃就開始翻騰。毒克之前，我從來沒獨自在外頭過。總是跟全班同學一起，跟著生物老師進行校外教學，或者就是跟芮絲和碧亞一起，跋涉穿過樹林去芮絲家吃晚餐。而且那時一切不是如此。樹木沒有長得那麼密，有更多空氣可呼吸。

我在一棵雲杉腳邊蹲下，把地上的針葉撥成一堆坐在上面，不想直接坐在結霜的地面。但我發現此處好像有什麼東西，就藏在落葉下，堅硬而中空。

我撥開落葉，不理會如光亮的黑色珠子傾瀉而下的甲蟲。隨著撥開越多的落葉，一陣腐爛的臭味飄入鼻中，最後我終於發現是什麼藏在土裡——一個冷藏箱，鮮豔的藍色塑膠、折起的把手，像是被人慌張留下。

我往肩後望一眼，然後用骯髒的指甲撬開冷藏箱。八成只是哈克先生以前釣魚帶的冷藏箱，但是值得查看一番。

我本來以為會看到發霉的魚餌、一堆魚鉤和幾根釣魚線，但全都不是。冷藏箱外面滿是污垢，但是裡面很乾淨，像是被特意擦淨過。而在底部，是一個用鮮紅色膠帶封起的透明塑膠袋，裡面有一小瓶血，用我幾乎熟悉的字跡標示著「潛在睿特009」。

「海蒂？」魏老師的聲音從樹林間飄來，短促急迫。

我一把蓋上冷藏箱，把樹葉撥回去。無論裡面那東西是什麼，我覺得絕不是我該看到的東西。

「妳在嗎？」魏老師喊。我站起來，把袋子甩回肩上。

「我在這。」我說，把掛在樹枝上的帽子扯下來，從雲杉叢裡爬出來。

她倉促地從樹林間走來，窸窸窣窣、步伐慌張。臉頰上沾著血、外套上被劃破了一道、辮子鬆散凌亂。一轉眼她就站在我面前，抓住我的雙肩猛晃我。

「妳怎麼搞的？海蒂？」她說。忽然，她不是魏老師，責備違反宵禁的我。她只是另一個被毒克折磨得身心俱疲、憔悴憂慮的女孩。「妳應該繼續往回走啊！」

「對不起。」我說，「我……我只是在擔心妳。」其實真相是，我自己一個人怕死了，但是我當然不承認。「那隻山貓呢？」

「死了。」她說，「但是，海蒂，我給了妳一個命令。下一次妳一定要遵守命令，懂嗎？」

我快速點頭：「好。」

她望向我肩後，目光停留在那群雲杉，我挪動了一下。我想問她是否知道那冷藏箱的存在，問她是否知道「潛在睿特009」是什麼意思，但是我想起她在碼頭上看著我的神情。想起有些事情我們心知肚明但不能明說的默契。難不成這又是一個測驗？難不成保守這個祕密也是我的職責之一？

魏老師皺起眉。「妳還好嗎？」

小心起見。

「還好。」我說，擠出一個微笑。「我們回家吧？」

我們回到小路，快步走回學校。這兒有一條小徑的開端，那兒是一片空曠的草地，碎石如墓碑散落各處。我用力眨眼，感覺到右眼中的黑暗。

汗水在秋末的空氣中轉涼，等到我們下午回到學校大門時，我全身發抖。我已經忘了白色的學校大樓聳立於群樹之上是什麼景象。屋頂平台上的槍擊小組只是兩個人影，不知道我在她們眼中看起來又是什麼模樣。

大門不遠處有隻死郊狼，一群蒼蠅在血流滿面的臉上飛舞。茱莉亞和卡森就等在後面，靠在圍欄邊坐著。我們走過去，繞過那屍體，她倆站起來。

「記住，」魏老師在我耳邊低聲說，「微笑。我們的職責是讓其他學生知道一切都很好。」

我的肺仍因狂奔而感到緊繃，雙手仍因扔掉的食物感到沉重，但是我站直身子，振作起來。這些祕密現在也是我的了。她們選了我，是因為她們認為我能夠了解、能夠配合，那我就證明給她們看。

魏老師打開大門的鎖，我們魚貫而入，走進學校大樓的前門。我放下袋子，一群女生立刻吵吵鬧鬧、爭先恐後地圍過來，我刻意不去看她們。碧亞在樓梯底部等著我。歪著頭，一語不發。

「芮絲呢？」走近後我問。

「一整天都沒看到她。」碧亞向我伸出手。我好想癱進她的懷抱，讓她扶起我、安慰我，但是我不能。「還好嗎？」

「好累。」

身後傳來一陣審慎的腳步聲，我回頭，看到是校長，一臉憂慮，幾乎散發出母性的光輝。

「妳還好嗎？」校長問。

我點頭，忍住累積在胸中的壓力。「很好，只是第一次還不太習慣。」

「那妳何不上樓？」校長把一隻手搭在我肩上，手指在顫抖，彷彿毒克就活生生的在裡面。「休息一下一定很好。」

「沒錯。」碧亞說，「走吧。」

「但是那些吃的……」我現在只想躺下休息，但是我應該等到其他女生每人都拿到一份後，把剩下的東西抬到儲藏間。這是我的職責。

這時魏老師走過來，把我拉開。「我們會處理。」她說，「妳去睡一覺。」

我沒有力氣反駁。「好吧。」我把手伸向布伊刀，準備還給魏老師，但是魏老師搖搖頭。

「這是妳的。」她說。以後我的皮帶裡會一直套著一把刀，就跟茱莉亞還有卡森一樣。

我猜現在我正式是物資小組的一員了。

我讓碧亞帶我上樓，走了一、兩步後我就閉上眼睛。身後，我可以聽到其他女生在爭奪袋子裡的食物，然後我想起碼頭邊的海洋，想起所有被我們丟進海裡的東西，想起我吃掉巧克力時，根本沒想到困在此處的任何一人。

終於回到房間，我爬上床，側躺下來。碧亞坐在床邊，我把身體圍著她蜷起來。

「妳想喝點水嗎？」她問。

「我很好，真的。」

「外頭到底發生什麼事了？海蒂？」

我真想告訴她——噢，我真的好想——因為如果有哪個人知道該回應什麼，那個人就是碧亞。但是我艱困地嚥下一口口水，把身子縮得更小。一切都很好，我聽到魏老師說。「什麼事都沒發生。」

她沉默半晌，然後往後靠在我身上，第二條脊骨的突出堅硬地壓進我的臀。夕陽的餘暉映照出她臉側的輪廓。緩斜的鼻子和修長的頸子如此熟悉，我在睡夢中都可勾畫出來，一頭亮麗的栗色頭髮垂在肩上。我的頭髮以前也這麼長，後來第一學年的春季，她就幫我剪短了。我們倆坐在門廊上，碧亞沉默仔細地把我的一頭長髮剪到與下巴齊。她現在還是每幾個月就幫我剪一次頭髮，去跟物資小組借刀來，髮梢在滯鈍的刀刃上分岔磨損。

我輕推她一下，她低頭瞥向我。「妳還好嗎？」我問。有時我會忘了問她。忘了她就跟我們其他人一樣。但是她只是露出一個開心的微笑。

「睡一下吧，我就在這陪妳。」

今天所做的已無法挽回，今天所見的已無法抹去，但是碧亞在這，於是我睡著了，彷彿是世界上最簡單的事。

第五章

隔天早上早餐時間芮絲仍沒出現。自從最後一次見到她、自從我被選入物資小組以來，至今已將近兩天了，但是碧亞說她有在校園裡看到她，看到她晚上躲在某間教師辦公室裡。

我們今天坐在壁爐邊，跟凱特和琳賽分享一張沙發。她們倆跟我們同一屆，但是課堂之外我很少跟她們說話。毒克爆發後，我們開始偶爾聚在一起，交換食物和毯子。現在，每個人都更需要彼此互助。

通常都是我去領吃的，但是一想到昨天、一想到我們扔進水裡的物資，我依舊感到反胃，因此今天碧亞去幫我們領吃的，勉強掙來一袋麵包丁。她抓出一把，把袋子推向我。

「妳得吃點東西。」她說。

「晚一點。」我辦不到。我知道，我知道我們把食物丟掉是有原因的，但是這樣並不會使我看著碧亞去數咬下的每一口時更心安理得。

「海蒂，過來一下好嗎？」

是魏老師。我從沙發上扭過身去看她。嘴巴緊緊抿成一條又細又平的線，但是似乎有些緊張，就如同她在毒克之前抓到人違反宵禁時一樣。

「當然。」我說，站起來，走向魏老師。

「我會幫妳留點吃的。」碧亞從我身後喊。「不管妳要不要。」

我越過肩膀揮揮手。「謝了，媽咪。」

魏老師領我走到大廳入口。這麼近的距離下，我可以看到她額頭上積起的皺紋，雙眼有些茫然，像是快發燒了。

「怎麼了？」我問。

「碧亞說的沒錯，妳應該吃點東西。」

「我不餓。」我辦不到。這一切已到達我能承受的極限。

魏老師嘆了一口氣。「海蒂，」她的口氣嚴肅起來，「妳要再努力一點。」

「什麼？」光是坐在大廳裡就已經超出我能忍受的程度了。

「我跟妳說過，妳的職責是讓大家知道一切都很好。結果妳卻坐在那裡，一副看起來快嘔吐的樣子。」

「我很努力了，好嗎？」我說，聲音透露出沮喪。

「還不夠。」她望向我肩後，望向碧亞坐著的地方。「妳們總是三個人，芮絲呢？」

「跟這沒關係。」

魏老師嗤之以鼻。「每件事都跟另一件事有關係。妳被選入物資小組時她演出那齣鬧劇後，妳們兩人就成了大眾矚目的焦點。」她靠過來。「大家在觀察妳，海蒂。所以不論妳們是為了什麼吵架，妳必須想辦法和好如初。讓妳們三人回復正常。正常，海蒂。」

「要怪就怪芮絲，賭氣是她的專長。」

「我不是在請求妳。」魏老師嚴厲地說，下顎緊繃，雙眼閃著光芒。

「好吧，」我舉起雙手表示投降，「我會去找她談。」

「而且不會跟她洩漏任何不該洩漏的細節。」

連不吵架的時候我都很少跟她洩漏什麼。「不會。」

魏老師露出微笑，或者說幾乎露出一個微笑，把手搭在我肩上，說：「謝謝，今天就去找她談。」

她走離我沒幾步，我就脫口而出：「妳不會覺得良心不安嗎？這樣欺騙大家？」

有一半晌她沒回話，然後她轉過身來。我可以從她臉上的表情看到，看到她多想把事情做對，多想說出一個成熟理性的回答。「會，我會。」然後聳聳肩，「所以呢？」

所以這一點意義都沒有嗎？我想大喊。所以這根本就無所謂嗎？

「所以……沒事。」

她點點頭。「今天，海蒂。」

回到碧亞身邊時，看得出來她之前在觀察我們。指甲被咬出新的痕跡，皺起的眉頭仍流連在額上。

「我得去找芮絲談談。」我說，「妳最好五分鐘後來找我們，免得她又想殺了我。」

「她只不過是掐了妳的脖子。」碧亞說，但是點點頭，在我經過時用手指勾住我的皮帶環拉住我。「小心點，好嗎？」

我對她微笑。我跟芮絲相處時一向都很小心，儘管她對我幾乎從不小心。「當然。」

芮絲爸爸還在時，跟芮絲相處起來容易多了。小島開始隔離時，他們把哈克先生帶到圍欄的這一邊，讓他跟其他老師一起住在側翼，我們全都假裝這不是整場混局中最奇怪的一部分，也就是學校裡有個男人跟我們住在一起。

他在學校裡待了一個月左右。那時我們還會留意這種事，但是現在感覺起來是如此遙遠，我都快記不清了。留下的只是片片斷斷。芮絲跟她爸爸坐在餐廳裡吃早餐，那時我們還沒把桌椅拆掉拿去燒火。芮絲跟她爸爸拼湊修理學校大樓後面的發電機。他們兩人坐在門廊上觀察夜空中的星座，芮絲開心地笑，卻從沒在我和碧亞面前如此笑過。

還有其他的片段。像是哈克先生如何開始轉變——一開始只是慢慢地，只是雙手總想做些什麼，想去抓刮、想去拆毀。都是毒克，儘管那時我們還未將之稱為毒克。我們真的知道的，就只是今天哈克先生還很安全，隔天就不一定了。今天他還是他自己，隔天他就吐出黏稠的黑色液體，如土壤般含著顆粒，用呆滯的眼神望著我們。

芮絲不以為意，假裝一切都很好，跟碧亞扯破喉嚨吵了一架，然後第二天，哈克先生就走了。趁芮絲熟睡時在她外套口袋裡留了一張條子，說他必須走。說這樣對大家都最好。

那天早上她衝去圍欄，我還清楚記得。她想穿過圍欄，把手掌刮扯得皮開肉綻。但是泰勒把她拉住，然後我跟碧亞，我們看著她崩潰。等她又恢復理性時，內心有什麼消失了。

對我來說，離別從來不是如此，而是在機場道別，然後在電視上看新聞，但是我爸總是會回家。

我在水邊的短葉松樹林找到芮絲，就在毒克爆發那天我們所坐之處。她在那裡，在同一棵樹的同一根低枝上，外套太薄而全身發抖，此刻跟當時唯一的不同，是她那閃著銀色光澤的手。

我慢慢走到她面前讓她看到我，這永遠是最安全的角度。將近兩天沒看到她，她眼下多出了黑眼圈。看起來餓了，我覺得，而且冷。但是她從不需要我們。總是我們需要她。

「嘿。」我說。她沒抬頭，我咬住下唇，忍住不說出不該說的話。記得魏老師的話，我提醒自己。記得跟她和好很重要。

「嗯，說到物資小組。」我靠在樹幹上，在我們之間刻意留下一大塊空間。「我真的沒想到我會被選中，我一直以為會是妳。」

「我也是。」她說，聲音沙啞，好像當時是她的脖子被掐住，而不是我。我想大叫，想逼她跟我道歉。但是接著她抬頭看我，皺起眉，說：「妳還好嗎？」

至少還想到關心我。也許我能得到的就這麼多。「很好，真的，我很好。」

「妳確定嗎？」她擠出一個微笑。「因為妳看起來氣色糟透了，簡直就像《小婦人》裡的貝絲。」

「不會吧，」我乾巴巴地說，「妳覺得我是不是生病了？」

「在睿特島上？」她揚起眉毛，裝出一臉驚恐的樣子。「不可能。」

我們沉默下來，也許是為了我們還能勉強開個玩笑而感到吃驚。碧亞得過來找我們，而且要快，否則我們就會毀了這一切。

我扭身往樹間望去，轉回來時，芮絲在搖晃雙腿，看起來簡直有些害羞。但是芮絲從不害羞。就連她跟我坦承自己是同性戀時，吐出的字句都像武器。「同志。」她當時說，彷彿是在挑戰我去反駁。

「妳昨天跟物資小組出去了。」她終於說，然後等我回話。

「沒錯。」

「外頭是什麼樣子？」

「跟以前不一樣。」我幾乎說不出口。

「怎麼不一樣？」

「嗯……」記得魏老師，記得我的職責。一切都很好。「樹比以前多。」我傻傻地說。

「聽好，海蒂，我一定要知道，一定要。你有看到他嗎？看到我爸？看到我家？看到任何東西？」

我搖搖頭。「抱歉，芮絲。」她把頭轉開，但是我瞥見她眨眼忍住眼中的淚水。我困窘地清清喉嚨，真希望我能夠就此消失。「碧亞怎麼還沒來？她說要來找我們的。」

芮絲沒回話，於是我開始往回走。走出小樹林沒幾公尺，就看到凱特氣喘吁吁地跑過來。我嘗試不去盯著散布在她髮線上的水泡，每個都破了在流血。

「嘿！」她喊，「妳最好趕快進去。」

一股苦澀的恐懼油然而生。我吃力地嚥口口水。「為什麼？」

「是妳朋友，她發病了。」

起初我什麼感覺都沒有。只不過是手指上一陣刺麻，瞎了的眼後方隱隱作痛。接著我就頭暈目眩，雙膝發軟，搖搖晃晃。

「不可能！」我說，「不可能！我剛剛還跟她在一起啊！」

「抱歉。」凱特說，「我已經盡快趕來了。」

不可能。不到十分鐘前我還跟碧亞在一起，而且她還好好的。她一定還好好的。

我轉身想找芮絲，但是她早已從樹枝上跳下來，跟著我走出樹林，此刻就在站我身後，嘴巴緊緊抿成一條線。我們沒說一句話就一起奔向學校大樓，越跑越快，最後衝進大廳。

大廳是空的，只有幾個女生聚在壁爐邊。沒有碧亞。我剛剛應該問凱特她在哪裡，應該問的，應該問的。

「別急。」芮絲輕聲說，我伸手去找她的手，捏緊。

每一次發病我都在。使碧亞失聲將近一週那一次，在碧亞背上劃出一道傷口、然後留下一條脊骨那一次。這一次我也得待在她身邊。

一聲顫慄的哀叫劃破寂靜。一股冰冷的恐懼重新襲上心頭，我甩開芮絲的手。聲音是從大樓的後方傳來的，南翼末端的廚房。

我穿過壁爐前那群女生，衝進走廊，跑過一間間的教室與辦公室。每一間都是空的，沒有碧亞，沒有碧亞，沒有碧亞。最後我終於看到她，四肢攤開躺在廚房地板上，頭髮散亂地披在臉前。

拜託，這不是真的。

我在她身邊猛地跪下來。兩道血痕從她的鼻孔裡淌出來，流過牙齒，嘴巴在慌張地喘息。我覺得她在哭，但是很難確定。一隻手抓著一包鹹餅乾，另一隻手攫著自己的喉嚨。

「怎麼了?」我說，字句狂亂地吐出。「哪裡痛?怎麼了?」

她用嘴唇想說出什麼，看起來像是我的名字，但是接著她便突然雙眼翻白，開始抽搐，一條曲線如波浪掃過她的身軀，肌肉緊緊繃住。

我覺得我在尖叫，但是聽起來微不足道。幾隻手抓在我肩上想把我拉開，我把它們拍走，去感覺碧亞頸上的脈搏。

她睜開雙眼，兩隻眼睛都布滿血絲。我說：「嘿，是我，妳不會有事的。」

「我叫人去找魏老師了。」芮絲說。她聽起來平靜而謹慎，但是我了解芮絲，我知道這表示她其實慌了。她過來站到碧亞的另一邊，只是沒看著碧亞。她在看我：「再撐一下。」

上一次有好多血。從她背後不停淌出來，流滿了木頭地板間的縫隙。這一次只有鼻子在流血，沾滿了嘴唇，滴到地板上。我拉起她的袖子，尋找任何痕跡，任何傷口。

「我要妳幫我一下。」我說，然後跨跪在她身上。看她這個樣子使我痛徹心扉。「告訴我哪裡不對勁。」

她伸出一隻顫抖的手，把手指勾在我的衣領上。我彎腰貼近，都可以感覺到她的口水黏在我的臉頰上。

「海蒂，」她說，「海蒂，求求妳。」

那是我聽過最可怕的聲響。她的聲音聽起來像是金屬磨著金屬，像是成千上萬的人聚在一起，從尖叫到耳語無所不有，聽得我好痛，痛到深入骨髓。痛得像是骨頭要碎了，像是骨頭是玻璃做的。

我蜷縮起來，雙手摀住耳朵。感覺起來像是永遠也不會停止，但是最後我體內的震顫終於消失了，我又可以思考了。

「天啊！」芮絲說，聲音飄忽虛弱，似乎也被那聲音所震痛。「這是什麼啊？」

我不理她，爬回碧亞身邊。碧亞在急促地喘息，吃力地想坐起來，而且看起來好害怕。這一年半以來，我從來沒見過她害怕，直到今天。

「妳不會有事的。」我說，伸出手。但是她只搖搖頭，一隻手貼到我臉頰上，像是在問：**那妳呢？**

我可以聽到走廊上人聲越來越近。想必是魏老師帶著幾個學生來了——十之八九是茱莉亞跟卡森。這就是物資小組的職責。清理現場、移走病患。只不過這一次要清理的是碧亞，而我絕不會讓她們把她從我身邊帶走。

碧亞輕扯我的耳垂，拉回我的注意力。「我沒事。魏老師來了，她會照顧妳的。」

碧亞深吸一口氣，想再說什麼，但是芮絲反應快，立刻用手緊緊摀住碧亞的嘴。

「別說話，」芮絲說，「不然會痛。」

魏老師小跑進來，茱莉亞跟卡森尾隨在幾步之後。她們在盯著碧亞，茱莉亞的手停留在皮帶上的小刀附近，魏老師轉向我：「她可以走路嗎？」

我知道碧亞會說什麼——說她就在這裡，說她可以自己回答——但是我再也不想經歷剛剛她開口說話時那般的痛。「應該可以。」

魏老師對卡森和茱莉亞點點頭。「把她帶上去。」

我吃力地站起來，還有些搖搖晃晃。「我幫妳們。」

「絕對不行。」魏老師搖搖頭說。

「這是物資小組的職責，我現在也是物資小組啊。」

「現在不是。」

茱莉亞跟卡森走過來，靴子在格子圖案的地磚上嘎吱作響。在碧亞兩側蹲下來，抓住她的手肘，把她扶起來，但是一直刻意不看我。

碧亞沒反抗。我想她心知肚明抵抗也沒用。經過我時，她只是看著我，然後在最後一秒鐘，伸手把什麼東西塞進我手裡。

那包鹹餅乾。現在全碎了。她一定是找到泰勒的藏匿處了。

我把餅乾抱在胸前，忍住不哭。她想要我吃東西，她說我不應該餓著肚子。

「這東西妳要放回去。」魏老師說。我倏地轉身去看她，她不是認真的吧？

「什麼？」

她對我手裡的餅乾點個頭。「吃的就是吃的。」

我簡直無言以對。但是我也不需要。

「不用了，謝謝。」芮絲說，「我覺得我們想把它留著。」

說完她看著我，我突然覺得自己的心飽滿到容不進我的胸。所以這就是有芮絲為妳挺身相助的感覺。

魏老師看看我，又看看芮絲，最後聳聳肩。這裡沒有人會看到她讓步，而且她其實還是很心疼我們的，只是不常有機會顯露出來。

她快走出廚房時，我突然脫口而出：「碧亞會好起來嗎？」我的聲音快崩潰了，但是我當然不在乎。「她過不久就會下來嗎？」

魏老師停下腳步，沒轉身，她雙肩的輪廓襯托在一片黑暗之前。然後她繼續往前走，留下我，被淚水模糊了視線。我仍可在頸子上感覺到芮絲的雙手，是我此刻唯一所盼。

「一定不會有事。」我嘗試安慰自己，彷彿如果大聲說出來，這句話就會成真。

「一定。」芮絲說。

她正從上鋪看著我。我躺在下鋪，仰臥著，雙臂交叉在胸前。我本來以為她可能會躲開，就跟我被選入物資小組時一樣。但是後來她一路跟著我上樓，彷彿一切都沒發生過。我試著入睡——我倆都一樣——但是半夜某時，我嘆了一口氣，然後芮絲便從上鋪彎下身來看著我。

「她一定會好起來。」

但是我倆都很清楚，只有病得最嚴重的女生會被送去醫務室。而且大多都不會再回來。

我用外套把自己裹得更緊。「我很擔心。」

「我知道。」

「我就只有她了。」

半晌沉默，我突然領悟到這句話在芮絲耳中聽來想必是什麼滋味。此時此刻就在此處的芮絲。

「抱歉。」我說。

「沒關係。」

我知道這時我應該跟她說，我不是那個意思。彷彿像她這樣的人能夠屬於像我這樣的人，能夠屬於任何人一樣。但是說實話，我從來就不覺得芮絲屬於我。

「但是說真的，」芮絲說，「碧亞會好起來的。」

「妳沒辦法保證。」

她皺起眉，翻身回到上鋪，讓我看不到她。「我不是在保證。」

「好。」我說，聽著她扭動挪移尋找舒服的姿勢。

「講講我們去參觀博物館那次吧？」她慢慢說，「波特蘭那間。」

毒克剛爆發時，碧亞跟我常這樣，交換過往的故事。我倆在下鋪，芮絲在上鋪，不吭一聲，只是聽。我現在知道她總是在聽。

「好啊，」我說，「這我還記得。」

「我從來沒去過波特蘭。」

「妳哪裡都沒去過。」我笑著說。

「然後我們在美食廣場吃午餐，那裡有台冷飲機可以自己裝飲料，結果我們老是把所有的飲料混在一杯裡。」

「那次校外教學真好玩。」我說。

「我覺得最好笑的部分是妳在天文館裡突然開始噁心想吐。」

這幾乎是碧亞會說的話。芮絲很努力了，但依舊學不像，因為除了碧亞自己，什麼人都無法成為碧亞，就連這些回憶中的那女孩也不行。她的心中有個地方，是任何人都無法觸及的，無論是我或芮絲或任何人。就只是她的，我甚至不知道那是什麼，真的，就只知道它在那兒，而她走時，把它也一起帶走了。

第六章

我不想要黎明，但它依舊來臨了，來得無情而耀眼，太陽終於從雲層間露出。我把臉埋進枕頭，害怕看到床上空蕩蕩的另一邊，碧亞該躺著的位置。

上鋪吱呀一聲，我聽到芮絲輕聲喊我的名字。我轉身，慢慢睜開眼睛，感覺瞎了的那隻眼在疼痛地搏動，就跟每天早上醒來時一樣。芮絲在那，從上鋪的邊緣彎下身端詳我。辮子有些鬆散，幾綹細柔的金髮垂在眼前。小巧圓潤的鼻子，低平寬闊的顴骨。

「嘿。」她說，我立刻口乾舌燥。我剛剛一直在盯著她看嗎？「妳知道妳會打呼嗎？」

噢。我嚥下那接近失望的滋味。「我不打呼。」

「妳會打呼，發出很細微的咻咻聲。」她把頭歪向一側，「像小鳥，或是水壺燒水的聲音。」

我的臉頰發燙，緊緊閉上眼睛。「謝謝妳啊，我最喜歡一大早就被調侃。」

她笑出來。我往上瞧，剛好看到她：秀髮閃著光澤，頭往後仰，赤裸的頸子沉浸在陽光下。她今天早上心情真好。我實在不理解。難道她忘了碧亞發病了嗎？她不在乎嗎？

也許她不在乎，但是我在乎。在確定碧亞沒事之前，我絕不罷休。

「妳要去哪？」芮絲見到我起床時問。

「醫務室。」我彎腰綁鞋帶。我們睡覺時也穿著靴子，否則會冷得受不了，但是我總是會把鞋帶鬆開。「去看碧亞。妳要去嗎？」

「不去。」芮絲說，下巴靠在上鋪邊緣。「校長絕對不會讓妳上去。」

也許不會，但是現在我是物資小組，皮帶上還有把刀可以證明。如果要破例，校長一定會為我破例。「她是我最好的朋友。」我說，「我一定要試一試。」

芮絲沉默了片刻，等我抬頭看她時，她正用一種我無法解讀的表情看著我。不是憤怒——我太熟悉她憤怒時的表情了——而是什麼比憤怒更柔和。「我不知道，海蒂。」她說，「妳跟碧亞之間是真的友誼嗎？」

我也自問過。我當然也自問過。我愛碧亞勝過一切，勝過我自己，勝過我在睿特之前所擁有的生命。但是我深知看著她時心頭感到的溫暖，穩定緩慢地燃燒，沒有火花。

「當然，」我說，「她是我的姊妹，芮絲，她是我的一部分。」

芮絲皺起眉、坐起來，雙腳晃下床。「妳聽好，我知道這不關我的事——」

「但還是想要評論一下。」

「因為這事關係到我。」她說，聲音中的尖刻與唇舌間的不滿使我大吃一驚。「我喜歡碧亞，懂嗎？但是我不想要妳跟我之間的關係像妳跟她一樣。」

「妳不想要我們是朋友嗎？」

芮絲嘆了一口氣，彷彿我說錯了話，彷彿她還有更深一層的意思我卻沒理解。「不想，」她只說，「我不想。」

我無法假裝這句話沒使我大受打擊。「噢——」我說，然後就停頓在那，只是一片空白，吃驚的成分意外地少。「好吧。」我最後終於說，走向門口。可以聽到芮絲喊我的名字，但是我不理睬，只是猛地把門拉開，衝進走廊。

我不應該在意的。我現在有碧亞要擔憂，而且，幾年前我就把芮絲排除在外了。太封閉，我提醒自己，太冷漠。她會跟我在一起，是因為除此以外她就沒朋友了。

走廊通往二樓夾層，人聲從下面傳上來，是聚在樓下大廳的女生，聲音還朦朦朧朧、充滿睡意。其中有些吃完早餐後又會回床上睡覺。有時候在床上睡覺是唯一可做的事。

但是夾層的盡頭是那扇門，門後是通往醫務室的樓梯，而碧亞就在樓上某處。我還在納悶是否可以用物資小組的小刀打開門鎖時，門就一把掀開，只見校長從那狹窄不穩的樓梯踏出來。

「校長！」我邊喊邊跑過去。校長從手上的寫字板夾抬起頭，一看到我，就在身後把門關上。「碧亞還好嗎？她怎麼樣了？」

「我覺得我們可以用另外一種方式展開對話。」校長說。她一身的穿著還是跟以前一樣，襯衫配長褲，結實的登山靴是對校內的劇變做出的唯一妥協。褲子的口袋邊，我可以瞥見一角沾著血的手帕，是她舌上的瘡破裂時用來擦拭的。「比如說，妳可以先說早安。」

我停下腳步，深吸一口氣，忍住推開她的衝動。「早安，校長。」

她眉開眼笑。「早安。妳今天好嗎？」

這簡直是折磨，根本就是折磨。「還可以。」我咬牙切齒地說，她揚起一道眉毛。「對不起，我很好。」

「很好。」她低頭去看手上的寫字板夾，然後發現我無意離開時，清清喉嚨，說：「有什麼事嗎？」

「碧亞在樓上。」我說，好像她根本不知道。「我可以去看她嗎？」

「恐怕不行，蕭平小姐。」

「我不會進她房間。」我懇求，「我只要隔著門跟她講話就可以了。」見不到她也沒關係，我只需要知道她沒事。知道她仍舊是她。

但是校長搖搖頭，露出那種大人慣用的微笑，暗示妳他們為妳感到抱歉，儘管妳還無法理解。「妳何不下樓吃早餐？」

不公平。這是她家，也是我家，我應該想去哪就可以去哪。「只一下下。」我說。

「妳知道規則。」她用鑰匙圈上的一把鑰匙把門鎖上，這鑰匙圈總掛在她的皮帶上。我握緊拳頭，忍住不去把鑰匙搶來。這一切還有什麼關係？我們全都病了——又不是說去看碧亞就會使我或碧亞病得更嚴重。「很抱歉，我知道妳一定很想念妳的朋友。」

我的朋友，我的姊妹，我跟芮絲是這麼說的。我應該說她是我的生命線。「對，」我說，「我真的很想念她。」

校長顯然不會改變主意，我正想轉身離開，去想其他的法子，她突然把手背貼在我額頭上，就跟我媽以前的做法一樣，看我有沒有發燒。我吃驚地往後縮，但她只是發出一個不滿的聲音，又把手貼在我額頭上。

「妳哪裡不舒服嗎？」她問，「好像沒有發燒。」

我花了一分鐘才領悟到，她還在想著我跟物資小組回來時的狀態。不過前天的事，感覺起來卻已過了好久。

「我很好。」我說，一邊不安地挪開。校長通常不喜歡讓妳知道她關心妳。

毒克爆發之前，她不是這個樣子。我還記得第一次見到她時的情景。當時我好緊張，畢竟自己一個人從諾福克來到這。年方十三的我孤單一人、想念媽媽，校長看到我在跟著參觀學校時忍不住流出眼淚，便告訴我如果我想找人談，或者只是想避開一下其他的學生，她的門永遠都為我敞開。

「好。」校長邊說邊挑掉沾在我外套衣領上的一絲毛絮。「很高興聽到妳現在好多了。我確定妳的朋友溫莎小姐也會很快康復。她很幸運有你這樣的朋友著急著要找到她。」

這句話像股電流擊中我。「著急著要找到她？」彷彿她失蹤了、不見了，而且我沒聽錯，我知道我沒聽錯。

有那麼片刻，校長的表情僵住了，接著她勉強擠出一個微笑。「著急著要找她。」她糾正我，「現在妳何不下樓吃早餐呢？妳一定餓了。」

我又逗留片刻，久到足以看到校長抓著寫字板夾的指節開始轉白。於是我退後一步，對她露出一個最大的微笑，下樓走去大廳。大廳裡，其他女生三五成群地聚在一起，小口咬著發霉的麵包，小塊掰下走味的餅乾。

一切突然襲向我。所有發生過的事，所有目睹過的事，所有我要保守的祕密。其他女生在省吃儉用，挨餓度過早餐，而我的雙手曾捧著她們需要的食物。

我辦不到。至少此刻我辦不到。

我穿過人群，走到雙扇前門，溜出去。外套太薄不夠暖，但是待在外頭好過待在大廳。至少如此就沒有人會使我想起自己的罪惡。

我一整天都待在水邊，岩石被曬白沖平之處。我數著逐一凍僵的手指，讓微弱的陽光照射在麻木的皮膚上。晚上回房時，芮絲已在那，四肢攤開躺在上鋪。睡著了，或者假裝睡著了。我倆之間的這段距離感覺起來已太熟悉。但至少這一回她沒躲著我。至少這一回她在這。

我不知道碧亞會不會再回到這。我一定要找出答案。

我等到月亮高升。下床時床墊嘎吱了一聲，我摒住氣息等一下，確定芮絲沒醒來。上鋪沒動靜。我緩緩走到門口，芮絲仍一動也不動，頭髮在黑暗中發亮，我溜到走廊上。

走廊上空無一人，寂靜中只聽到輕聲細語的對話從宿舍房間裡傳出來。最年幼的女生們在低聲說著什麼，這裡一陣笑聲，那裡一個噓聲，根本沒聽到我躡手躡腳經過，最後蹲在二樓夾層之處。

往醫務室樓梯的那扇門就在那，如以往緊緊關著。沒有鑰匙，就根本進不去。因此溜進醫務室最佳的途徑就是屋頂。屋頂從三樓的屋頂平台斜向二樓，斜頂上有一個個的天窗突出去。爬到屋頂平台後，我可以溜到後側，從其中一個天窗爬進去，既不會被物資小組看到，也不會被校長抓到。

我數到十。腳步輕巧平穩，別讓木頭地板吱呀作響。

來到睿特之前，我從不怕黑。從來不怕，真的，因為基地的夜間總是亮著刺眼的泛光燈。此處的黑暗感覺起來不一樣，彷彿有生命。

我把外套裹緊，快步前進，穿過空曠的二樓夾層，經過大廳樓梯的頂端，來到北翼的走廊。走廊上沒有半個人，只是一間間的空房間。有教師辦公室，裡面的考卷早都燒掉了。還有教師宿舍，床架都空了，椅子早已拆掉拿去生火了。走廊的盡頭是槍擊小組的房間，准許進入的名單仍貼在門上。裡面的窗戶是開著的，秋季的冷風灌進來。這是我的出口。

我翻出窗口，輕而易舉，就跟以前每天在槍擊小組時一樣，只不過這回沒有碧亞跟在後面，有些奇怪。我就蹲伏在屋頂的斜坡上，屋瓦上的寒霜在我手下融化成水。上方，在屋頂平台上，可以看到兩個女生舉著槍的輪廓。她們在直直地往前看，望向樹林，一邊輕聲細語地交談。很好，只要我不出聲，她們就不會看到我。

我往前爬，爬到最近一個天窗。裡面是醫務室其中一間病房，只有一張空蕩蕩的床，籠罩在陰影下，通往走廊的門是關著的。沒有碧亞，但是也沒有校長。我把肩膀頂在窗框下，開始往上推。

一年半沒維修，窗框的木頭已彎曲變形，每推幾次我就得停下來，確定槍擊小組沒聽到。雙腳在破碎的屋瓦上滑動，下方的地面被黑夜吞沒，但是我不往下瞧。一、二、三，窗框搖搖晃晃地往上移，開了一條三十公分左右的縫。

我沒爬進去，只是等待。蹲在窗台上，看著校長的燭光照亮下方的門縫，然後遠去。她走下二樓，我可以聽到她走在樓梯上的腳步聲。然後一片寂靜。

我頭朝前鑽進去，然後吃力地站起來。三樓有六間房間，前側三間，後側三間。我在最接近樓梯的這一間。被人抓到之前，還有五間要查看。

溜到門邊，試試門閂。沒鎖。這些門在外面有門閂，從建校時期就遺留下來，我們生病後又開始啟用，但是這間房間沒人，所以校長也無須鎖上。我用兩手拉開門。

在狹窄的走廊上，我又停下腳步，傾聽。這大樓從不完全寂靜，畢竟已是這麼老的建築，畢竟現在一切都變了。但是我沒聽到校長的聲音，沒聽到魏老師的聲音。也沒聽到碧亞的聲音，但是我告訴自己，她大概只是在睡覺。

我試試對面的門。也沒鎖，房間裡一樣沒人。

沒關係。還有四間房間。還有四個機會找到碧亞。

但是第三間房間也是空的，第四間也是。走到第五間房間時，我呼吸沉重，可以在耳中聽到心在砰砰跳動，而她不在這裡，不在，不在。

第六扇門。大開著。床是空的，床墊歪著，沉浸在月光下。然後那兒，地板上，在幾道磨痕之間，是一根縫針與縫線。碧亞的針線。她總隨身帶在口袋裡的針線，用來為我縫合傷口的針線。

她不見了。

冰冷的恐懼蔓延開來，但是我將之甩開。什麼事發生了，但是無論是什麼，碧亞撐過去了，她總是撐過所有的難關。她在某處，而且活著。我應該查看一下二樓的辦公室，還有每間教室，小心起見，也許再去查看一下那個大儲藏櫃——

樓梯上有聲響。有人來了。

我僵住，然後抓起地上的針線，衝回第一間房間。敞開的窗仍在等著，冷風無情地灌進來。沒時間了，若急著爬出去一定會製造出太多聲響。然後有個光線，校長的蠟燭，越來越接近——來到此處，停在這間房間的門口。

不能動，不能呼吸。如果校長走進來，如果她抓到我，真不知道她會怎麼做。

然後是一個我已有一年半沒聽到的聲音，從哈克先生離開後就沒聽到的聲音。靜電的劈啪聲，對講機在過濾的滋滋聲，然後一個人的聲音。男人的聲音。像冰水流入我的靜脈，我全身顫慄起來。

「睿特島，請回答。完畢。」

一個嗶聲，然後靜電的嘶嘶聲。「這裡是睿特島。完畢。」

我吃驚地往後一跳，差一點就一頭撞到窗框。說話的是魏老師，不是校長，我想錯了。魏老師根本很少上來這裡。

「請報告現況。」那男人說，「完畢。」

一定是海岸基地的人——海軍或疾病管制與預防中心。他們是世界上唯一知道此處發生何事的人。就連我們的父母都不知道真相。流行性感冒吧，我猜官方是這麼跟他們說的。我納悶他們是否知道這是謊言。

「都很好。」魏老師說，「替代品安全抵達了嗎？完畢。」

一陣沉默，然後那男人說：「已收到。完畢。」

收到替代品？什麼替代品？沒有東西能夠離開這小島，就連我們的屍體也不例外。如果哪個學生死了，我們會在學校後面把她燒掉，盡量遠離學校大樓和圍欄。一大塊燒焦的土地，味道令人無法忍受，骨頭與內臟就埋在一個個的石堆下。

「還有一件事。」魏老師說，口氣幾乎有些勉強。「我們必須進行一個歸還。完畢。」

物資，我馬上想到碼頭上的物資，但是我們早把不要的東西都扔掉了。她一定是別的意思。

好一陣子沒有回答。魏老師開始來回踱步。我望著那穩定的燈光在門縫下左右移動，追蹤她的腳步。她不會進來這裡，我告訴自己。我很安全，我很安全，我很安全。最後，對講機終於又突然發出聲響。

「明天這個時候。」那男人說，「把她放在哈克家的屋子。完畢。」

她。沒說屍體，而說她，她就是碧亞。一定是。而且聽他們談論她的方式，就好像她還活著。我感覺到心中一塊大石落了地。但是如果她不在這裡，那到明晚之前，魏老師會把她藏在哪裡？而且為什麼要藏起來？

魏老師停下腳步。「確認。完畢。」

「完畢。通訊結束。」

四周寂靜下來。一會兒後，門縫下的燈光逐漸遠去，我聽著魏老師的腳步聲走向走廊的深處，才小心翼翼爬出窗口，把窗戶吃力地關上。我的手掌與膝蓋貼在屋瓦上，緩緩地、緩緩地爬到屋頂的另一側。槍擊小組仍專心地望著樹林，沒看到我爬過屋頂邊緣，翻進二樓的窗戶。

我悄悄溜回走廊，穿越二樓夾層。確定一下月亮的高度，銘記在心——明天這個時候，對講機上的男人就是這麼說的——然後回到房間，回到自己的床。回到芮絲身邊，此時她已坐在上鋪等著我，因為她當然知道我溜出去了。

「事情有變化，」我說，「她不在醫務室。」

芮絲皺起眉，我已經可以看到，看到她心中的不可置信。「妳說什麼？」

「然後還有個男人，在對講機上。」我氣喘吁吁，急地想一口氣全講完。

「等一下，慢慢來，從頭跟我講。」

我把一切都告訴她，醫務室的空房間、地上的針線。魏老師、對講機、對講機另一端男人的聲音，還有他們決定把碧亞帶去哈克家屋子的計畫。

「我實在不知道魏老師還可以把碧亞藏在哪。」我最後說，靠在梯子邊，感覺到全身的肌肉開始顫抖起來。「他們明天才會把碧亞帶過去，那魏老師一定把她藏在某處了。」一樓的教室不夠隱密。而校園裡除了馬廄，就沒有其他建築物了。以前還有個老舊的工具棚，但是早被我們拆掉當木柴了。「妳覺得呢？」我看著芮絲問。

起初她什麼都沒說，髮上的亮光照亮她睜大的雙眼。然後她顫抖地嘆了一口氣。

「我家的屋子。」她說，臉孔奇怪地扭曲起來，像是想忍住不笑，也或許是想忍住不哭。

「妳確定他說在我家的屋子？」

這當然才是她關心的焦點了，但是我猜我也不能怪她。「確定。」我說，「真的，芮絲，我們一定要找到碧亞，她還在學校某處。」

「當然了。」她說，語氣如此輕鬆，臉上故意擺出一副冷漠的表情，表示她有所隱瞞。

「但是怎麼樣？」我說，「碧亞還在這裡，但是怎麼樣？」

我早就該料到了，但是芮絲說出口時，我仍大吃一驚。「她是死了還是活著？」

一股怒火油然而生，猶如熊熊烈焰，因為從醫務室回來後，我就一直在逃避這想法，她就不能讓我繼續逃避嗎？「這是什麼問題啊？」

「一個很重要的問題。」她說，「妳不是笨蛋，海蒂。妳知道我們這樣的女生通常會有什麼下場。」

「我今天聽到的全都不是通常會有的下場！」我深吸一口氣，握緊拳頭。不讓那想法鑽入腦中。她還活著，她還活著，她還活著。「學生不會就這樣消失不見，這一定有特別的原因！」

「沒錯。」芮絲說，「我想原因就是她已經死了。」

我把自己推離床邊，努力壓抑在五臟六腑中蔓延開來的的恐慌。芮絲錯了，碧亞沒事。

「那為什麼我們沒把她的屍體燒掉？她還活著。我一定要找到她，一定要！」

「然後呢？我們又幫不了她。」

她說的沒錯，當然。但是都無所謂了。「我們可以陪著她。」我說，「這是我們僅僅剩下的尊嚴。而且我不會如此輕易放棄。我不知道她現在在哪裡，但是我知道她明天晚上會在哪裡。我會溜出去，去找她。」

「你不能溜出去！」芮絲靠過來，聲音低沉急切。「妳知道妳不能溜出去，這樣是違反隔離規定！」

「那又怎樣？」我說，「我現在是物資小組，物資小組可以到圍欄外。」

她翻了個白眼。「他們的意思是出去領取物資，不是溜出去找朋友。」

我揮揮手表示不以為然。他們總是一再強調隔離是最重要的一件事，但是如果要我在隔離和碧亞之間選擇，我根本沒有選擇。

「就算妳真的到了外面，」芮絲繼續說，「最後妳要怎麼回來？」她開始用銀色的手指輕拉辮子的尾端，分岔的髮梢已開始翹起。「大門有鎖——」

「我可以爬過去，」我激動地說，「我會想出辦法的，這一點我不擔心。」

「但是我擔心。」她說，但是眼睛沒看著我，臉上的表情猶豫不決，然後我又感覺到了，胸膛裡的那陣悸動，自從我們相識之後我就一直試圖逃避的那份渴求。

「跟我走，」我說，「我們一起去。」

不可思議。前一秒她還跟我心心相印，頭低下來緊靠著我，下一秒她又回復成那我已熟悉不過的姿態。雙臂交叉，下顎緊繃，眼神冷淡。

「我不去。」她說，「妳想去就去，但是我不跟妳走。」

這一回我不願就此罷休。這一切太重要了。「為什麼？」

她發出一個惱怒的聲音。「海蒂——」

我失去耐心了。氣得一隻手緊緊抓著上鋪邊緣，感覺到一條木屑深深戳入手心。「妳到底怎麼搞的？碧亞是我們的朋友啊！難道妳不想要她沒事嗎？」

「想不想跟這沒關係。」她說。但是我忍無可忍了，音量越來越大，語氣越來越憤怒。

「因為我知道妳根本不在乎！」我繼續說，用字苛刻起來。「我知道妳這樣就比我不容易受傷害，但是我沒辦法像妳這樣把整個世界都放棄掉！」

「我不在乎？妳——」她突然止住，彷彿會痛。然後頃刻之間，我把她一眼看清了。那渴望、那放棄、那背叛，看著她深愛的小島奪走她假裝不愛的人時心中的刺痛。

「噢。」我說，沙啞的聲音哽在喉嚨。與她相識後，我每一天都在欺騙自己。一遍又一遍告訴自己芮絲冷漠無情，而其實她一直在火熱地燃燒。「對不起，真的，芮絲，對不起。」

她的父母都離開了，這就是她受到的創傷。這份創傷留下一個遍體鱗傷的她。我早該看到了。我早該看到她就愛得跟我一樣深。只不過這份愛使我重新站起，卻把她壓倒在地。

「我真希望，」她說，刻意不看著我，「我真希望能跟妳一樣。但是我沒能出去找他，就不能出去找碧亞。我一直以為物資小組是穿過圍欄唯一的機會，但是妳看看妳，意志堅決到恨不得徒手把圍欄扯下來。」她顫抖地吐出一口氣，然後輕柔地說：「為什麼當時我不能為我爸做到這一點？」

這一回我自覺知道該說什麼。小時候我爸爸每次被調動時，人們都這麼對我說。「妳是他女兒，」我說，「是他該保護妳，不是妳保護他。」

她沒回話，但是想必聽進了我的話。「但是碧亞是我們的朋友，」我看著芮絲的臉龐，知道我說服她了，我知道。「我們應該保護她。就跟她會保護我們一樣。」我深吸一口氣，「就跟我會保護妳一樣。」

她的臉上閃現一絲驚訝，使我心裡突然一陣愧疚。難道她不這麼想嗎？但是接著她伸出手，手掌滑進我的手心，我感覺到胸口一陣悸動。「沒錯，」她說，「好，我跟妳去。」

今晚已無事可做，體內的腎上腺素也逐漸退去，我累得隨時可倒頭大睡。我對芮絲露出微笑，放開手，癱到床上。

我躺著，仍舊把旁邊一半的床位留給碧亞。上頭，我可以聽到芮絲脫下外套當被子用。太安靜了，儘管剛剛跟她的那幾分鐘很輕鬆，但我突然好希望自己被地面吞沒，這樣我們就不需要聽著彼此假裝在睡覺。

「嘿，」芮絲突然開口，「那不是我爸吧？對講機上那男人？」

「哼。」我不確定該怎麼讓她失望。

「算了。」她聽起來有些不耐煩，有些困窘，我可以想像她在搖頭。「我只是……我只是在想如果我爸媽其中一人會回來，會是我爸。」

一陣窸窸窣窣，上鋪的木條嘎吱了一聲，芮絲找好了舒服的睡姿，結束這場對話。我很吃驚她居然主動展開這場對話。

但是話說回來，現在碧亞不在，她又不一樣了。也或許我們倆都不一樣了。我握緊拳頭，鼓起勇氣。從認識她之後我就一直在納悶這一點，但是如果芮絲不想談，沒有人能逼她開口。

「如果妳不想講就不用講。」我開口，聲音在發顫，但是我繼續問：「不過，芮絲，妳媽到底去哪了？」

我看不到她，因此只是望著她的辮子在天花板上投射灑下的光點，追尋那柔和朦朧的光輝。「太複雜了。」她最後終於說。「或者只是我希望這段故事太複雜。」

「我不懂。」

「我最後一次聽到是她還在緬因州，可能在波特蘭吧。」

「什麼？」波特蘭離我們這裡才三百多公里啊。我一直以為她在哪個多遙遠的地方，甚至連芮絲都不知道她在哪。

「沒錯。」芮絲說。她聽起來不悲傷，也不憤怒，只是漠然。「她不想離開緬因州，她只想離開我。」

我不知道什麼能夠撫平這個傷痛。但是她現在告訴我真相了，多少有點意義吧。「真抱歉，」我說，「妳知道妳其實早就可以跟我講了。」

「有些故事不該屬於別人。」她說，聲音疲倦遙遠。「有些故事只是我的。」

彷彿我還需要更多證據，證明我倆完全不同。芮絲總是與人保持遠遠的距離，而我一心一意只是想成為半個別人。來到睿特，就好像是我在此之前根本沒找到自己在世界中的位置。就像是我一直不知道自己是誰，直到碧亞告訴我。

而我知道芮絲會怎麼說。我知道她會說這樣不健康，說人不應如此。但是此刻我們的整個世界每天都在坍塌下來，這問題不是更大嗎？

不，芮絲不是碧亞，但是我喜歡她。我喜歡她無言的語言。我甚至喜歡她並不總是喜歡我。

碧亞

第七章

試著眨眼但是什麼

緩慢濃稠像是我的舌頭炙熱乾燥這裡瞥見一條隙縫這裡整個世界鑽回我的眼瞼之下我在這裡　我在我在

醒著。

炙熱像股急流沖過我腦中。刺眼的光線撥弄我的雙眼，直到看清自己在一間房裡躺在床上。我不痛，但是立刻感覺到整個身體。

房間很大。本來應是為了別的用途而建的。開始剝落的亞麻地板。周圍的簾子拉了一半，從空隙看到牆上有個布告欄，斜掛著，還有三張床，都空的。我伸手想去碰簾子，想把它拉開，想

動不了。手被縛住了，在手腕上被束帶扣住，點滴的針頭插在皮膚裡。

某處一個門開了　模糊沉重的腳步聲　一件隔離衣，塑膠做的，清冷的淡藍色，我可以從簾子的空隙看到它走近。推開簾子，揮動一隻手臂甩開黏住的簾子然後說

還好嗎？

他說他是個男生。

叫做迪特里希。

他說他在開玩笑。不知道自己為什麼這麼講。

他叫做泰迪，十九歲。只是個水手，今天是他的第一天。他在納許營才待了一星期，就被派到這裡，而且仍舊不確定他們為什麼把他派到這裡，因為他整天做的就是搬動儀器和望著窗外。他說抱歉，扯太遠了，但是也只因為他大多時候都不知道疾病管制與預防中心的醫生在講什麼，醫學太複雜了，而且他很緊張。

仔細看，試著想起男孩是什麼樣子。只能在手術口罩上方看到他的雙眼，身體其他部分都被塑膠隔離衣模糊了。與我一樣的棕髮，皮膚金黃但蒼白，像是太久沒曬太陽。

泰迪問我問題。泰迪問我今天是星期幾。他問我生日是哪一天、問我姓什麼、問我牛奶的價格。我沒回答　我想回答但是唇舌吐不出字句。

傑克滑倒摔破頭，他說。吉爾　吉爾　接下去這童謠妳一定會。

吉爾跟著滾下山我說但是就只說到這　說不了　噢我的天啊我忘了　忘了有多痛像電擊像膽汁在喉嚨裡灼燒像骨頭在震顫　發抖尖叫如果我不停止我會就此崩潰瓦解　雙眼潮濕　噁心反胃

安靜下來泰迪說拜託妳安靜下來我們兩人都好痛

泰迪跟我說沒事了。把一杯水端到我嘴邊，滴、滴、吞下去。離開時在身後鎖上門。

獨自一人，醒著，全部的我都在此處，在我的身體裡。沒有別人，只有簾子後一架電扇的嗡嗡聲。扯了又扯但是手腕上的束帶不鬆懈。

我覺得我一輩子都一直是個問題。我在這裡，這裡是問題的去處。先是睿特，然後這裡，而我一直在前來此處的路上，不是嗎，不是嗎。太聰明、太無聊、缺了什麼，也或許是彼處有什麼太多了。

是我媽的主意，我爸只是點個頭，然後去另外一間房間裡坐著。整個夏天我們沉默不語，直到他們把我放進一輛開往睿特的車上。那裡沒有人會知道，我告訴自己。沒有人會知道你無聊時會做出什麼事。知道你會做出什麼事，就只因為你做得到。

泰迪帶著陽光般燦爛的笑臉回來了，跟我說他們快找到解答了。先別開口，他說，而我也不在意。我記得有多痛。他攤開一疊表格，鬆開我的手腕，移開點滴架，協助我寫下答案。

碧亞

碧亞．溫莎

十六歲，快十七歲

一月十四

沒有過敏

伊莉莎白和克里斯多福．溫莎

燈塔山

哪條街？

西柏街

幾號？

六號

妳有點緊張，泰迪說，不要緊張。

都快忘了，我寫。

但是妳沒忘。

　太早醒來　點滴還是滿的　一團朦朧眨眼也不消失　然後閉上眼睛時我又回到那回到了樹林　那一晚我來到此處的那一晚

　寒冷　濕氣　鳶尾花在腳下嘎吱作響魏老師緊緊抓著我　這樣最好她說為了妳的朋友　像是我有所選擇　但是我沒有選擇不能選擇而且　把我從醫務室拉出來抓著我走下樓梯　沒有守衛什麼都沒　海蒂熟睡著在某處海蒂孤單一人

　她需要我我說但是魏老師　說不行　說她需要妳跟著我走

　穿過大門走進樹林　樹叢中有聲響動物的眼睛像火炬般移動　魏老師溫暖的氣息在我耳邊然後　有人　在等著

　他們抓著我儘管我在抵抗　儘管我想逃跑　往我大腿戳了一針腦裡開始一片模糊魏

老師靠向我
　對不起她說我覺得　　最可怕的是我覺得她是真心的

房間裡遠方有什麼藍藍的，雙眼可以看清了，我看到世界在我周圍具體真實。還沒來得及全部看清，還沒來得及查看點滴發現點滴空了，簾子就被拉開，一團塑膠窸窸窣窣地走進，然後我看見那是一個人，一個女人穿著跟泰迪一樣的隔離衣，站在床腳，捧著一件印著花樣的病人服。

「妳好。」她說，聽起來像是在微笑。「該換衣服了。」

她解開每一條扣住我的束帶，扶著我站起來。我的四肢虛弱發軟，於是她為我脫去衣服，結實的手指慢慢解開襯衫的扣子和靴子的鞋帶。有一片刻，我只穿著胸罩和內褲在全身發抖，只見她在盯著我，盯著我背上那第二條脊骨戳破皮膚之處，接著病人服就套到我頭上。我連手臂都抬不起來穿進袖口。都得她幫我。

她身上的隔離衣就跟泰迪的一樣，橡皮似的硬梆梆。他們一定是怕我，怕我身上的疾病。但是隔離衣只到她的頸子，因此我可以看到她頸子上的脈搏。跟著數——一、二——感覺好多了。

「這樣可以嗎？」她問，把綁住我的束帶又扣起來。「舒服嗎？」

我張嘴，但是還沒能出聲，她便把戴著手套的手指放到我唇邊。

「我們先用點頭的方式就好了。泰迪跟我說我們在講話這方面還有點困難。」她把簾子拉開一點，露出牆邊流理台上的洗碗槽。看起來實在不像醫院。感覺有些悲傷平凡。倒像是教堂後方的廚房，或是辦公大樓裡的茶水間。

那女人用塑膠杯為我裝了一杯水，端到我嘴邊，餵我喝一口。「我們晚一點會找紙筆來讓妳寫字。」她說，「現在妳最好先休息一下，畢竟妳也辛苦好一陣子了。」

我繼續喝水，最後把整杯水都喝光。她把塑膠杯扔進床腳的垃圾桶，然後靠過來。「我是佩雷塔醫師。」她說，在我的右臂上方彎下身。「我應該叫妳碧亞嗎？還是妳喜歡別的稱呼？有暱稱嗎？」

我搖頭。

「就叫你碧亞，好。現在可能會有點痛。」

我沒看清楚她在幹什麼。她的隔離衣上太多皺褶了。但是等她的手移開時，我看到她手裡握著一管血。她把它舉到燈光下，瞇起眼，彷彿能夠用肉眼分析裡面的內容，然後從床腳取來一個紅色的小冷藏箱，放進去，就放在另外一管血旁邊。「潛在睿特」，我覺得上面的標籤這麼寫著，但是沒來得及全部看清，她就把蓋子蓋上了。

「還有最後一件事，現在先講免得忘了，然後我就會出去，讓妳休息。」她用兩隻手握住我的手，捲起我的手指，彎起我的手腕，讓我去感覺病床的邊緣。床緣有個按鈕，一個圓形的突起。

「這是妳的呼叫鈕。如果痛得受不了，或是有什麼需要，就可以按。感覺到了嗎？」

我點頭。她看著我，然後站直。又等了一、兩秒鐘，然後問：「妳還記得我的名字嗎？」

我張開嘴唇，說：「佩雷塔。」

我就是想說出來，就是想說什麼，想恢復我的聲音，而且我以為不會那麼痛了。就三個字而已，不可能那麼痛吧。但是現在真說出來了，還是痛，像是什麼東西想把我的脊椎從喉嚨裡扯出來。

「好了。」佩雷塔說，聽起來上氣不接下氣。「我們以後不要再開口說話了。」

第八章

昏迷，然後醒來。躺著，整個世界在移動，四個穿著隔離衣的人影把我推進一間幽暗的房間。我試探手腕上的束帶，依舊緊緊扣著，尼龍磨破我的皮膚。

「早安。」其中一人對我說。我差一點沒認出她，但是你看，那雙眼睛，那捲捲的棕色馬尾。佩雷塔。

挑高的天花板，沒有窗。是間手術房，給人臨時搭湊起來的感覺。中央的桌子鋪著紙，上方的燈光強烈刺眼。他們把病床推到桌子旁，開始解開我的束帶。我可以抵抗，我知道，但是房間的門早已被關上鎖住。而且我不知道，真的，我到底該為了什麼抵抗。

束帶的扣環才一解開，他們就立刻抓緊我，將我抬起來。把我放到桌上，張開我的手臂，又用束帶扣住。我皺起臉，第二條脊骨的尖端磨著桌子好難受。其中一位醫師把量血壓的壓脈帶綁在我的左手臂上，開始充氣時，另外一位醫師把氧氣管放到我的鼻子下，調整好位置。然後是各種感測器，貼在額頭和胸前，我看著不同的螢幕開始展現各個部份的我，記錄心臟的跳動與波動。

「不用緊張。」有人說，是佩雷塔，正彎身看我。她把我臉前的頭髮撥開。「妳在這裡是為了協助我們找出疾病的原因，還有治療的方法。」

其他三位醫師開始慢慢退後，最後從視野中消失。只剩下我跟佩雷塔。

「我們已經跟妳一些朋友合作過了。」她說，「我們覺得我們快要有所突破了，但是我需要妳的協助。妳能夠協助我嗎？碧亞？」

我的朋友？難道還有其他人來過這裡？我張嘴想問，想說什麼，但是佩雷塔連忙用手摀住我的嘴。

「記得嗎？」她說，「不要說話。我們很快就結束了。」

一會兒後，她鬆開手，抓住手邊一個托盤，拉過來。銀色的器具，銀色的托盤。成束的手術刀，裹在塑膠套裡。我開始掙扎，尖銳的刀刃引起一股深入骨髓的恐懼。胃絞成一團。我好不容易才沒大叫出來。

不過她拿起的不是解剖刀，而是別的東西，小小的，不起眼地躺在一瓶水旁邊。一顆黃色的圓形藥丸，裹在透明的塑膠套裡。

「妳就只需要吃這顆藥而已。」她邊說邊把藥丸倒進掌心。「就這麼簡單。」

我瞄到「睿特009」幾個字清楚地標示在被扔掉的塑膠套上，然後佩雷塔就抓住我的下巴，撐開我的嘴。藥丸落在我的舌頭上，緩慢苦澀地溶解。

009，這藥丸的第九種版本。或者是第九個被綁在這桌上的女孩。

我把藥丸吞下去，藥味蔓延到喉嚨後方時，我好想吐。佩雷塔仔細地觀察我，然後拿起那瓶水，品牌就跟我們在睿特喝的水一樣。旋開蓋子，撐起我的頭，倒了一點水到我嘴裡。一團藥粉還黏在舌頭上，喝了好幾口水才把它吞下去。

我本來以為馬上就會發生什麼事——背上的脊骨開始溶解，聲音立刻恢復原樣。但是一分鐘過去了，然後又一分鐘、又一分鐘。佩雷塔消失了，我伸長脖子看她走去其他幾個醫生那，靠牆站著。他們在等待，就跟我一樣。

又一段時間過去了，我不知不覺睡著，醒來，又睡著。我好累。我全身疼痛，第二條脊骨都壓傷了。如果能夠好好休息一下，這整個過程也許就不會這麼難受了。

然後。一絲火星。我熟悉這感覺。

發病之前，有那麼一刻。難以言喻、無法捉摸，但是對我來說，一切都值得。之後的痛楚與遺失，為了這一刻都值得。這股力量、這股氣勢、這股渴望去咧開嘴巴露出我的牙齒。

我等它褪去，就跟以前一樣，等著它轉變為劇烈的痛楚。但它沒消失，反而越來越強烈，震徹我的全身，粉碎我的肺腑，我感覺到雙手握成拳頭，指甲深深戳入掌心。心率監測器開始出毛病，整間房間全是嗶嗶聲與警報聲。

「怎麼搞的？」

「把監測器的紀錄印出來。」

醫生們急忙開始收集數據，輪廓在我的四周模模糊糊。我閉上眼睛。這是我的身體。我要它怎麼做，它就會怎麼做。

冷靜下來，我心想。忍住。

只不過一部分的我不想忍住。我可以聽到它，低聲嘶吼要我放手。跟我說這一直在我體內，而這些醫生正試圖把它奪走。

我的背突然拱起，雙眼猛地睜開。身體劇烈扭動、左右翻轉，想掙脫牢牢扣住我的束帶。佩雷塔站在床腳，呼喊我的名字，但是是她對我做出這種事。我張嘴大叫。

血從我的鼻孔流出來，無比的痛楚沿著背部一路劃下來。佩雷塔用雙手摀住耳朵，往後退，於是我又大叫一聲，使盡全身的力氣試圖掙脫束縛。那力量依舊在全身流動，依舊是毒克給我的禮物。其中一個束帶斷開了。

我解開另外一個扣環，跳下桌子，但是那群醫生在這。他們抓住我的手臂，把我拉回去，我拳打腳踢，撕裂他們的隔離衣。

「碧亞！」佩雷塔喊。「碧亞，冷靜下來！」

突然間，我不想逃跑了，不想要自由。我只想傷害她。

才踏出一步，他們就把針頭刺進我的頸子，世界一片黑。

海蒂

第九章

醒來時頭好痛。額角在劇烈地抽痛，就在瞎了的那眼後方。我不禁緊緊抓著床緣，全身緊繃，等著發病。從第一次發病起，每一次發病都是先出現這樣的疼痛，然後再出現更慘的症狀。上一次是一團團潮濕的組織，卡在喉嚨裡，使我幾乎無法呼吸，每一團都沾著鮮血，彷彿是從胃裡扯出來的。

這樣的頭痛可能表示我又要發病了。或者，我知道碧亞會如此說，我可能就只是頭痛而已。

上方，芮絲的床鋪嘎吱一聲，然後我突然想起昨晚發生的每件事。魏老師的聲音，還有她跟對講機上那男人的約定。那針線，此刻安全地藏在我的口袋裡。碧亞還在這大樓裡某處。如果我今天沒找到她，那我今晚會找到她。午夜過後，在黑暗中穿過圍欄。芮絲與我會跟蹤魏老師到芮絲的老家，然後碧亞會在那。而且碧亞還活著。

「這樣靜靜躺著是很好玩。」芮絲在上鋪突然說。「但是我們去吃早餐吧？」

沒有物資送來的日子，三餐總是很安靜，幾乎可說井然有序。所有的好東西都在物資小組回來時搶光了。剩下的東西都是沒人真想要的。大多數的女生都在大廳等，但是每個小團體裡總會有一人穿過南翼走廊，走去廚房，跟魏老師領取吃的和喝的，然後帶回去給朋友。

從一開始，這就是我的工作。碧亞說我最有可能得到大家的同情，因此大家會讓我拿最好的東西。不過這場遊戲的名字是憐憫，而我就是我們獲勝的關鍵。芮絲人人都怕，所以物資小組剛回來時，派芮絲去搶東西最有效。

我讓芮絲在大廳等，跟著凱特走進南翼走廊。走廊轉向左側之處，是校長辦公室，至今我們仍不能隨便進入的少數幾間房間之一。我只進去過兩次：第一次是來到睿特的第一天，第二次是一學期之後因為在集會上講話，被叫來訓話。

也許他們把碧亞藏在這了，我心想。我不知不覺把手放在門把上，然後突然想起現在是大白天，而且凱特在等我。

我匆匆趕上去。凱特只是對我露出一個微笑，沒問我好不好，也沒問我剛剛到底在幹嘛，我心裡好感激。等一下在早餐時間露過面後，我就會出去繞到校長辦公室的窗口往裡瞄。如果碧亞沒在裡面，我就繼續去別的地方找。

我跟凱特一起轉過轉角，一路走到裝著天窗與格子地磚的廚房。上一次在這裡時，碧亞躺在地上，痛苦不堪。上一次在這裡時，整個世界都塌下了。

夠了，我心想。我已經在想辦法了。我馬上就會把她找回來了。

一群女生已經聚在廚房，等著魏老師來把儲放食物的儲藏間打開。我懼怕等一下得看著她的眼睛，但是話說回來，她不可能知道我昨晚偷聽到她的對話。

「嘿。」艾咪說。她個子還不到我肩膀，光滑的頭髮還跟小孩的頭髮一樣細柔。前幾天第一次發病後，她就雀躍不已，很興奮終於跟我們其他人一樣了，儘管之後她總是從體內深處咳出牙齒，不過今天她故作莊重。她當然要故作莊重了，畢竟今天她是代替蘭卓來領吃的。能夠代表睿特女中僅存的社會階級中最上層的女生，她心裡大概自豪極了。

「我只是想跟妳說，」艾咪繼續說，「很抱歉碧亞這次發病這麼嚴重，希望妳還撐得住。」

「謝謝。」我說，心裡希望她講完了，但是她不打算住嘴。

「我們會為她祈禱。」艾咪說，完全模仿蘭卓，同樣的矯揉做作和虛情假意。

「她聽了一定很高興。」說完我翻了個白眼。這對我的頭痛一點幫助也沒有，儘管頭痛已減輕，現在只是持續地隱隱作痛，而且我也漸漸習慣了，但也不表示我就樂意看著艾咪扮演蘭卓，而非享有我的清靜。

腳步聲把我們的注意力拉到門口，魏老師終於來了。匆匆忙忙地走進廚房，已經開始在撥弄皮帶上那串鑰匙。她之前在哪裡?跟碧亞在一起嗎?看起來跟昨天沒兩樣，看起來不像有所隱瞞。但是經歷過碼頭上那一幕後，我深知她比我想像的更善於說謊。

我們圍到她身邊。「抱歉。」她說，嘴角上有塊痂，開始變黃，味道酸臭。也許是她跟校長得病後長出的那種瘡造成的。「剛剛有點事情。好，今天輪到誰第一個?」

分發食物以前都是從年紀最長的學生開始，就跟其他每間學校一樣，就跟我們這裡以前一樣。但是後來我們發現最年長的永遠都是最年長的，因為沒有人能離開。所以現在我們輪流，一屆一屆輪，每天每天輪，今天剛好輪到最低年級可以先領，這也是為什麼蘭卓派了艾咪來。她總是選對人，這樣她就可以第一個吃到東西。凱特跟我在中間，卡森那屆的茱莉亞和幾個女生則在我們後面。

輪到我了，我低頭避開門上的橫木，踏進儲藏間，站到一邊讓凱特也進來。凱特今天看起來還可以，皮膚大多已癒合。第一季時，我們以為這可能表示她病好了。但是後來水泡又繼續出現，一次比一次更大，一次比一次更深，在底部都可瞥見骨頭。

儲藏間在廚房的後方。物資小組會把每次回來後沒被馬上搶走的東西抬回這裡，取出、裝進垃圾桶儲存。每天，魏老師會把其中一個垃圾桶拖到狹小的儲藏間中央，讓我們翻找。計數我們拿走的東西，寫下來。

凱特撥掉外套上的蜘蛛網，嘆了一口氣，看著撒在地上的方糖，想必是剛才艾咪偷偷帶走時掉落的。

「我們會有螞蟻。」

「我們有過更糟的。」我彎向垃圾桶，手伸到最底層翻找，因為有些女生會把好東西藏在最底層。底層有一包牛肉乾——正是我們需要的食物，但是我猶豫了。我親眼目睹物資小組扔掉足以餵飽我們大家的食物。我什麼都不應該拿。我沒資格拿。

但是我來這裡不只是為了我。來這也是為了芮絲。而且如果我們今晚要一路走到哈克家，就得吃點東西。「我拿那包牛肉乾，還有那個沒人要的蜂蜜芥末東東。」

凱特抓出一盒脆薄土司和一包米，然後稍等了一下，把一小盒葡萄乾偷偷塞進口袋。

「今天是琳賽的生日。」她悄聲說，「拜託別講出去。」

我望向肩後。魏老師正靠在門邊，撥弄手上的鑰匙，看來是沒聽到。

「當然。」我說。經歷過碼頭上那一幕後，這是我起碼能做到的。

離開儲藏間時，我把手上的東西拿給魏老師看，竭盡所能保持雙手平穩。她怎麼能夠站在那裡，一副什麼事都沒發生的樣子？一副她沒把我最好的朋友藏起來的樣子？此刻我站在廚房，地板上仍灑滿碧亞斑斑的血跡，心裡不禁納悶此刻她到底怎麼樣了，但是我擠出一個微笑，裝出若無其事的樣子。

「好，」魏老師心不在焉地說，「妳可以走了。」

我忍住大聲質問她的衝動，匆匆走出廚房，回到大廳。大廳裡，我吃驚地發現芮絲跟卡森坐在一起。芮絲在盯著自己的靴子，卡森臉上則一副那種無助的表情，那種被芮絲的冷淡與沉默折磨到無所適從的表情。

「嗨。」我走近時說，「卡森，真是意想不到。」

「沒錯，太意想不到了。」芮絲說。我對她皺起眉——這樣責怪卡森並不公平，畢竟卡森聽了也沒頭緒——她只是聳聳肩。

「早安。」茱莉亞的聲音從我身後傳來。

「噢，太好了，又來了一個。」芮絲說，不過口氣溫和了一些，對我露出微笑時，看來幾乎有些懊悔。

我在芮絲身邊坐下來，接著茱莉亞便在我對面坐下來，我好不容易才忍住沒揚起眉毛。我們大多都待在自己的小團體裡，不過現在我是物資小組的一員了，難不成這表示茱莉亞和卡森現在跟我是同一團？還是她們只是想確定我不會跟芮絲洩漏任何祕密？

我們吃著早餐，尷尬的沉默令人無法忍受。我沒話可說，而我知道芮絲更沒話可說，而且我們待在這裡的每一分鐘，都是我沒拿去找碧亞的時間。

卡森挺直身子，開口準備說話，芮絲看她一眼，說：「我們不需要一直講話，懂嗎？」

「抱歉。」我邊說邊斜眼瞪了芮絲一眼，她至少還有良心露出一絲愧疚。「我們只是累了。」

「沒關係。」茱莉亞說，似乎鬆了一口氣不需要再說話。她襯衫的下襬下露出一塊新的瘀青，而且她看起來累壞了，彷彿瘀青長大時也一併消耗她的生命。我看著她往地上吐出一口血，然後就讓那血斑留在地板上，根本無意擦掉。

我根本吃不完我那半根牛肉乾。光是那味道就令我作嘔，而且如果我留心一點，如果我思考得太仔細，我可以在瞎了的那眼後方感覺到一股新的刺痛，突破那團隱約的頭痛。芮絲不吭一聲，只是拿走我手上的牛肉乾，塞進口袋留著晚點吃。

在這個光線下，她看起來就跟她爸爸一樣。跟她爸爸以前看起來一樣。一樣強健的下巴，一樣的眼睛，一片金黃。

不知道她看著我時會想起什麼。不可能想起我爸媽——我從來沒像有些女生把爸媽的照片貼在房間牆上。

我不怎麼想他們，我的爸媽。我知道我應該想念爸媽。毒克剛爆發時那一、兩個月，我是想念他們。我排隊去打電話給他們，然後我們會進行簡短生硬的對話。但是後來他們把電話線切斷了，情況也惡化起來，然後也就無所謂了。因為如果我再見到我爸媽，他們會想聽我說我有多想念他們，說這段經歷有多慘痛。而如果這些話我真能說出口，就是在說謊。

一部分的我真的以為就那麼簡單。一扇鎖上的門，隱藏在大樓某處，而碧亞就在門的另一邊。

一部分的我真的是白癡。

早餐過後，芮絲跟著我到外頭。她為我把風，我從校長辦公室的窗口往裡瞄。什麼都沒有——就只有她那張古老的大書桌，還有幾個紙箱堆在角落裡。

「碧亞不在這。」我對芮絲說。然後查看過每間教室和每間辦公室後，我又對她說同樣這句話。每個儲藏櫃、每間浴室，碧亞都不在。整棟大樓都沒上鎖，彷彿在等著我，彷彿想證明什麼。最後我終於受不了了，無法透過隱隱抽痛的腦袋思考，無法再感覺什麼，只有幫不上碧亞的愧疚感。

於是芮絲牽起我的手，就跟昨晚一樣，把我帶到外頭。寒風迎面襲來，喚醒我皮膚裡的血液，吹走我的頭痛，直到那疼痛幾乎消失不見。「還有今晚，」她輕聲說，「一切還沒結束。」

我們在學校大樓的北側，漫無目的地走到了小島尖端。圍欄內的這一邊，懸崖直接入海。前方，有根梨球的竿子和一座生鏽的鞦韆，兩個都歪向一邊，周圍枯掉的草地結滿了霜。我可以感覺到冰冷的空氣刺痛我的肺，尖銳如刀刃，鼻子也凍僵了，但是我不在乎。在這外面我可以呼吸。在這外面我是清醒的。

此處是如此空曠，一點都不像樹林裡那般擁擠狹窄，還在想著時，我不知不覺突然說：「我們應該找把槍。」芮絲聽了差點跌倒。

「找槍幹嘛？」

我的身體還記得第一次在圍欄外沒命狂奔時的顫慄與恐懼。「相信我，我們需要一把槍。」

「好吧。」芮絲皺起眉說。「但是我們又不能就這樣從儲藏櫃裡偷一枝，又不被魏老師發現。」

一群女生走過我們身邊，想去洗頭或是偷條毯子或者只是無聊亂晃。我們跟她們點個頭，露出一個緊繃的微笑。其中兩個女生比我們小一屆，另外兩個是跟我們同屆的莎拉和蘿倫。我喜歡蘿倫，但是莎拉在我來到睿特第三週時，偷走我最後一件乾淨的制服裙子，害我被記服裝不整。而且我受不了她老是誇耀自己的病症那模樣。一顆心臟、兩個心跳——恭喜啊。她自認這表示她會活得更久，但是我認為這只表示她就病得跟我們一樣重。

「嗨，海蒂。」蘿倫慢下腳步說，「妳知不知道我們今天有沒有打靶練習？」

如果有，魏老師早餐時間就會說了，一部份的我很想提醒她這一點，但是現在我是物資小組。如果有疑問，我是她們會找的人。

「今天沒有。」我說，「玩得愉快。」

「玩得愉快？」芮絲低聲模仿我，我知道如果我轉頭去看她，一定會看到她在努力忍住不笑出來。

蘿倫看起來有些失望，但只是聳聳肩。「謝了，海蒂。待會兒見。」

「妳看看妳，」那群女生走開後芮絲說，「妳真像官員。或是購物中心的門房。」

如果碧亞在這，芮絲也會如此調侃我，一樣的字句，一樣洋洋得意的表情。但是此刻不知怎麼更溫柔。或者至少我現在不介意了。

我正想建議回大樓裡，也許觀察一下儲藏櫃，盼望魏老師某個時候會忘了守著，芮絲卻扯扯我的袖子，往我肩後的方向點點頭。我望過去，看到馬廄就在那，空蕩漆黑。

「打靶練習。」她說，「我們可以拿打靶用的槍。」

「鎖住了怎麼拿？」

但是她已經開始往馬廄走去，在白霜上留下一道足跡。

馬廄在這個時候總是空的。只有空了的馬棚和飄揚的灰塵。滑門敞開面對海洋，寒風呼嘯灌入。我跟著芮絲走向後側，走到疊起來當作打靶目標的一綑綑乾草之後，來到一個本應用來儲放馬鞍和馬鐙的箱子前。現在魏老師把打靶練習用的獵槍鎖在這裡。

「這裡。」芮絲說，在箱子前蹲下來。箱子上只鎖著一把掛鎖，有轉盤和數字的那種，而且看起來老舊生鏽，好像一下就可以打壞。如果我們把鎖打壞，魏老師一定會發現，但是我正想說有些險值得去冒時，芮絲已開始去撥動轉盤，轉到三組數字：3-17-03。她的生日。

掛鎖喀地一聲開了，芮絲抬起頭，笑嘻嘻地看著我。「我爸設的號碼。」她說，「我猜魏老師沒改。」她把蓋子掀開，從一堆老舊的鞍轡中取出獵槍，然後伸手進去摸索尋找零散的子彈。「現在呢？」

「我們應該把槍藏起來。」我說，心裡仍很吃驚我們運氣這麼好。芮絲把兩發子彈塞進口袋，金屬的表面在冰冷的空氣中貼在她的皮膚上。我們總共只會有兩發子彈。「接近圍欄的地方吧，這樣溜出去時比較好去拿。」大門左側有一小片雲杉林，高年級的女生以前常會跟從本土來訪的男朋友躲到裡面。一想到要跟芮絲走去那，我就臉紅心跳，但是把槍藏在那裡應該很安全。

「好。」芮絲說，把獵槍交給我。我有些不解地接下，然後只見她轉身把外套脫下。如果我是她，早就在打哆嗦了，但是她就只是在手臂上起了幾顆雞皮疙瘩。「把槍插在我的褲腰裡，把它藏在背後。」

這主意很好，但是我忍不住緊張地笑出來。她轉頭看我：「怎麼了？妳有更好的建議嗎？」

也許是因為她願意跟我一起做這檔事，願意為碧亞冒生命危險，就只因為我求她。也許是她下顎的線條或誘人的秀髮。但是她給了我什麼，所以我應該回報她。「嘿，」我說，「妳想學會射擊嗎？」

我本來以為她會教訓我一番，但是她只是謹慎而平淡地說：「我會射擊。」

「我的意思是從另外一邊。」片刻的沉默，她臉上的表情轉變為懷疑，但並非拒絕，於是我再試一次：「我從右邊射，我可以教妳。」

「好。」她說。有些緊張，但是意志堅決。就跟我一樣。

我把獵槍交給她，帶她走到馬廄前側，指向一塊滿是鋸屑的地面。芮絲站過去，把外套穿上，我走到她身邊。

「讓我看看妳平常射擊時怎麼站。」

她全身僵硬起來。如果一星期以前，我會說是因為她痛恨被人發號施令。她的確是不喜歡被人發號施令，但是我覺得她也痛恨被人看到自己軟弱的一面。

「就讓我看一下吧。」我溫柔地說。

她有些不情願地把槍托抵在左肩前，右手托住槍管，然後開始試著把銀手的手指勾在板機上，但是手指太纖細，抓不住、扣不下。

「看吧。」她說。

「好，」我說，「不過沒關係。現在把站姿改一下，左腳在前，臀部也轉過來。」

他們教我們用魏老師稱之為側身站姿的姿勢射擊，托槍管那隻手的肩膀朝向目標，扣板機那隻手的肩膀朝後。她說這樣才能確保我們一發即中，因為誰知道他們會不會哪天不再送子彈來，這時候我們就得每發子彈都擊中目標。

芮絲調整站姿，改用銀手托著槍管，另一隻手放在板機上。她肩膀的位置沒錯，但是看得出來她不習慣這站姿，因為她的臀部沒轉過來。

「妳一定要改過來，」我說，「來吧。」

「這樣我看不到。」

我笑出來：「如果我一隻眼都看得到，妳兩隻眼更看得到了。」

她在小題大作地瞎搞，想把槍拿對，但是如果她還是那樣站著，怎麼樣也拿不好。我站到她身後，伸出一隻手環在她的臀上，問：「我可以幫妳嗎？」

她轉過頭來，露出頸背纖細的皮膚，我突然無法呼吸。片刻之前什麼都沒有，這什麼都不是，就只是我跟她，就跟以前上百次一樣。但是現在不同了。碧亞不在，沒有人介於我們之間。

「嗯，」她輕聲說，「可以。」

我把一隻手放在她的臀上，另一隻手滑到她的腰間。外套下的她好溫暖，充滿生命，就在此處跟我一起，而且如果我不是自己感覺到，我一定不會相信，但是她在顫抖。堅忍、刻薄、剛強的芮絲，在我的碰觸下顫抖。

「這樣子。」我說，把她的臀轉過來與我平行。她的身體模仿我的身體的線條，我艱困地嚥口口水。「但是上半身不要動。」

她又把獵槍舉起來，我們一起把槍導向目標，我的手把她的臀維持在側站的姿勢，我的頭緊靠著她的頭。她闔上一隻眼睛瞄準，眼睫毛在皮膚上顯得好深沉。

「就這樣，」我有些發顫地說，「好極了。」

我們站在那，我的身軀環著她的身軀，然後她放鬆下來。微微地，而且不是一次整個放鬆下來，但是她的背因此而貼著我的胸。我的心在狂跳，砰砰地一聲接一聲迴響在我的耳中。我從來沒有如此靠近她，從來沒看過她鼻側上那道疤，從來沒看過她耳後細髮飛起之處。它看起來是如此柔軟，薄如面紙，我並非有意，完全不知道自己伸出手，伸出手用指尖輕觸那隱約可見的藍色靜脈。

她倏地轉頭。我嚇得把手收回來，目瞪口呆，驚恐萬分。我真不敢相信自己毀了這一刻。逼得太甚、靠得太近，就在我們剛開始學會怎麼成為朋友時。

「對不起。」我結結巴巴地說。快挽救，把我們再帶回到安全地帶。「我不應該的。」

她只是瞪著我，急促地喘息。氣息在嘴邊結成霧氣，獵槍懸在銀手上。「剛剛那是怎麼回事？」她最後終於說。

我安然地度過整整三年，不給它一個名稱。但是芮絲在這，一頭星光般的秀髮與一顆野火般的心，昨晚在我們房裡時，看著黑暗中她美麗而奇異的臉龐時，我知道該怎麼稱呼它。與她初識的那一天我就知道了，當時她看著我，彷彿我是什麼她無法理解的東西。從此以後，每分每秒，我都知道。

「沒什麼。」我固執地說。沒有，什麼都沒有。我可以關上這扇門。這方面我已身經百戰。「妳不用想太多。」

「我不相信。海蒂，妳一定要跟我講剛剛那是怎麼回事。」她把獵槍擺到那張臨時湊合的桌子上，目光一直沒離開我。「妳一定要跟我講，因為我覺得我快發瘋了。」

「妳是什麼意思？」我說，故作輕鬆。我做得到的——我可以假裝，矢口否認一切。

但是她不上當。

「妳以前對我不一樣。」她說。我可以發誓她臉紅了，但同時又固執地繃起下巴，顯露出那我已熟悉不過的堅定決心。「我的意思是，妳看著我的樣子就好像是妳終於注意到我了。」

像是我終於注意到她了？我的天啊，她根本就一無所知。她真的一無所知。「不是——」

「所以，」她不等我說完，繼續逼問，「我需要妳告訴我剛剛那到底是怎麼回事。」她靠近一步，辮子清冷的光輝籠罩著我的皮膚。「我需要知道妳是不是跟我在同一點。」

我無法呼吸。她不是那個意思吧，是嗎？我一點都不習慣，一點都不習慣那怦然心動的感覺。我已經很久不再冀望了。「那妳在哪一點？」

「這裡。」她伸出手，與我十指交握。一直看著我，而且語氣如此堅定、如此自信，但是我可以感覺到她在顫抖，就跟我一樣。就像是她跟我一樣一直在渴望這一刻。

也許她真的是。每一次她排斥我，每一次我無法觸及她，都是因為她渴望我，而她以為我永遠不會回應她的渴望。而芮絲最善於的莫過於自我防衛。

但是現在，我可以看清了，我知道我們對彼此做了什麼，我們暗暗承認的失敗，我們默默忍受的冷落。無論這份堅持有多痛苦，我們倆都無法放手。

「我也是。」我說，「我也在這裡。」

好一陣子我們站在那動也不動，我能聽到的就只是自己的心跳在計時。最後芮絲顫抖地吐出一口氣，然後我倆大笑出來，互相倒向對方，很開心終於鬆了一口氣。

「好。」她說，銀色的手指小心翼翼地輕觸我的下巴。如此輕柔，使我幾乎感覺不到，但是我感覺到了，我真的感覺到了，而且使我如張紙般被火柴點燃。她身體的曲線貼向我的身軀，我們的笑聲漸漸消失。她吻我時，仍在微笑。

我也是。

第十章

傍晚，我們回到房間。離開馬廄後，我們把獵槍偷偷帶到圍欄附近那小片雲杉林，埋在一堆腐爛的落葉下。芮絲一如既往就在我旁邊，我倆之間沒什麼不一樣，唯一不同的是她眼中的神情和我血中的炙熱。

現在她四肢攤開躺在我床上，看著我在房裡來回踱步。太陽每西沉一寸，就增加我心中一分的恐懼，如彈簧壓縮在胃裡。魏老師打開大門，帶著碧亞進入樹林的時刻越來越接近了。

外面走廊上，其他女生正慢慢上樓準備回房點名。晚餐時間時，我倆仍待在雲杉林裡，誰都沒講話，圍欄的鐵欄杆在我們眼中顯得越來越大。我現在肚子還是不餓——光是想到食物仍會使我愧疚得反胃——但是芮絲的肚子卻偏偏挑這個時刻大聲咕嚕起來，我在房間的另一端都聽到了。

我停下腳步，看著芮絲坐起來，從口袋裡掏出早餐剩下的那半根牛肉乾，幾乎整根塞進嘴裡。

我們應該得到更多食物，我心想，忍住沒猛地一縮。如果我在碼頭上沒幫魏老師，我們早就有更多食物了。

芮絲看到我在望著她，吃力地嚥了一口，把剩下不到一口的牛肉乾遞給我：「不好意思，妳也要嗎？」

我呼哧呼哧大笑起來。太荒唐了。魏老師奪走我最好的朋友，而我還在為她保守祕密。

「我要跟妳講一件事。」我說。

然後我盡可能簡單地描述整個經過。那些袋子，滿滿裝著包裝奇怪的食物，還有魏老師在自問是否選對人時，漫不經心地把手放在手槍上的模樣。芮絲聽得目瞪口呆。深色的雙眼不可置信地睜得又圓又大，從床上望著我。

「妳是認真的。」聽我講完後她說。

我點頭。我沒跟她提起那條巧克力，不過我看不出來說了會有什麼好處。而且一部分的我想把這祕密保留給我自己。「沒錯。」我說，「我們就這樣把東西扔進海裡。」她不再說話，只是盯著窗外，拳頭緊握，我胃裡一陣惴惴不安。我沒毀了我們的關係吧？我們的關係才剛開始，我沒毀了吧？「妳在生氣嗎？」

她嗤之以鼻。「我當然生氣。」

「我的意思是，妳在生我的氣嗎？」

她轉頭看我，有些遲疑地把手指套進我的皮帶環。我怎麼會沒看到呢？她眼神中的溫暖，只屬於我，不屬於任何人。「妳也別無選擇，不是嗎？」

我感覺好多了，儘管這句話不應該使我感覺好多了。

外面，我可以聽到茱莉亞沿著走廊一路走來，停在每間房間門口清點人數。芮絲跟我交換一個眼神，然後等到茱莉亞把頭探進我們房間時，我倆已並排躺在床上。就在我們該在的地方，兩個乖乖遵守規定的女生。

「三個人。」茱莉亞說，然後輕輕咳嗽一聲：「對不起，兩個人。」

她離開後，我只是盯著地板，讓世界縮小為條條木板之間那道黑暗。幾個小時後，魏老師就會出去前往哈克家，我們也是。小心穿過樹林，違反隔離規定。為我們的生命奮鬥，也為碧亞的生命奮鬥。

我能夠為她做到這一點。我一定要。

芮絲好冷，長滿鱗片的手指環著我的腰。四周的黑暗越來越濃厚，我轉過去面對她時，只見到她頭髮上的光輝灑在我倆的皮膚上，辮子的花樣映在天花板上。

「妳應該睡一下。」她說，如此溫柔，幾乎不像她。「在外頭妳需要體力。」

「我睡不著。」窗外，月亮在緩緩升高，而我只能憑著月亮昨晚照亮夜空的回憶確定時間。我嚥下卡在喉中幾乎使我窒息的擔憂。「如果我們錯過時間怎麼辦？」

「我不睡。」她挪了挪，床墊吱呀一聲，然後把外套披到我肩上。「睡吧。」

至少如果我睡著了，就不用擔憂之後該怎麼做。我聽從她的勸告，靠到牆邊，在我那一側伸直，把另一半的床位留給她。睿特女中的床很窄，本來只是給一個人睡的，但是從毒克爆發的第一天起，我就一直跟碧亞睡一張床。我已經習慣了。

或者我以為我習慣了。芮絲此刻在我身邊躺下來，肩膀靠著我的胸懷，感覺起來完全不一樣。跟碧亞完全不一樣，碧亞的身軀感覺起來就如同我自己的身軀。而現在，連芮絲碰到我最輕微之處，我都可以感覺到，可以聽到她的每一口氣息，彷彿那是世界上唯一的聲響。

「還好嗎？」她問。

「嗯。」

我調整姿勢，把臉龐貼在她的頸邊。閉上眼睛，希望能夢到芮絲，夢到今天在馬廄度過的下午。

然後，在夢中等著我的是碧亞，我牽起她的手，帶她走進樹林。沒有光線，但是不知為何，我可以看到自己縫著她身上的壽衣。

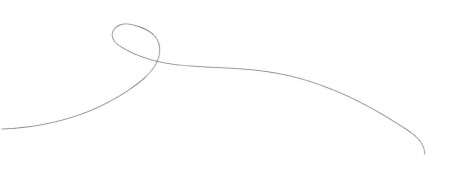

碧亞

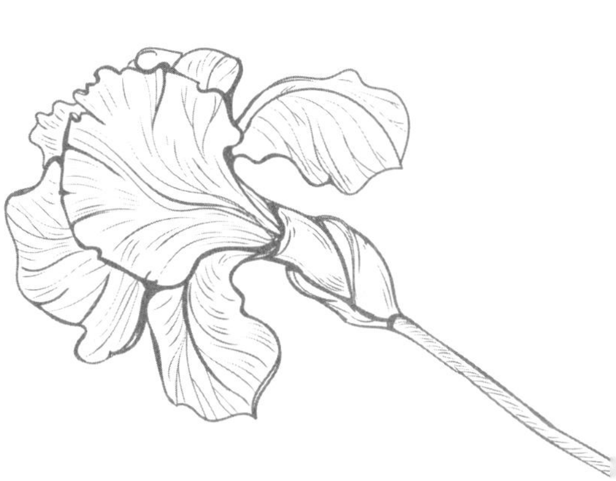

第十一章

我十歲的時候，編了一個故事。

就在暑假過後。那時我最好的朋友是崔西，身上的衣服總是燙得平平整整。暑假過完回來時，她跟我說她在夏令營交了一個新朋友。

我沒去夏令營，我沒交新朋友。

於是我跟崔西講別的。我跟她說我認識了一個叫做艾霖的女生，一整年都在騎馬游泳的艾霖。她上另一間學校，我說，但是跟我住同一條街，就隔幾戶房子。

然後我寫信給自己，跟崔西說是艾霖寫給我的。跟討厭的表妹照了一張相，拿給崔西看，跟她說那是艾霖。然後有一天，我跟她說艾霖不在家了。我跟她說艾霖的媽媽跟我說艾霖生病了。然後隔天，我一身黑衣，跟崔西說艾霖死了。

崔西哭了。她在她媽媽面前哭，在我們老師面前哭。老師把我帶到輔導室，問我怎麼一回事。於是我把整個故事又講一遍。因為我那時喜歡——我現在還是喜歡——看看自己有多大的影響力。

我眨眨眼，看到我媽在窗邊，房間有扇窗，我媽就站在那，一身藍，像早晨。

「我以為我們已經說好不做這種事了。」她說。

是說好不做了，有時候現在還是，但是我心裡就有股衝動難以克制。窗戶關起、消失，我媽越來越高。

「我們很失望。」她說，頭都碰到天花板了。「非常失望非常失望非常失望。」

通常，都是碰巧發生的。一個我從未計畫說的謊，一個我從未有意玩的伎倆。我張開嘴，然後奇怪的句子就會跑出來，新的、不是我的。像是有另外一個人在我體內。每次我扯的謊崩潰了，我會跟我爸媽說，對不起。我從不想傷害任何人。而有時候我是真心的。

但是有時候我不是真心的。憤怒，無邊無際、深沉黑暗，無法從心裡挖除。越長越大，直到我只有空間容給它。

去睿特吧，我媽說。重頭開始。

我試了。但是我們每人都有擅長之處。

我不懷念說話。我以為自己會懷念說話，但是這樣輕鬆多了。寫下最精簡的字句，然後他們就會在腦中建構出一個完整的我。語氣恰到好處，意義中肯切實。剩下的工作，就讓他

們為我完成。

佩雷塔回來時，我在病床周圍的簾子後看到她的身影。我看到她駐足在門口，我看到她猶豫不決。像是她還記得我做了什麼。但是接著她就拉開簾子，身上仍穿著那件藍色的隔離衣，抓破的地方補起來了，嘴上仍戴著那個印著淺色花樣的口罩。我納悶他們到底有沒有備用品，還是醫生得自己縫合隔離衣上被我撕裂的地方。

「早安。」她說。

我的雙手被綁住了。拿不到佩雷塔擱在床邊的小白板，什麼都做不了，只能對她豎起大拇指，但是我當然不會對她豎起大拇指。

「妳知道共振頻率是什麼嗎？」

我揚起眉毛。用這句話展開今天的對話真奇怪。

「共振頻率就是一個物體振動時的頻率。」佩雷塔解釋。她聽起來有些侷促不安，彷彿不習慣用如此簡單的方式說明。「如果妳達到某個物體的共振頻率，這物體就會碎掉。比如說玻璃，如果你唱出正確的音高。」

我握緊拳頭，只希望她能讓我用小白板。我不懂她為什麼要跟我講這個。

「幾乎所有的物體都有一個共振頻率。」她看著我好一會兒。「連骨頭也有，碧亞。」

我吃力地嚥了一口口水。想起那搖撼全身、震碎肺腑的劇痛。我，還有佩雷塔，還有所有聽到我大叫的人。

「從來沒有什麼，」佩雷塔輕柔地說，「能夠如此準確強烈地達到骨頭的頻率，強烈到引起劇烈的疼痛。只有妳跟妳的聲音。」她伸出手，把一隻戴著手套的手指放在我的喉嚨上。

「它到底對妳做了什麼?甜心?」

我不知道，我想說。妳告訴我。

但是她只是退後一步，清清喉嚨，眼神裡流露著悲傷。「我想給妳看樣東西。」她說，然後停頓下來等待一個我無法給予的答案。「但是我想妳可以理解，我需要妳跟我承諾不會再發生像上次那樣的狀況。」

我點頭，因為除此以外，我不知道還能做什麼。於是她彎身解開我手腕上的束帶。如此貼近時，她聞起來像汗水、像鹽巴。我可以看到她髮線邊一塊塊乾巴巴的皮膚，眼角邊有塊痔。

我體力還不夠，無法自己站著，於是佩雷塔協助我坐上一張輪椅。從毯子下露出的部分在發抖，瘀青的雙腿、破裂的趾甲。我們的身體在睿特從不顯得怪異突兀，但是在此處，我把病人服的下襬往下拉，坐直，遮住背上的第二條脊骨。

她把小白板塞到我身邊，彎起我的手指抓住麥克筆，然後把我推出病房。我試著記住每幕景象、每個轉角。我們穿過的門廳，牆上一個個蒼白的方塊，想必是曾經掛著什麼，還有佩雷塔推我走過的走廊，破舊的地毯和發霉的味道。但是它們流入又流出我腦中，我不我不

我不如自認地確實身在此處。

我覺得快嘔吐了。彎下身，雙手貼在額頭上，感覺到佩雷塔的隔離衣輕刷著我的肩，若有似無。我閉上眼睛，想消失。

再睜開眼睛時，我在別處。起初我根本不知道自己在看什麼，眨眨眼後，它們才分開，地板與天花板。成堆的箱子，滿推車的折疊椅，所有的東西都用厚厚的塑膠布蓋住。地板跟

其他各處一樣是已經開始剝落的亞麻地板，但是牆上有兩個深深的壁龕。空的，但是用燈照著，像是以前有東西展示在裡面。

我拿起小白板，舉到佩雷塔面前引起她的注意力，然後寫字。

這是什麼　我們在哪

「有一部分是拿來儲藏的。」佩雷塔說，沒真的回答我的問題，但是我覺得我能得到的回答也就僅此而已。她把我從兩個櫃子之間的狹窄走道推過去，兩個櫃子都覆著厚厚的透明塑膠布，形影模糊。這裡是房間的另一區，幾乎像間實驗室，兩張桌子並排放著，上面擺著我不認識的儀器。其中一張桌子上，我覺得看到了一隻睿特藍蟹的殘骸，殼都碎了，但是佩雷塔把我轉開，推往牆上另一個壁龕，這一個我之前從門口沒看到。

壁龕裡鋪滿了土，深度大概達半公尺，然後長在那裡的，在這間房間，在這間大樓，是四朵睿特鳶尾花。

淚水湧入我的眼眶，我眨眼忍住，吃驚不已。我多麼想念它。我想念海蒂和芮絲，但是我最想念的是從樹間來臨的黎明。我想念北側的懸崖和下方的海浪，想念強風奪走妳的氣息，像是妳的氣息原本就從不屬於妳。

我不知不覺伸出手想去摸，佩雷塔立刻把我的手拉回來，戴著手套的手指抓著我的手腕。

「這樣，」她說，「恐怕有點愚蠢。」

你們為什麼有鳶尾花，我寫。

佩雷塔把輪椅轉過來，使我面對她。我真希望她沒把輪椅轉過來。我已經開始想念鳶尾花的模樣了，那熟悉的靛藍，那光滑如絲、優雅下垂的花瓣。

「我們一直在研究它們。」佩雷塔邊說邊在我面前蹲下來。「睿特鳶尾花，還有睿特藍蟹。我們把它們稱為睿特現象。」

一種現象，不是一種疾病。這個詞燒徹我的心——這就是我一直在尋找的說法——但是她說這詞的語氣有些怪異。那稱呼在她的嘴上太熟悉、太輕鬆。

「他們在學校裡有沒有教過妳們睿特藍蟹？」她問，「教妳們睿特藍蟹有什麼特別之處？」我點頭。

牠們的肺

「還有鰓。」佩雷塔說，「很奇妙，不是嗎？這樣牠在哪都可生存。所以我覺得妳們這群女生現在成為睿特現象的一部分，也很奇妙。」

睿特現象的一部分。看看我們的身體如何扭曲變形。看看我們的指尖如何在死前變黑，純淨的黑色蔓延到指節。我過去常在黑夜裡瞪著自己的手，海蒂在我身邊熟睡著，而我想用念力使它們變色。

「想像一下我們可以如何利用它。」她的語氣急迫而親密，「想像一下我們可以幫助多少人。」

我想起我們燒毀的屍體，我們忍受的疼痛。

我覺得目前對誰都沒幫助

「沒錯。」她把一隻戴著手套的手放在我膝上。「妳想的一點都沒錯。要能夠幫助人，我們就得先找到治療它的方法，控制它的方法。而要做到這一點，我們必須先了解為什麼會發生這種現象。」

祝妳好運

她搖搖頭，我覺得似乎可在她的口罩下瞄到一絲微笑。「我知道，」她說，「我研究這現象已經好幾年了，碧亞。先是睿特藍蟹，然後是睿特鳶尾花，現在是妳們這群女生，但是我仍舊毫無進展。」

好幾年，我心想。她站起來，開始把我推向擺著解體藍蟹的桌子。她一定是指她在毒克找到我們之前就在這裡了。我們以前在生物課學到睿特藍蟹是個值得研究的動物，但是我從來沒想到真有人在研究牠。

她把我停在桌前，還在講什麼，但是我沒聽。那隻睿特藍蟹攤開著躺在那，蟹腳從軀體上剪斷，蟹殼仔細地擺到一邊，顯示出內臟。我等著反胃的感覺出現，但是我能感覺到的，就只是那天跟海蒂在岩塊上時海水激起的浪花，那隻藍蟹在我的雙手中漸漸變黑。牠碎裂時，仍舊活著。

我納悶若我碎裂時，是否也仍活著。

「我為妳準備了一個特別的節目。」泰迪說。房間裡的鐘告訴我現在是下午，但是沒告訴我是哪一天。一樣的藍色塑膠隔離衣，一樣的手術口罩。我喜歡他的眼睛，我覺得。看起來像我的眼睛。

先解開左邊的束帶，然後右邊的束帶。小白板握在我手中，手指抽起筋來。

好的特別？

「有不好的特別嗎？」他說，「我們今天要出去走走。」

真的

「真的。」

為什麼要出去

「佩雷塔醫師想讓妳氣色好一點。」他把簾子拉開。病房裡變了，其他病床全被推到另一邊。「她建議讓妳起床走動一下。出去是我的主意。不過妳要閉上眼睛。我想給妳一個驚喜。」

急於也樂於幫忙的泰迪，被此處的醫師視而不見，因為他們的世界已縮小成我的病歷與我。準備違反規定，因為沒有人告訴他規定是什麼。

我開始把自己撐起來，但是他立刻把一隻手放在我肩上。「我來幫妳。」他抬起我的雙腳，轉到床邊垂在床緣。雙手隔著隔離衣好冰冷，頭髮磨到我的雙腿產生靜電，全豎起來。

我的外套塞在牆邊的櫃子裡，泰迪協助我穿上，扣上扣子，然後蹲下來為我綁鞋帶。

「好了。」綁完後他說，「都準備好了。要我扶妳站起來嗎？」

我搖頭，站起來。我覺得體力恢復一點了。就算沒有，也不需要別人幫忙。

我拿著小白板，麥克筆收在口袋裡。泰迪牽著我的手，領我走出病房，轉過三個轉角。我記住，在腦中畫成地圖。等他說可以睜開眼睛時，我們正站在一個凹陷的窄門前。門沒有整個關上，從底端的縫隙我看到草地正開始枯死。

「把門打開吧。」他說，扶著我舉起手去開門。

一陣風灌進來，吹翻病人服的下襬。冰冷到想必會使我全身麻木，但是我不在乎。

「深呼吸，慢慢來。」

我點頭。試著不要大口吞下，那空氣，那辛香與甜味。我們一起踏出去，讓門在身後嘎吱一聲關上。

一道圍欄，是上方有鐵絲的那種，防止妳逃出去。樹木壓向它，枝葉捲曲彎入。圍欄與我之間，地面躁動不安、凹凸不平，在寒氣已深入之處裂開，變棕變脆。

「來吧，」泰迪說，「我們走一走。」

我赤裸的雙腿凍得跑出雞皮疙瘩，冰冷的汗水凍入骨髓，但是我們繼續走。走得越近，圍欄就越清晰。一步、再一步，突然我雙膝發軟，泰迪立刻把手環住我的腰。最後，終於到達樹林侵入之處。我把手指繞在鐵絲網上。

納許營。一定就是了。如果我瞇起眼，可以讓它看起來像睿特島，像我的家。

泰迪在說什麼。世界太嘈雜。我把小白板撐在圍欄上。

聽不到，我寫。

他又說一次——操，他說，真冷——但是我假裝聽不到，搖搖頭。伸出手，輕拍他臉上的手術口罩。我想要他把口罩脫掉。

「不行。」

我們可以進去

如果你想

「嘿，別鬧彆扭了。在這外面透透氣不是很好嗎？」

我從小就學會了。保持沉默。就可以如願以償。

「妳知道我真的不可以把口罩脫掉。」他等著。然後嘆了口氣，也許吧，退後幾步。「好吧，但是妳站在那裡別動。」

因為他才十九歲，因為他沒想太多。因為我已經練習過這副微笑夠多次，知道它有什麼魔力。

泰迪把雙手伸到腦後，口罩繫起處，花了一番功夫把結打開，然後口罩就垂下來了。他就在那。豐滿的嘴唇。有力的下巴。泰迪。

「碧亞。」

我揮揮手，他對我嘻嘻笑。我舉起小白板，撐在上面寫字。

可以過去跟你打招呼嗎

「不行。」他立刻說，舉出一隻手阻止我。「妳答應我了。」

沒真的答應，然後我確定自己露出恰到好處的表情，有些害羞，又有點好奇。

「碧亞，」他說，「我知道妳一個人在病房裡一定很寂寞。我會試著更常去找妳，但是我——」

我舉起手，於是他的聲音消失了。**不一樣**，我寫。然後，等他的雙眼睜大那麼一點點時，我又寫：

你不會被傳染

他大笑起來。「真的嗎？」

當然不是真的。但是我想要什麼就要得到什麼。**男孩止步**。

他在思考，咬著嘴唇，皺著眉頭看著我，然後我看到他的雙肩垂下來，像是吐出一口氣。無論他自己是否知道，他已經投降了。

我踏出一步。又一步。他默不作聲。只是看著我，然後等我看到他的手指彎起來時——手指在隔離衣下看起來好可笑，不過我不會跟他講——我就知道我得到他了。

他的嘴唇光滑深沉。我可以看到他下巴邊上有個凹口，可以看到他一定是忘了洗掉的斑斑血跡。我拉近我們之間的距離，把臉龐靠向他的臉龐。一綹頭髮鬆開了，被風往前吹。黏在他的下唇上。我看著他把眼睛閉上。

很簡單。根本沒什麼。我再緩緩靠近那麼一點點，仰起頭，手指輕觸他的下巴，把他的嘴引向我的唇。

他吻我的方式像是他懼怕我。他的確是，但是我覺得我不在乎。

他退後一步時，並沒有退太遠，把我的頭髮繞在他的手指上，另一隻手撫摸我的臀。我看得出來他想問。在每一回一閃即逝的瞥視、每一次若有似無的碰觸裡。

我把小白板撐在他的胸膛上。他笑出來，因為我試著把文字反過來寫，這樣他就不用放開我。

開口吧

問吧

「問什麼？」

我瞧他一眼，翻個白眼，他露出一個尷尬的微笑。

「我只是在想，不知道妳到底有什麼症狀。」

我握起他放在我臀上的手，領到我的背後，第二條脊骨的尖端透過外套都可摸到之處。他摸到那條新骨頭的曲線與尖突時，雙眼睜得又圓又大。

「靠……」他說，我忍住沒笑出來。「妳們每個人都有這東西嗎？」

我搖搖頭。**有些人是直接死掉**

「可是——」

我知道

我寫出一串症狀。夢娜的魚鰓。海蒂的眼睛。甚至嘗試把芮絲的手畫出來，而除此之外，還有上百個女生的上百種症狀，我已記不清了。看到我們的病症如此攤開在眼前，我好震驚。看毒克如何仿照周邊的動物改造我們，嘗試改變我們的身體，超越身體能夠承受的極限。像是它在試著使我們變得更好，只是我們無法適應。

「真可怕。」我寫完時他說，雙眼圓大，神情嚴肅，我忍不住笑出來。

我猜是吧　一開始是很難熬

「然後呢？」

然後。然後海蒂和芮絲和某人需要我。每個人的體內都藏著一份野性，就如同我一直在內心感覺到的那份野性。只不過這一次是真實的。在我的體內，不只在腦中。

就沒那麼難熬了

「他們會找到療法的。」他輕觸我的臉頰，塑膠手套摩擦著我的皮膚。「不管毒克到底是什麼病，他們會找到治療的方法的。」

樹林裡突然有動靜，一隻鳥飛上天。他猛地扭身去看。我眼前只見到血，在風中從他的臉上飛落。

我們進去吧

回到病房，回到床上。簾子拉起了，外套和靴子脫掉了。雙手自由，小白板擦乾淨了。

「佩雷塔醫師待會兒就會過來。」他說。眨眨眼，把口罩拉上去，繫好。「如果她問起，就說妳非常開心能在病房裡走幾圈。」

佩雷塔過來時，身上還是那件藍色隔離衣，而且抱著一疊檔案、便條本和鉛筆，還有一台攝影機和腳架。深色的頭髮光滑亮麗，眼角幾道深深的皺紋。不知道在口罩下、她的嘴角邊是否也有同樣的皺紋。

「今天下午感覺如何？碧亞？」

聳聳肩。很好

「我們把妳的鎮靜劑劑量慢慢往下調了，希望妳沒有太痛。」

搖搖頭。指向小白板。

「昨天跟妳談一談對我們非常有幫助。我想再多問幾個問題，希望妳不介意。」她把攝影機擱在床上，開始設起腳架。「我知道這樣有點不尋常。通常，進行像這樣的面談時，我會做筆記。但是因為妳是用寫字的方式，所以我想這樣比較簡單。」腳架站穩了，她把攝影機裝上去。

我怎麼做

「我會問妳問題，妳只要把答案寫下來，然後舉起來給攝影機看，就好了。就這麼簡單。」

攝影機的螢幕翻出來，紅燈開始閃爍。佩雷塔在床上我的腳邊坐下來，把便條本撐在膝上。

「在進入疾病的細節之前，我發現妳的病歷裡好像少了一些資訊。能不能跟我講一下妳月經的狀況？在隔離期間妳的月經規律嗎？我知道壓力和營養會嚴重影響到月經的狀況。」

毒克後我們都沒月經了

佩雷塔往前傾。「這個資訊非常有幫助，真的，碧亞。那麼開始隔離之前，還沒進入青春期的女生呢？」

我從來沒想到這一點，真的。但是海軍不再送來衛生棉跟棉條時，從來沒有人抱怨過。

我想她們一直沒來月經

「但是她們有毒克的症狀，對嗎？」

對

「那你們的老師呢？」佩雷塔的雙眼閃著光，聲音裡流露出一種急迫感。「她們的症狀跟妳們一樣嗎？」

我猜我不是很確定。但是我相信魏老師跟校長都不像我一樣在衣服下藏著一條新脊骨。她們也病了，我知道。我看過她們皮膚上的瘡，看過她們發燒時雙眼呆滯茫然。但是不像我們這樣。

不一樣，至少還在的是如此

「還在的有校長跟誰？」

魏老師

而且她們最接近正常，不是嗎？是她們應該在這裡，而我應該在我的房間裡。海蒂就躺在我身邊，緊緊抱著我，使我幾乎透不過氣。

我指了一下周圍的病房，露出一個苦笑。**妳應該用她們兩人來研究療法**

佩雷塔閱讀小白板上的句子，然後皺起眉。好一會兒後，才說：「我們是真的想找到療法，碧亞。但是我們還有好多問題要找到答案。我相信妳一定能夠理解。」

我不理解

她繼續問我問題，彷彿我剛剛什麼都沒寫。「我這裡的紀錄說，島上只有一個人出生時註冊為男性。一位丹尼爾・哈克？」

芮絲的爸爸。我點頭。我實在不知道她還想知道什麼。如果她想了解哈克先生，當初應該選芮絲。

「他是怎麼反應的？跟妳們一樣嗎？」

一開始時，是跟我們一樣。憤怒，就跟我們有些人一樣。暴力，就跟我們有些人一樣。但是我們大多數人後來都學會控制自己，而他在離去時正開始失去控制。

不一樣

我只能寫出這麼多。

「這一點很有趣。」她開始翻弄便條本，我看著她草草寫下什麼。大部分都難以閱讀，但是我看到「動情素」這個詞，上方還有「腎上腺」這個詞，我覺得第二學年的生物課上到青春期時曾講過。也許我們的老師直接死於毒克，而非像我們一樣給毒克一個家，就跟這有關。

「這樣問可能有點奇怪，」佩雷塔盯著便條本好一會兒後問，「不過妳們的校長……是不是已經超過某個年齡了？」

彷彿我們不能開口說「更年期」一樣。在睿特的第一年，校長因為熱潮紅至少取消了兩次集會。

是

「而且，」佩雷塔繼續問，「妳們學生當中沒有人接受過賀爾蒙補充療法？」

據我所知是沒有

但是我還記得魏老師在琳賽的護理包裡發現一個保險套時，給我們上了一課。做好準備，她說，知道妳有哪些選擇，子宮內避孕器對某些人來說可能是正確的選擇，但是對其他人來說——

等待是最好的避孕藥

我還沒寫完，她就開始翻閱那疊病歷。「夏綠蒂．魏，二十六歲。啊，我懂了。由醫師開立避孕藥，進行賀爾蒙控制。」她抬起頭看我，露出一個苦笑。「我猜她後來得到藥物的數量有限，這一定扮演了一個重要的角色。」

妳在笑什麼？我想問她。妳覺得這麼好笑的數量有限，都是你們的錯。

「好。」她說，闔上病歷。「這一點我們還要深入研究一下。現在呢，我想詳細了解毒克爆發的過程。我知道得越多，我們就越容易找到治療的方法。」

妳知道這到底是什麼病嗎

我有成千上百個問題，但這是最重要的一個。

「我們還不確定。」佩雷塔說，「我們的檢驗還沒顯示出多少結果。我們從來沒見過這樣的疾病。妳們這群女生每人的症狀都不一樣。」

妳們這群女生，她是這樣講的，彷彿不值得一談。我保持一臉漠然，無動於衷。讓她以為我沒注意到。或者更好的是，讓她以為我不在乎。

「但是我們至少知道它不會經過空氣傳染。」她繼續說，「而且無法從受污染的表面感染，這一點對疾病沒有擴散開來幫助很大。但是我們需要妳的協助以得到更多的了解。所以，碧亞，我們就從一切開始之前著手吧。」

什麼之前。在我到達那兒之前，在睿特開始改變之前，在我在地圖上找到睿特之前。

這裡是波士頓在我的手中，從指縫間流走。磚瓦和石頭和幾條街道頭尾相接。我走啊走啊迷了路總是又回到原點。

另外一隻手中，是睿特。天際沒有渡船，本土遙不可及。海水與海岸每日重新誕生。成為它想成為的一切。一切都是我的。

無論我身在何方，都葬在此處。

「妳能想起剛開始時嗎?任何不尋常之處?」

我聳肩。好像都很正常

但是海蒂跟我講了一件事。爆發那天有幾個女生吃早餐時吵起來了

「怎麼吵?鬥嘴?」

不是，互相扯頭髮

但是我沒看到

「好。那誰先開始生病的?」

多是高年級的學生吧，然後是老師

年紀跟妳相仿

佩雷塔嗤之以鼻。「我可不會問妳覺得我幾歲喔。」我開始寫字，她立刻大笑起來，一隻手遮在眼前。

青春年少

「真好心。」

大多數的老師很快就走到了盡頭。我們的護士當時已經很老了，我覺得她好像還沒感染到毒克就死了。然後有幾個老師走進樹林，再也沒有回來。為了節省食物，留給我們，他們留下的條子上是這麼寫的。但是剩下的呢，年紀跟我媽差不多的女老師，才剛始出現零星的白頭髮，死時就像是發高燒死了。就這樣倒下了，連指尖都沒像我們這樣變黑。

「那麼學生當中還留下多少?」

那疊病歷陰森顯現。那麼多的名字，那麼多的女生都走了。一陣子之後，我就不再數

了，把世界的邊界拉得小小的，只容得下我們三人。

六十個吧不太確定

「妳的朋友呢？海蒂跟芮絲？她們還好嗎？」

我從來沒說。我永遠都不會說。我讓溫情流走，繃起下巴，縮起雙眼。

妳怎麼知道

她揮揮手。「我們知道妳們每一個人。」

又來了。說得如此輕鬆，好像一點都不重要，但是她給我的藥丸標示著「睿特００９」。如果我是００９，我的朋友會成為０１０嗎？

不，她們是我的，我絕不會讓她們走。

她很好

我們都很好

我知道佩雷塔想得到更多。但是她得不到。

妳問過我問題了　現在換我

佩雷塔在床上挪動，幾乎有些忐忑不安。她看起來就像我媽以前把我帶去看的治療師——當時他們領悟到我無意如他們所願地敞開心房。「當然。」

為什麼選我

我仔細地觀察她，然後她對我露出微笑，但是我可以看到掩藏在下的悲哀。

「讓我跟妳說實話，碧亞。」佩雷塔說，「其實根本沒有特別的原因。」

我覺得她以為這句話會傷到我。但是這句話帶來的是純然的解脫。我並不特別。我沒有免疫力。我對抗毒克的能力沒有特別好，而這樣很好，因為我不想對抗。

天時地利？

「沒錯。」她站起來，「有點類似。」

其實是因為夢娜，我才來到了這裡。她從醫務室下來時，我簡直無法相信。無法相信她還活著。我問她感覺如何，問她發生了什麼事，但是她幾乎什麼都沒說。

我正想離開，她卻把手壓在我的手臂內側。然後，用諷刺的語氣說：「他們會毀了它。」

我轉身時，看到校長正在跟海蒂講話。望向我這裡。

那天晚上，值完槍擊小組的勤之後，夢娜發病之後，我偷偷爬下與海蒂共享的床。回來時，我跟芮絲說去了樓下，而她是芮絲，她不多問，而我就需要這樣，因為我沒說實話。

其實我去了夢娜的房間。她的朋友全搬進同一間房住了，留下她一個人，於是她睡在走廊底端的單人房裡。門沒鎖上。我走進去。從窗外沒有多少光線照進來，但是我可以看到她趴在下鋪。

「嘿，」我輕聲說，「妳還活著嗎？」

她沒回話，於是我走過去搖她，直到她睜開眼睛。她看起來糟透了，頸上的魚鰓在緩緩翻動，邊緣破爛爛、血淋淋的。

「走開。」她說。

但是我沒走開，在她面前跪下來。沒得到我想得到的之前，我不會走。「妳那句話是什麼意思？今天早上在大廳妳講的那句話。」

她坐起來。如此緩慢，彷彿是世界上最艱困的事情，然後終於看著我，雙腿盤著，一頭紅髮閃著的光輝如此黯淡，我幾乎都沒注意到。她慢慢吐出一口氣，吐完時，我以為她已經忘了我。但是接著她舉起手，用一隻顫抖的手指去摸頸上魚鰓的扇形唇瓣。

「妳會留著它，」她說，「如果可以，妳會留著它，是吧？」

我無法假裝不知道她是什麼意思。海蒂眼睛瞎掉時，哭了，我甚至還看到芮絲有時候盯著自己長著鱗片的手，一臉恨不得把手砍掉的表情。至於我，我從不在意。流血過，大叫過，但都是安穩入眠的代價。

「不會。」我說謊，「妳會嗎？」

她看起來好疲倦。我幾乎有些同情她。「回去睡覺吧，碧亞。」她說。

但是我無法面對自己的房間與自己的床，於是我下樓，在大廳裡漫步，走在木條的隙縫上。然後我想著夢娜，想著自己，而我當然會留著它。

因為我覺得我這一生一直在尋找它——身軀裡的一股風暴，好與我腦中的風暴相呼應。

就是這時，魏老師發現我了。我跟她說我頭痛，她摸摸我的額頭，把我帶到醫務室，抽了一管血——安全起見，她說——然後叫我回房睡覺。回到房間時，我爬上芮絲的床，因為芮絲不會逼我說謊。

如果我沒跟夢娜說話，如果我那晚沒出房間。有成千上萬種的可能性，使我不會來到這裡，但是沒有一種感覺起來會發生。我一直在前往此處的路上。這始終早已發生了。

第十二章

「妳感覺如何？」

我聳聳肩。

「不覺得有壓力？有沒有什麼會使妳產生特別激烈的情緒反應？畢竟妳這一陣子也經歷了很多事。」

我從來沒見過這女人。佩雷塔走後，她就來了。沒自我介紹，只是把一張輪椅推到我床邊，坐下來，彷彿這是她的病房。

「有沒有什麼讓妳不舒服？」她問。

她一身的穿著跟佩雷塔一樣，一樣的隔離衣和手術口罩。只不過她的口罩是透明的塑膠。目的是使她看起來更平易近人，我猜，但是其實只扭曲了她下半部的臉。

「碧亞？」她問，身子向前傾。

我把頭轉開，彎腰在小白板上。**我沒有不舒服，我想寫，只是無聊。**

但是我只寫，**沒有**

「沒有？」

沒有不舒服

她點點頭，往後靠在椅背上。我望向床腳，被子拉起露出小腿之處。

「妳知道我的名字嗎？」她問。

不

「妳想知道嗎？」

我指向小白板。

「為什麼不想？」

我緊閉雙唇，只是慢慢地對她眨眼，她點點頭，彷彿我這舉動真有什麼意義。

「那我的工作呢？」她問，「妳想知道我的工作嗎？」

妳是治療師

「妳怎麼知道？」

我翻個白眼。

「妳以前看過治療師嗎？」

妳覺得呢

「我們來談談別的吧。」她說。我對她瞭若指掌。全新的面孔，但是我已經見過她上千次。每次我設起心防，他們就會用這種眼神看著我。

她把手上的寫字板夾掀起來，從下面拿起一本薄薄的精裝書，遞給我。海軍藍，金色浮雕字樣。我認得這本書。睿特女中的學生年鑑。毒克爆發之前製作的最後一本，那是我擁有過唯一完整的一年。

我急忙拿來小白板。

妳怎麼會有

她沒回話。只是掀開，慢慢翻閱。「那是妳在睿特的第一年，是嗎？毒克爆發之前那一年？」我聳聳肩。「妳在裡面不常出現。」

不喜歡照相。

「噢，妳看，這裡有一張。」她把書舉到我面前，我接下，擺在腿上。

照片上是我、海蒂和芮絲，成排坐在大廳的沙發上。海蒂面對著我，正在講故事或什麼的，芮絲坐在沙發扶手上，正在幫我編辮子。她在微笑——只有一點點，但是千真萬確在微笑——我則雙眼閉著，仰頭大笑。幾乎可以是睿特今日的景象，只不過照片上的沙發還豐滿舒適，後面的窗台上還擺著一瓶睿特鳶尾花。

「這兩人是誰？我的意思是，妳的朋友叫什麼名字？」

我彎向書頁。海蒂的雙眼好溫暖，眉開眼笑的。我幾乎都忘了她兩隻眼都好好時的模樣了。

「這是海蒂，對嗎？海蒂．蕭平？另外這個應該就是芮絲．哈克了。」

她靠過來，我立刻把書闔上，藏到小白板下。又是一個佩雷塔的同謀，想查出我朋友的狀況，跟我問些他們根本沒有權利來問的問題。我絕不會讓海蒂或芮絲成為下一個躺在這張病床上的女生。

為什麼妳想知道

她把頭歪向一邊，往後靠在椅背上，雙手交疊在膝上。

「妳想保護她們。我能了解。但是妳不用擔心，碧亞。她們很安全。魏老師跟你們的校長會照顧她們。」

體內什麼啪地一聲張開大嘴。我撲向床邊。速度太快，頭昏眼花。治療師在看著我，一隻手停在床緣的緊急呼救鈕上。以防萬一。

「碧亞，」她說，「請妳坐回去。」

整個世界縮小了。模糊不清、天旋地轉，只見到她頸子上的脈搏。我可以看到它在搏動。眨個眼，我已經撲到她身上。眨個眼，她已壓下緊急呼救鈕，警報聲大作。眨個眼，我的膝蓋已頂在她的肋間，雙手緊緊抓住她的前臂，扯破了隔離衣。眨個眼，我的指甲已深深掘入。

「碧亞！」有人在大喊，「妳在幹什麼？」

誰用雙臂緊緊環住我的腰，我被往後一拉，甩到空中。摔到地上，頭痛欲裂。治療師的手抓在胸前，手臂上淌下一道道的血流。兩道壓痕，一致的曲線，深深埋入手腕。我的嘴又濕又黏。

我露出微笑，周圍一切如此明亮新穎，但是馬上又消失了，我又孤單一人。誰用手摀住我的嘴。肩頭被戳進一針，然後一片黑暗。

有人一掌打在我臉上，把我叫醒。我倒吸一口氣。

「把她帶出去，快。」

上方，燈光閃爍。我在病床上，雙臂又被束帶扣住。視線漸漸清晰起來，形影轉變為人體，第一個看清的是佩雷塔的臉孔，齜牙咧嘴地彎身看著我。

「綁住她的腳。」

有人壓住我，把我的大腿綁在一起。束帶被拉緊，我抽搐起來，體內什麼在絕望地扭動翻騰。又一條束帶，綁在臀上，又一條，綁在腳踝上。手腕。然後至今以來第一次，肩膀上也綁上一條。接著他們把手伸向我的額頭和下巴。

我來回扭動，試著往下滑，把臀部的束帶扯鬆，但是佩雷塔壓下來把我頂回床上。下巴的束帶還沒綁上，於是我猛烈地左右甩頭。我會大叫，我一定會，讓我們大家都痛苦不堪，總好過只有我在痛。

「不要讓她說話！」佩雷塔大叫。有人從後面用雙手抓住我的頭，然後我看到是泰迪。泰迪的臉，他在撫摸我的頭髮。

「沒關係的。」他一遍又一遍地說。「放鬆，我在這裡。」

差一點就沒關係了。但是我知道要看什麼，而我看到它了。他雙頰上的炙熱。只短短一秒鐘，他那恐懼的眼神。

它先是身體的一股波動，竄過他全身，使他額頭冒汗。然後是一股停不下來的抖動，他立刻癱倒在我身上，口水沿著下巴流下來。扯掉口罩，一口吐出什麼，吐到我的胸膛上。一小塊物體，光亮潔白。是骨頭。

「泰迪，我的天啊。」佩雷塔立刻衝到他身邊，扶住他，但是他四肢逐一癱軟下去。

「泰迪，聽得到我說話嗎？泰迪！」然後他們就忘了我，不再顧著我，束帶夠鬆，我可以扭過身來看到他躺在地上。兩眼翻白。全身在微微顫抖。

然後他就被搬到病床上，被他們帶出去，而我，我仍在這裡。

海蒂

第十三章

我聽到有人叫我的名字，醒過來，看到芮絲在輕輕搖我。我的皮膚又濕又黏，汗水已滲透上衣背後，而且喉嚨好痛，彷彿曾試著尖聲大叫。

「時間到了。」她悄聲說。周圍，整棟大樓安安靜靜，沒有其他宿舍房間傳來的聲響劃破寂靜。月亮已高升，從窗口都望不到。現在一定是午夜後過。這個季節，要再過好幾個小時才會日出，但是外頭結霜的草地光滑明亮。不用手電筒，我們在樹林裡應該也可以看得很清楚。

我們起床，緩慢移動，腳步輕巧。我在房間門口猶豫片刻。此刻，碧亞還活著。至少我知道這一點。如果我現在出去，就等於是把這個想法握在手中，彎折它，看它是否會斷裂。

「準備好了？」芮絲在我身後問。

碧亞還活著。她還活著，而且現在需要我，就如同我過去總是需要她。「好了。」

溜出房門，穿過走廊，芮絲把兜帽拉起來了，藏住發光的頭髮，如此貼近我，我可以感覺到她的指節輕觸著我的指節。沒有人醒著，就算是醒著，也都安靜不語，因此我們輕鬆順利地走過其他房間，來到二樓夾層。

我們蹲在大廳樓梯的頂端，我的眼睛吃力地想找到通常會在前門守衛的學妹。不知道她會不會協助魏老師把碧亞帶到哈克家，還是魏老師會單獨行事。

銀色的月光從那麼多扇的窗戶灑進來，我還是什麼人都沒看到，不過可能是因為我只能用一隻眼看，於是我推推芮絲。「她在哪裡？」

「不知道。」芮絲說。我回頭，看到她皺著眉頭。「應該有人要值班的啊。」

「她一定是把班表換了。」儘管沒說出口，我倆都知道為什麼——魏老師不想讓人看到她要做什麼。對她來說是優勢，但是對我來說也是，而我絕不會讓這個機會溜走。「我們出去吧。」

我站起來，慢慢走下階梯，眼睛掙扎著在黑暗中辨認出邊緣。一步接一步，芮絲就在我的手肘邊，最後我們終於來到一樓。還是沒人——沒有守衛的女生逮到我們，也沒有魏老師的蹤影。我們來得太早了嗎？還是太晚了？

芮絲拉開雙扇門的一邊，我跟著她溜出去，在門廊下遲疑了一下，感覺到冬夜的冷風鑽進外套。我有個感覺，槍擊小組就跟守衛小組一樣被取消值班了，但是仍應小心起見。

槍擊小組總會在日落後點亮一盞提燈。我等芮絲把兜帽緊緊裹住頭髮，彎腰踏進黑夜，望向屋頂。

「沒人。」她說，氣息結成的霧氣飄在黑暗中。「我們很安全。」

一切祕密行事。我不敢去思考這對碧亞來說有何意義。

踏出門廊，然後走上石板路，來到圍欄邊的雲杉林。芮絲等著，我用凍僵的手指挖出獵槍，結凍的泥土塞進指甲。獵槍依舊在我們藏好的地方，我應該感到高興，但是我從來都不想要這一切。不想要一支獵槍握在手中，不想要最好的朋友的生命扛在肩上。

我等待了片刻，想起釘在大廳布告欄上的公告。遵守隔離檢疫規定，他們說。遵守規定，我們就會協助妳們。

皮帶上一把小刀，手中一把獵槍。經歷了一年半空蕩的天空、不足的醫藥、屍體在學校大樓後被焚燒。我們必須自己拯救自己。

來到圍欄大門時，我先走，戰戰兢兢地打開大門，免得手指被綁在欄杆上的玻璃碎屑割傷。每個人都可以從學校這一邊打開大門，但是離開關上後它就會自動鎖上，只有掛在魏老師皮帶上的鑰匙可以打開。

「妳確定北側沒問題？」芮絲說。她指的是我們回來的計畫。其實不算是計畫，應該說是我們唯一的選擇，但是我相當確定，在小島的北側，圍欄與懸崖相接之處，我們可以爬過圍欄回到學校。

「盡可能確定了。」我說，而這樣理當足夠了。因為我們別無選擇。

我們走進松樹林，芮絲帶路。樹木緊密茂盛，掉落的針葉是一片綠色的地毯，潮爛香甜。儘管小島已變了，儘管我在野林變得怪異殘酷之後曾出來過，我想她還是比我更熟悉這小島。我們都是睿特女子，但都比不上芮絲。

有時候她會跟我們講起小島的種種。講起她找到的祕密地點——退潮時才能走去的海邊，藏在紡錘草中的小徑。她會跟我們講起她爸爸半夜叫醒她，帶她走到岩岸邊，去觀賞發著生物冷光的海浪為岩塊披上光澤，一片清冷的白光，就如同她髮上的光輝。暑假過後回到學校的頭幾天，她會望著窗外，仍舊一臉雀斑與棕黑，雙眼中一副被困住了的神情。

如果對我來說也如此就好了。但是無論我望向何處，都有什麼令我感到懼怕。每個聲響都猶如有隻動物在潛近我們。我把獵槍扛在肩上，提醒自己只有兩發子彈。

我們走進樹林深處，回頭時已看不到學校圍欄。上方，濃密的枝葉間只灑下些許的月光。我想叫芮絲把兜帽脫掉，讓她髮上的光輝為我照亮路徑，但是我們不能冒險被魏老師抓到，也不能被要跟她會面的人看到。於是我緊緊跟在芮絲身後，信任她的雙眼比我更能辨識這片黑暗。

遠方，一根樹枝啪地一聲折斷，我們立刻站住，貼到一棵松樹後，等待。也許是魏老師。或者是別的東西，更可怕的東西。我的心砰砰直跳，神經緊繃。無論那是什麼，比起跟物資小組出去的那天，我們此刻在黑暗中更安全。一定更安全。

「嘿。」芮絲悄聲說。她蹲伏著，斜靠在樹幹上。「我覺得沒問題了。」那外頭怎麼可能沒問題？「真的嗎？」

「真的。」她站起來，揮手要我也站起來。「只是一隻鹿。」

我從她肩上望過去，就在那，在一抹月光下緩緩向我們走來的，是兩隻雄鹿。從這個距離看來，沒什麼大不了，幾乎完全正常，但是如果近距離看，我知道我會看到牠們的靜脈如一片蕾絲從皮膚下突出來。而且我知道如果把牠們剖開，牠們的肉會繼續抽動，彷彿仍活著。

在槍擊小組值勤時，我們會把牠們擊斃，就跟其他動物一樣，就跟任何靠得太近的生物一樣。安全起見，魏老師是這麼說的。但是牠們終究也只是鹿，而我總納悶牠們到底會造成什麼傷害。

「走吧。」芮絲悄聲說，「牠們看起來沒什麼危險。」

我搖搖頭。「先等牠們離開。」

「好吧。」她說，聲音太大，兩隻鹿倏地把頭轉過來，用發白的雙眼研究黑暗中的形影。我摒住氣息。也許牠們的眼睛瞎了。

我們沒那麼幸運。其中一隻鹿朝我們踏出遲疑的一步，張開嘴時，我倒吸一口氣。長長的門牙閃著濕潤的光澤，尖銳如郊狼的牙。

「拿槍。」芮絲說，努力保持聲音的鎮靜，但是她在捶我的手臂，把我拉到她前面。那隻鹿把頭歪向一邊。「該死，海蒂，快拿槍。」

「別人可能會聽到槍聲。」

她跌跌撞撞地往後退。「是妳說要帶槍的。」

就跟在屋頂上一樣，我想。就跟我每次射擊時一樣。把獵槍頂在肩窩。眼睛瞇起，瞄向準星。即使在黑暗中，也不算難，但是那隻鹿動起來了，開始走向我們，而我只有兩發子彈。

「芮絲，」我說，「我們應該多偷一點子彈的。」

「什麼？」

我扣下板機。後座力撞得我往後倒，但是我命中目標，子彈穿進鹿的腹部。牠嚎叫起來，後腿癱軟下去，身後另外一隻鹿衝回樹林好幾公尺，毛髮直豎。

那隻鹿無力地掙扎，低聲哀號著癱倒在地，傷口開始流血，在結霜的地上積成一灘血泊。我走近牠趴倒在地的身軀，這時牠抬起頭。我發誓牠正在看著我。

「妳說呢？」芮絲問，「要解脫牠的痛苦嗎？」

「不要。」我說。沒有空間去感到同情。如果我感到同情，那麼我其他所有的情緒也都得感覺到。

我們繼續走進幽暗的樹林。望向肩後時，我看到另外那隻鹿已回到月光下的小空地，低著頭站在受傷那隻鹿的旁邊。牠從傷鹿身上扯下一口，抬起頭時，只見牠滿嘴的肉，頸上的白毛沾著血。

我應該感到吃驚。但是我只感到一絲似曾相識的感覺。我們在睿特島上全都如此。我們全都在不計代價地掙扎著存活。

我把獵槍扛在肩上，跟在芮絲身後。離她老家不遠了。

一直等到第一學年的春季，芮絲才邀請我們去她家。之前的假期我們全待在學校，我們三人一起——碧亞不想回家，所以我也不想回家——而等到開學時，芮絲不知怎麼地平易近人多了。依舊從不微笑，依舊沉默寡言，但是午餐時間，她開始讓我在排隊的隊伍中插到她前面。英語課上，她發現我弄丟自己的《紅字》時，把她自己那本借給我，說她已經讀完了，儘管我知道她其實沒讀完。

一天傍晚的晚餐時間，她來到餐廳，卻沒穿著制服。週一到週五，日出到日落，我們都應該穿著襯衫與裙子，但是她就站在那，一身牛仔褲與破舊的運動衫，說：「今天到我家吃吧。」

我們跟著她踏出雙扇門，走下石板路，來到圍欄邊，兩輛腳踏車就靠在那。我從來沒有騎過腳踏車，從來沒學會怎麼騎，於是我只是等著，試著不要看起來太焦慮，看碧亞爬上她的腳踏車。我還記得自己納悶她倆會不會就這麼把我丟下。芮絲理論上沒有邀請我。她根本沒指名道姓。

「來吧，」碧亞說，「坐到把手上來。」

「只有電影上的人才這樣。」我說，但還是跨站到前輪上，爬上把手。

那時白天正開始漸漸變長，傍晚的天還亮著，我們沿著小路疾馳前進時，陽光燦爛，海面上波光蕩漾。我好想當那個閉上眼睛、頭往後仰的女生。但是我只是請碧亞把速度緩下來。

芮絲的家在海邊，地勢低窪，飽經風吹日曬，看起來就像是從蘆葦叢中長出來的。接近屋子時，我看到屋後有個船塢，伸進海浪中，兩艘划艇停靠著，在水面上輕輕搖曳。站在前門的門廊上跟我們在揮手的，就是哈克先生。個子高大健壯。頭髮剪得整整齊齊，就跟我爸的海軍髮型一樣。

「妳們到啦。」他說完就走下階梯，協助我從碧亞的腳踏車上跳下來。這使我很緊張。我還記得，當時這麼近距離看著他。我們看過他在教室窗外，我們看過他在校園的另一端開著割草機割草、清理屋頂天溝，但是這麼靠近——一個大男人，起繭的手搭在我的手臂上。我忘了我也會對此感到懼怕。

不過也只是短暫的一刻。只是在衣服上碰了一下。我們進屋，來到一個長形的房間，整間屋子的面積就在我們腳下。晚餐香味四溢，聞起來比學校餐廳的餐食好多了，而牆上有芮絲的照片。芮絲學游泳。芮絲爬到樹上，低頭對著鏡頭嘻嘻笑。我整個晚上都無法把目光從她身上移開。彷彿她終於是她自己了，就在她爸爸的屋裡，家具雜亂不搭，後門隨意地敞著。

「希望這地方還可以。」芮絲把盤子端進廚房時，哈克先生說。「我們不常有訪客。」

「我覺得很舒適。」我說，而且我是真心的。我從來都不怎麼想家，但是那晚，我想家了。

之後，我跟碧亞站在屋前小徑的盡頭，等著芮絲跟她爸爸道別。她靠向她爸，說了什麼我聽不到，然後哈克先生大笑起來，把手掌貼在她的額頭上。

碧亞把頭轉開，但是我沒有。我看著芮絲露出微笑，看著她翻個白眼。「還是很合身。」我聽到他說。

我自己的爸爸，一趟接一趟、一天接一天，總在出差。我們從未如此熟識。

天空抹上一道道粉紅色的晚霞，初露的星光隱約模糊。騎回學校的一路上，我們沉默不語。

——

那天的景象仍歷歷在目，她家的模樣如此清晰。淺綠的牆板，白色的飾邊，窗戶才剛裝好。屋頂上鋪著新屋瓦——是那年的颶風之後進行的修理工作。

我們從小路上彎出去，走向小島的北方，我看得出來我們越來越接近海岸。腳下的泥土潮濕柔軟，空氣裡隱隱約約飄著鹽味。我調整肩上的獵槍，彎彎凍僵的手指，然後我們繼續走。

隨著樹木越來越稀疏，周圍也越來越明亮，一切都籠罩在銀色的月光下。仍舊沒有魏老師的蹤影。我們在越來越纖細歪斜的松樹間前進，最後終於到達樹林的盡頭，海岸在我們眼前展開，一片廣大的蘆葦平原。再往後，我可以看到有個東西浮在水上。

「那是——」

「船塢。」芮絲替我說完，「沒錯。」

沒有小船停在那，沒有人在海平線上。我覺得此刻只有我們在這。如果不是，一定早就聽到聲音了，或是看到燈光了。畢竟，在這外頭魏老師無須躲藏，跟她會面的人也一樣。

走在樹林邊緣，比在草叢中跋涉簡單多了，於是我們沿著樹林的邊緣前進，一路上蘆葦鉤在衣服上。我仍在想著那一天，想著記憶中的那棟屋子，因此我不懂為什麼芮絲突然停下腳步，讓我撞到她。我們還沒到啊。

但是再看一眼，我才發現我們已經到了。月光下，海水波光粼粼，海浪拍岸處，升起一團煙靄，化成冰冷的薄霧停留在我的皮膚上，使我無法呼吸。屋子就在那，或者說屋子的殘餘就在那，從蘆葦叢中竄出。

門廊斜向一邊，彷彿被人打了一拳。木頭地板都裂開了，露出一個大洞，地衣攀上外牆。牆板上布滿了苔癬與常春藤。然後在中央，從中心冒出來，屋頂環著它裂開，是一棵紙樺樹，就這樣長在那。樹幹粗壯，分枝濃密，枝葉伸向高空。

我瞥向芮絲。她一臉率真歡欣，流露出一股溫柔，我依稀記得與她初識時也曾見過。「好漂亮。」我試著找話說。而我是真心的，真的。「我從來沒見過這麼巨大的樺樹。」

毒克之後，一切生長得更快。但是崩解得也更快。一年半被冷落在此處，哈克家的屋子只剩下斷壁殘垣。我真希望自己感到吃驚。我真希望自己對這個景象依舊感到陌生。

芮絲什麼話都沒說。我覺得從我們見到屋子的那一刻起，她連眨眼都沒眨過。我把獵槍塞到腋下，用手肘輕觸她的手肘。

「妳覺得他們在這裡嗎？」我悄聲問。「我沒看到燈光。」更別說屋牆滿是裂縫，我簡直可以直接看到屋子的另一邊。

她還是沒回話。只是瞪著屋子的殘餘。我在想帶她一起來或許是個錯誤，或許她承受不起，這時她突然衝向門廊。

「等一下！」我小聲喊，但是沒用。我追上去，一邊調整獵槍的握姿。只剩下一顆子彈，只剩下小刀作為最後的武器。我必須聰明行事。

白蟻已侵入屋子。在門框上留下迷宮般的隧道，如此深入，如果不是那棵樺樹有根分枝撐在下面，門框早就塌下來了。芮絲已在屋裡，於是我低頭跟進去，摸到門框處在我手下碎成屑。

上方，樺樹枝葉茂密，灑下一束束銀色的月光。屋頂大半都不見了，屋瓦大概在春季的暴風雨中吹毀了。樺樹的樹枝反而像椽子一般升向空中，樹根在木頭地板中穿梭，使我想起那不勒斯的大教堂，那時我爸休假帶我一起出遊。想起那整個地方使我感覺輕飄飄的。

突然，有個人聲。手電筒的光束透過破裂的屋牆照進來，灑落滿地。魏老師來了。

恐懼如同一陣冷汗襲上全身，獵槍在麻木的手中滑動，我抓起芮絲的手臂，拉她一起跑出後門。我們跌跌撞撞地往前跑，在腳下踩壞一群睿特鳶尾花。前方，是一塊狹窄的海灘，船塢就在右方。魏老師是來跟人會面的，對方從哪裡都有可能出現。我們隨時都有可能被抓到，然後被人一推跪到地上，一槍擊斃。

想清楚，我對自己說。我們在這裡。無法回頭了。

「來吧。」我悄聲對芮絲說。樹林邊緣有一群松樹，躲在裡面應該就不會被人發現。

我們及時躲進去。我蹲下來，肌肉僵硬疼痛。把獵槍擺在膝上，從樹間望向在我們眼前一覽無遺的屋子。手電筒的光線越來越強了，照亮一群蘆葦，晶瑩剔透。我瞇起眼，瞎了的眼在抽痛。我覺得可以辨認出一個人影，不過那人彎著腰，慢慢走。是魏老師嗎？

「把妳那邊抬高一點。」是魏老師的聲音。我跳起來。她聽起來就近在咫尺。但是她在跟誰說話？碧亞？

感覺起來過了好久，但是魏老師最後終於從樹林中踏出，走進月光。她彎腰抬著什麼，而且還有一個人跟她在一起，但是臉孔在陰影下。等那人站直時，我終於看到那是泰勒。離開物資小組的泰勒，而我猜這就是為什麼。

還有，兩人之間。抬在兩人之間的，是一個運屍袋。

我用手摀住嘴，蒙住不禁喊出的驚叫。不可能，不可能，不可能，不可能。事情不應該這樣。我們一定會度過這場難關，她當時說了。她跟我保證過。

也許裡面不是她，我胡思亂想。或者她們可能把她打昏了，她在裡面還活著，等著我去救她。知道真相之前，我不能放棄。

「三個人會簡單一點。」她們在蘆葦叢中把運屍袋放下時，泰勒說。運屍袋沒在動。無論誰在裡面，她沒在動，我不敢去想像背後的意義。

「是嗎？」魏老師說。「妳要問誰呢？卡森是個眼中釘，海蒂不能問。」

我還沒來得及去想這話是什麼意思，泰勒就說：「她表現如何？」

我全身緊繃起來。這就是了。如果魏老師知道我的計畫，一切都完了。我在此處的生活，還有跟芮絲這個我不敢明說的新狀況。

魏老師只是聳聳肩。「夠好了。」她說，我發顫地鬆了一口氣。「但是還不夠好到可以做這檔事。」

「那茱莉亞呢？」泰勒問。

「最好不要。」有一片刻，魏老師聽起來就跟她實際年齡一樣年輕。「我覺得她不是很喜歡我。」

泰勒笑出來。「如果妳不喜歡卡森，茱莉亞就不喜歡妳。」

「我真懷念跟妳一起出去。」魏老師說。她關掉手電筒，塞進外套口袋。我看著她停下來，往地上吐出一口想必是血的東西。「沒妳在，不太一樣。」

「這樣子我可以帶來更多好處。」泰勒說。我真想衝上去搖她！這一切根本沒什麼好處。

「自從瑪麗……她不應該得到那樣的遭遇。她們全都一樣。」

瑪麗，泰勒的女朋友，變得跟動物一樣狂野兇殘。泰勒是當時不得不終結她的人，大家都謠傳這件事使她崩潰了。但是現在我知道，這件事沒使她崩潰。這件事只是使她變得更無情。

魏老師踏回運屍袋旁，有一秒鐘，她就只是站在那裡，雙手插腰，低頭看著運屍袋。月光在海水上閃耀，把她的臉埋入陰影下，使我看不到她的表情，但是她的雙肩似乎微微下垂，像是被擊敗了一樣。

「我真的以為我們這次做對了。」她最後終於開口。「妳知道嗎？她當時看起來狀況不錯啊。」

「嗯，」泰勒說，「但是顯然並非如此。」

我早就知道了，我當然早就知道了，草地上動也不動的運屍袋，但是是泰勒這句話大聲地揭露出真相。周圍的松樹開始包圍我，越逼越近，然後泰勒說笑的口氣，像是根本無所謂，像是她剛剛沒把整個世界摧毀掉。芮絲把我拉進懷裡，緊緊抱住我。這是我沒崩潰的唯一原因。

「好了，」魏老師說，「我們把事情做完吧。」

她們把屍體抬起來。我們看著她們把它抬進屋裡時，芮絲緊緊握著我的手。一陣痛楚傳上手臂，如同火花一陣刺痛，我想把手拉開，最後才發現是我自己緊緊抓著她的手，使她長鱗的手指深深戳入我的皮膚。

「別多想了。」芮絲的聲音在我耳中哄勸。「她還活著，好嗎?她是碧亞。她什麼難關都撐得過。」

我點頭，但是運屍袋裡有一個人，而我不知道自己還可以撐多久。還可以讓希望在心中燃燒多久。

魏老師和泰勒走進屋後，就看不到了，但是接著我從屋牆的裂縫瞥見一絲魏老師的臉孔，樺樹的白色樹皮反射著手電筒的光束。

「把她放下來吧，」魏老師說，「我的手快斷了。」

我咬住嘴唇，免得自己叫出來。**她**。沒錯。

「他們在哪裡?」泰勒問。想必是指對講機上另一端的人。

「他們會來帶走她。」魏老師說，「我們就把她留在這裡。」

「可是如果——」

一陣滋滋聲，然後整間屋子透出紅光。透過牆上的破洞，我可以看到魏老師舉著一個照明彈，血紅的光芒閃爍耀眼。「這樣動物應該就不敢來了。」她說。我挪向一邊，想看清楚一點，只見她把照明彈插到樺樹的樹枝上。

我從屋內聽到泰勒的聲音。「這樣就完了嗎？」

一陣沉默，我瞇眼望向黑暗中。魏老師面對著樺樹，盯著樹幹上什麼東西看。她沉默的時間似乎太久了，然後轉身面向想必是泰勒站著的地方。

「這樣就完了，」她說，「我們回去吧。」

「等一下。」芮絲悄聲說，彷彿知道我恨不得立刻衝進屋裡，撕開運屍袋。「再等一下。」

魏老師踩著沉重的步伐從屋裡走出來，泰勒緊跟在後，看起來一副快吐出來的樣子，我並不願意，但還是不知怎麼地為她感到一絲同情。也許她並不想要這一切。但是話說回來，我也不想要。

她們沿著小徑離去，我看著手電筒的光束在樹間閃動。越來越小，越來越微弱，最後消失不見。我站起來，樹枝在腳下嘎吱一聲，沒等芮絲，就抓起獵槍，穿過蘆葦叢衝向屋子。我不知道海軍的人出現之前還有多少時間。我絕不能錯失這個機會。

奔進屋裡的紅光。運屍袋就在那，靠在樹幹底端，黑色的塑膠橡皮。我頓時停下腳步，手中的獵槍掉到地上。

這就是了。結尾，或者什麼的開端。

我小心翼翼地站到運屍袋旁邊，跪下來。想起最後一次見到碧亞時，就如此刻這般彎身看著她。想起她看著我的眼神，像是她需要我。

拜託，我心想，手伸向拉鍊。

塑膠布向兩旁分開。拉鍊一格一格往下，我的雙手戰戰兢兢，然後那兒，那兒——蒼白蠟黃的皮膚、墨水染黑的指尖、一頭紅色的捲髮。

夢娜。

我驚叫一聲。往前倒在雙手上，大口喘息。不是她。不是她不是她不是她。

「海蒂？」

芮絲來到我身後，一隻手貼在我背上。我閉上眼睛。全身如釋重負地在顫抖，我覺得如果我站起來，雙腿大概馬上會癱下去。

「是夢娜。」我說。儘管為夢娜感到抱歉，我仍忍不住露出一絲微笑，而我也不想忍住。

「該死，」芮絲說，「那碧亞又在哪裡？」

她在我身邊蹲下來，拉上屍袋的拉鍊。但是我沒看著夢娜腫脹的臉消失在拉鍊後。沒有，我在看別的地方。那兒，樺樹的樹幹上，之前魏老師盯著的地方。

我站起來，跨過夢娜的屍體。樹皮捲曲，照明彈的光芒投下修長怪異的影子，但是我可以看到它。模糊而不穩地刻在那，但是我認得。BW。碧亞・溫莎。

「她來過這裡。」我說。這是世界上最棒的事了，解脫的感覺甜美而寬心。「妳看。她來過這裡，而且她活著。」

我等著芮絲跟我說我錯了，等著她提醒我事情通常會如何發展，但是她沒開口。只是把下巴擱在我的肩上，臉頰靠向我的臉。我的手指之前被芮絲的銀手戳傷之處，在樺樹平滑的樹皮上，留下一條條的血跡。

「妳覺得她會想念我們嗎？」我問。我多麼渴望那一天的到來啊！聽到碧亞跟我說她好想回家，就如同我好想找到她一樣。

片刻的沉默，然後芮絲從我身邊退開，站到陰影下。我轉身看她。她當然想念我們——芮絲只要這麼說就夠了。但是她只是看著我，什麼話都不說。

我揚起眉毛。「怎麼了？」

她露出微笑，照明彈的光芒映照在她的嘴角上。「妳不想聽到這個問題的答案。」

「我想聽到，真的。」也許這樣我會激怒她。但是我受不了她那樣看著我，像是她知道什麼卻是我不知道的。「說吧！」

「我只是……我猜妳認識的碧亞跟我認識的碧亞不同。」芮絲說，一邊把手塞進口袋。

「因為我覺得她從來都不想念生命中的任何事物。」

「我們是她最好的朋友，芮絲。」我眨眼忍住眼眶裡突然湧出的淚水，感覺到淚水在睫毛上沾住、結凍。她想錯了。如果碧亞不想回到我們身邊，那我們這麼辛苦又是為了什麼？

「她最好的朋友。妳不覺得這對她來說很重要嗎？」

「嗯，」芮絲說，語氣裡流露出一絲氣惱、一絲告誡。「我們不要假裝了。一直都是妳們兩個，然後再加上我，但是這樣也無所謂。因為人就是這麼複雜，事情就是如此。但是我們不用假裝了。」

我滿心羞愧，因為她說的沒錯，而我痛恨自己引以為豪，自豪能比芮絲跟碧亞更親密。

但是我永遠都不會告訴她。「我覺得妳這樣很自私。」我只是說，「天知道碧亞現在在哪裡，受著什麼樣的苦，妳還有心情生氣。」

「我沒生氣。」她聳聳肩，「我只是把真相說出來罷了。」

我真不應該帶她一起來的。我早該知道她無法理解。「那妳為什麼在這裡？」我沒好氣地問。周圍，斑駁陸離的屋牆隱隱圍攏，樺樹陰森聳現，碧亞的名字刻在血中。「為什麼要跟我來？」

芮絲沒回話。但我還是可以聽到答案。她的種種——埋在眼中的悲哀，緊繃的嘴角——全都在呼喊著同樣的句子：

為了妳，海蒂。

我受不了了。我甚至不能說我從沒求她一起來，因為我真的求她了——真的，而且是一遍又一遍地求。我來這裡是為了碧亞，而芮絲來這裡是為了我。

該死。

「我需要透透氣。」

我跌跌撞撞地跑出後門，來到一小塊以前想必是後院的空地。滿地都是睿特鳶尾花，花梗在我的腳下被踩扁，我想起過去我們在學校各處擺設的一瓶瓶鳶尾花，凋謝時花瓣轉黑，想起哈克家壁爐檯上擺在照片之間那束乾掉的捧花。是她爸媽結婚時用的捧花，我們第一天造訪時芮絲如此告訴我。她媽離開後，他們把所有的照片都清掉了，但是捧花她還留著。

對她來說真的如此明顯嗎？我跟碧亞在先，然後才是她？儘管我一直渴望更接近芮絲，也無法改變這些事實：是碧亞每天早上等著我一起吃早餐；是碧亞為我剪頭髮，教我在那一邊分線。是碧亞使我完整堅強。

我在門廊上癱坐下來，把凍僵的手伸到嘴前吹暖。現在最重要的是碧亞。她是此刻唯一最重要的。對講機上另一端的人馬上就會出現，帶走夢娜。無論他們要把夢娜帶到哪，碧亞也會在那。而我會想辦法去那裡。

我預期可能是納許營，海軍和疾病管制與預防中心的總部。一想到碧亞被帶離睿特島，我的胃就開始翻騰。我從來沒見過在島外的她。唯一的一次算是在從本土開來的渡船上，那時我第一次見到她，寬闊的海洋在她身後展開，睿特島在海平線上，她的頭髮在風中飛舞。如果我在本土上找到她，她仍是我的碧亞嗎？

屋內傳出一個聲響。我跳起來，抓起獵槍。有人在講話。不是芮絲。

我衝進屋裡。沒有別人，只有我們。

「妳也聽到了嗎？」芮絲問，我點頭。

「會不會是魏老師回來了？還是納許營的人？」

「聽起來不太一樣。」她說，「有點耳熟。不知道。」

「那裡。」我從牆壁的裂縫指向樹林裡。有什麼在移動，往我們這裡來。一個男人的形體。

第十四章

我舉起獵槍。太暗，看不清臉孔，但是那人的體型有些眼熟，使我的手指停在板機上。

「哈囉？」我喊。

沒有回應，但是他更靠近了，幾乎就在屋前。他踏上門廊時，我可以想像那畫面。他的形體在睿特女中的舊玻璃窗後扭曲變形，他的聲音在割草機的隆隆聲上迴響。然後他走進門了，破爛的木頭地板在腳下輕輕嘎吱一聲，他抬起頭，衣服上一條裂痕，臉頰上一道割傷，但是我認得他。就算在黑暗中，我到哪裡都認得他。

「爸爸？」芮絲低聲說。

哈克先生。

但是等他走進照明彈的紅色光輝後，就不再是哈克先生了。

「我的天啊！」我的聲音聽起來怪異、模糊而遙遠。「芮絲，芮絲，真抱歉。」

因為那是他的臉，是他的身體，但是除此之外，什麼都沒留下。皮膚慘白鬆弛，嘴中長出樹根。樹枝從耳朵、指甲冒出，從手臂上垂下。眼睛仍是他的，但是眨都不眨，瞳孔放大，望著我們。

在外頭一年多，獨自與毒克為伍。我們還能期待什麼？

「不可能。」芮絲說。我抓起她的手臂，拉著她退後幾步。她都快站不住了，跌了一跤，癱跪下來。「不要，不要，爸爸。」

但是他已不在此處。「我們得趕快離開。」我說，「來吧，芮絲。趕快。」他看著我，頭歪向一邊，張開嘴，呼嚕呼嚕地吸進一大口氣。黑色的牙齒四分五裂，一團綠色窩在喉嚨深處。吐出的氣味腐敗酸臭，如此刺鼻，似乎都可用舌頭嚐到。

我舉起獵槍，準備瞄準，但是芮絲將我一把推開，抬頭看著我的眼神兇狠狂野。她身後，哈克先生一步一步靠近，一條條的藤蔓從嘴裡伸出來。

「別逼我。」她說，聲音嘶啞起來。

「拜託，」我說，「我們得逃走。」

太晚了。一條藤蔓纏上芮絲的雙腿，爬上背脊，另外一條繞上她的手臂，往後一拉。然後一聲慘叫，一聲骨頭斷裂的聲響。她的右肩砰地一聲脫臼了。

我抽出皮帶上的小刀，撲過去。一次、兩次砍向擒住她的藤蔓。哈克先生大叫一聲，往後退，把芮絲也一起拖過去。

「海蒂！」芮絲大喊。

獵槍。我一槍命中他的心臟，但是沒用。他只是大吼一聲，把芮絲手臂上的藤蔓拉得更緊，伸出另一條藤蔓繞住她的脖子，開始勒緊。

我可以逃跑。我可以救自己一命，穿過圍欄，回到學校。唯一的武器，就只是我手上的小刀。而這把小刀又怎麼能對抗哈克先生？

但是我沒有選擇。我衝過去，低頭躲開甩向我的粗大藤蔓，感覺到尖刺劃破我的背，然後他就在那。我撲向他，跟著他一起跌到地上。嘴裡滿是土，樹皮擦傷我的皮膚。小刀被撞出手中，我在潮濕的泥土上慌亂摸索。

一條藤蔓纏住我的腳踝，猛地一拉，我往後一摔，倒在地上。手指吃力地伸向小刀，但是太遠了——拿不到——而他正把我越拉越遠。

「芮絲！」我喊，「小刀！」

但是我找不到她，只看到一片陰森的黑影，看到哈克先生彎下身，用布滿瘀青、濕軟發紅的雙手勒住我的脖子。我扭動翻騰，想把他甩開，但是他只是勒得更緊。藤蔓的分枝繞上我的腰間，把我牢牢壓在地上。另外一條爬上頸子，鉤住我的下巴，拉開我的嘴，我忍不住尖叫出來。

藤蔓在舌頭上一陣苦味，我喘不過氣，雙手亂抓哈克先生浮腫的臉。他臉上的皮膚像紙條一般剝落下來，積在我的指甲下，又濕又軟。

「嘿！」我聽到芮絲大喊。有一片刻，壓力減小了，只見芮絲的銀手閃現在上方，小刀已深深插入他的肩膀。她把小刀狠狠戳進她爸的身軀，使他搖搖晃晃地往後跌，最後倒在地上。

「快！」我叫，「把他壓住！」但是芮絲只是看著他，目瞪口呆。她幫不了忙了，無法再幫忙了。

我撲到哈克先生身上，雙膝頂住他的肋骨，將他牢牢壓在地上。他大吼一聲，肌肉緊繃起來，在看著我，我知道他在看著我。我和芮絲的爸爸，面對面。

他的身體突然反抗起來，我驚叫一聲。藤蔓的硬毛與細枝都是尖刺，在我的手臂上劃下一道又深又長的傷口。我一把抓住小刀。從他的肩膀拉出來，戳入他的胸膛，只見血肉如泡沫般裂開湧起。膽汁從我的唇間冒出來，流下下巴，我挪動刀刃，擴大他皮膚上的切口。

「不要！」芮絲在我身後喊。

但是我不聽。那不是他了。我把整個身子往下壓，一隻手頂在他的手肘上，另一隻手把小刀越推越深，然後開始往上挪。這一切有一顆心臟。一定有。

黑色的血流下我的手指，小刀的刀刃比我想像的要鈍，但是我已經切開一道傷口，他的力量也開始減弱。較小的樹根逐一斷裂脫落。最後我把小刀一把拉出，丟到一旁，雙手伸進破碎的皮膚，往裡挖。

他已經從裡面開始腐爛了。體內的組織布滿斑斑的黴菌，味道如此酸臭刺鼻，把我的眼睛都逼出眼淚了。什麼東西快速爬上我外套的袖子，先是一個，然後兩個，然後第三個，在照明彈的紅色光芒下，我看到成千上百閃著光澤的瓢蟲爬出傷口。

我忍住一聲驚叫，還沒來得及動，一條藤蔓就攀上我的背，繞住我的脖子。越勒越緊，尖刺戳入皮膚，一波一波的疼痛傳遍全身。但是他現在很虛弱了，鮮血從傷口汩汩湧出。我抓住藤蔓，一把折斷。又撲回到他身上，只見他的嘴越張越大，把整張臉都扯開了。

我再次把手深深埋進他的胸膛，整個身子往下壓，最後終於碰到我覺得是骨頭的東西。但是在照明彈的光輝下，我看到那不是骨頭。是樹枝，成了彎曲凹凸的肋骨。把手指勾在下面，一隻膝蓋頂在他的下巴下，一寸一寸地拉。

最後，終於啪地一聲斷了。在他的胸腔裡，我看到它了。一顆還在跳動的心臟，閃著血光。是泥土做的，是松樹的細枝做的，然後在裡面，有個東西，是額外的，是活著的。我不多想。立刻用雙手攫住，溼答答、響咂咂地拔出來。

哈克先生的眼睛閉上了。全身癱軟下來。我讓心臟從顫抖的雙手中落下，彎到一側嘔吐。吐完後，我坐回來，口水沿著下巴流下。我等著罪惡感出現，等著那惴惴不安的感覺。畢竟，我知道那是什麼感覺。就從加入物資小組之後，就從碧亞消失之後。我開始覺得自己生來就是為了懷著罪惡感。

但是哈克先生死了，而我沒有，罪惡感也沒出現。我是逼不得已的。我救了我們倆。站起來，雙腳還有些搖搖晃晃，麻木的雙手找到小刀，套進皮帶環。我們撐過去了。如果這是野林裡我們能面臨最嚴重的威脅，那麼也許我們最終仍能一切平安。

我轉過身，看到芮絲，右肩奇怪的角度使我看了頭暈目眩。「妳還好嗎？」我問，「我們應該把妳的肩膀扳回去。」

她的眼光越過我，看著他爸爸的屍體。「妳殺了他。」她說。雙眼呆滯茫然，臉龐憔悴蒼白。「妳真的殺了他。」

她只是驚嚇過度，就這樣而已。她會恢復理智的，知道我別無選擇。「我得救我們一命。」我盡可能溫柔地說。「真的很抱歉，但是——」

「他死了。」語氣冷漠，毫無一絲她的痕跡。

「他不死，就是我們死。」我說。她不回話，於是我踏到她面前，把她的辮子從受傷的肩上撥開。看起來沒有整個脫臼，但是她想把肩膀從我手中挪開時，立刻臉色轉白，痛得倒吸一口氣。「讓我幫妳看看，好嗎？」我輕柔地說。

「我沒事。」她說，但還是癱到我身上，我看著她閉上眼睛，感覺到她全身在顫抖。「我找到他了。」她悄聲說，「我以為他死了，但是我又找到他了。」

「那不是他。」

「他認出我了。」她張開眼睛，目光與我相交時，眼中的指責清晰嚴厲。「妳把他奪走了。」

「他想把我們倆殺了！」我沮喪地說。我得救我們一命。為什麼這一點對她來說一點都不重要？

「寧可是我死。」她憤怒地說，「寧可是我們倆死掉，也不要是我爸。」

我根本不認識這樣的她。就連最生氣的時候，芮絲總是很自制，總是很完整。但是這個女生，這個站在我面前的芮絲，已經支離破碎。徹底崩潰，徹底心碎。

「太荒唐了。」我說，「難不成我應該讓妳死掉？我應該犧牲自己？芮絲，那早就不是妳爸爸了。」

她把我推開，受傷的肩膀無用地垂著。「不對，那是我爸。他在這裡。」

「他沒有。」我已經失去耐心了。「妳不能因為在生自己的氣，就把罪怪到我頭上。」

「生自己的氣？」突然，她整個人動也不動，我知道她在等著我犯錯，等著我說錯話。好，沒問題，就聽我說錯話吧。

「氣自己幫我殺了他。」她怔住了，看起來被我的話傷到了，但是我不打算住嘴。「拿刀的不是只有我一個。」

好一片刻，沒有反應，但是接著她露出微笑，說：「去你的，海蒂。」

我目瞪口呆。她以前也傷害過我，但是從未曾像此刻是真的想傷害我。

「如果我救妳一命卻得到這樣的回報，」我說，「當初真該讓他殺了妳。」

她大笑起來，笑聲冷酷無情，我等她停下來。但是她沒停下來，反而彎下腰，銀手撐在膝蓋上，笑聲仍不斷從她體內抖出，猶如之前哈克先生的心臟從胸膛內被扯出。

「芮絲。」我說，因為我必須在這笑聲轉變成更可怕的舉動之前阻止她，但是還沒來得及說下去，一個隆隆的聲響傳來了。是引擎的低吼聲，越來越接近，而且速度很快。我們兩人都嚇一跳，芮絲忽地止住笑聲。一定是要跟魏老師會面的人。

我跑到後門，往外瞧。船塢邊停著一艘小船，引擎仍開著，船上一個汽球般的人影，身體的比例在一身隔離衣下顯得怪異模糊，就跟毒克爆發後第一週來看我們的醫生一樣。當時他們量了我們的體溫，抽了我們的血，然後就消失在直升機裡，沒再回來過。

「糟糕！」我趕回到芮絲身邊。抓起獵槍，夾在腋下。「我們得走了！」

透過牆上的裂縫，我可以看到那穿著隔離衣的人，猶如一團塑膠爬出小船。如果我們還不離開，那人就會看到我們，就會知道我們違反了隔離規定。然後一切就完了。

芮絲搖搖頭，搖搖晃晃地退離我。「我不走。」她說。就跟以往一樣固執——至少她這一點還是完好的。「我不能丟下他。」

「有人來了！」我說，然而她卻如此不可理喻，逼得我把音量都提得太高了，但是我沒辦法。「我們得走了！」

「我不能走。」她在看著她爸爸，躺在地上，胸膛敞開，心臟躺在身旁，仍在淌血。黑色的牙齒在紅光中暗暗閃爍。「我只剩下他了，我不能——」

我不跟她囉嗦了。一手緊緊扣住她的腰，把她一起拖向後門。一開始她還反抗，用長著鱗片的手指抓我的手，好痛，但是我們非得離開了。難道她不懂嗎？我們一定要離開此地。

我們跌跌撞撞經過那棵樺樹，經過上面碧亞的刻字，最後她終於恢復理性，站直雙腳，然後我們拔腿就跑——衝出屋子，奔進樹林。在濃密擁擠的松樹間穿梭，一路跑進綠林的深處。我可以聽到身後有什麼聲音，但是我不能回頭，什麼都不能，只能繼續往前跑，獵槍在慌亂的腳步下撞擊我的肋骨。我們衝過樹叢，窸窸窣窣，留下一條蹤跡。樹枝勾在我的頭髮上、卡在我的衣服上，回到家時，我們一定全身凌亂不整，但是我們會回到家。一定會。

最後，我們終於回到小路上，看到熟悉的小路一路往前伸展，我們鬆了一口氣。天還是黑的，而且我們離屋子夠遠，沒人能看到我們，於是我停下來，轉身掃視身後的樹林。沒有隔離衣的反光。沒有聲音，只有我們。

「我們大概安全了。」我說。芮絲沒回話。低頭一看，才看到她已跪在地上，一手抓著受傷的肩膀，緊緊咬著下唇，用力到我覺得嘴唇都快被她咬裂了。「我以為妳說妳沒事。」

「是沒事。」她咬牙切齒地說。氣息緩慢而吃力，臉色在月光下蒼白如紙。

我根本不想試著幫她。她之前說的話依舊使我痛心，而且我已經把她從屋子裡拖出來了。到目前為止，這樣就夠了。「站起來吧，我們還要爬過圍欄呢。」

我們不能從大門回去，因此我們的計畫是走到小島北邊的懸崖，此處，圍欄最後會與巨大的磚柱相交。我們必須從這裡爬過去，回到校園裡。

我知道我們此刻身在何處，而芮絲在這種狀況下絕不可能帶路，於是我把獵槍扛在肩上，彎下腰，把她拉起來。如果有必要，我可以揹她，但是就算我揹得動她，她大概也不會讓我揹。

「走吧。」她沉重地靠在我身上，我們踉踉蹌蹌地沿著小路前進。到達圍欄前時，天際微微露出曙光。我根本不敢抬頭望向屋頂。如果槍擊小組在值勤，就讓她們一槍斃我們吧。但是沒人開槍，於是我們沿著攏向圍欄的樹林前進，頭上茂密的樹枝伸展穿越欄杆，最後來到小島的邊緣。

海水的浪花灑在我的皮膚上。壓過來的松樹林在這一邊，圍欄在另一邊，前方，是筆直垂落的土石。就只一片懸崖，花崗岩已被風吹損，然後六公尺下的深處，就是海面。我抬頭瞥向學校大樓。每扇窗都是黑的，屋頂上也沒有提燈。沒有人醒著，在找我們。海平線上也空盪盪的——海面無止無盡，一波接一波的海浪拍向岸邊。

圍欄就只建到懸崖頂端，在末端與一座巨大的磚柱相交，如此貼近邊緣，根本不可能從旁邊繞過去。我們繞不過去，動物也繞不過去。但是灰漿上可見到抓痕與斷牙。看來動物也曾嘗試過從這裡進入校園。

我慢慢地把芮絲扶過來，讓她靠在磚柱邊。她臉色蒼白，眼神呆滯地盯著前面。

「嘿。」我輕輕地搖她。用手輕觸她的臉頰，她的皮膚太冰冷、太蒼白。驚嚇過度，可能吧。我還記得她肩膀發出的聲音，記得她的慘叫。她需要的協助，多過我們此刻能夠得到的。「回來吧，」我說，「芮絲，是我。」

她眨眨眼，如此緩慢，彷彿是這輩子做過最艱困的事。「我好累。」她聲音沙啞地說。

「我知道。再撐一次，好嗎？」

此處，鐵欄杆與大磚柱呈直角相交，而且磚柱上有足夠的裂縫，應該可以讓我們把腳撐在上面，然後爬過去。我協助芮絲站直，把她轉個身。

「看到了嗎？」我指向柱子上的一塊凹陷，大概在膝蓋的高度，是哪隻動物挖出來的。

「爬上去，我替妳看著。」

她的右肩癱軟地垂在一邊，錯誤而無用，但是芮絲比我認識過的任何人都更堅強。甚至在經歷過這一切後，只見她用受傷那側的手抓住圍欄，一腳頂在磚柱上的凹陷，強忍一聲尖叫把自己拉上去。我看著她長著鱗片的左手刮出灰漿的碎屑，然後一把越過圍欄，心中不禁感到一股莫名的驕傲。

她在磚柱上留下了痕跡，使我更容易跟著她的腳步爬過去。一會兒後，我就從柱子的頂端跳下來，伴著一聲哀叫倒在乾枯的草地上。但是這一次，是在學校這一邊。我們到家了。

芮絲忍住一聲呻吟、搖搖晃晃地站起來。就連她頭髮上的光輝似乎都變暗了，彷彿她整個人在慢慢消失。

「妳先上樓，」我悄聲說，「我把槍放回馬廄裡，然後就回房找妳。」

她點頭，我覺得她還想說什麼——跟我道歉，也許，說她不是有意跟我說那些話的——但是她只是轉身拉起兜帽，然後背影慢慢消失在晨曦裡。

溜回馬廄超乎想像地簡單，使我忍不住一直往後看，等著魏老師從陰影中踏出來，掏出手槍頂在我的額頭上，但是沒有人出現。不過如果這算簡單，那麼芮絲——芮絲才是棘手的部分。

回到房間時，芮絲坐在我床上，一手抓著受傷的肩膀，有一片刻，我只是看著她，看著晨光在她臉上投下的光影。在那外頭崩潰解體的，是她的生命，不是我的。我必須擔起修復我們的責任。

「嘿，」我說，「還好嗎？」

她輕聲笑起來，搖搖頭。「還好？」

「抱歉，問錯問題了。」至少她還跟我講話。我踏進房間裡，在身後關上門。「讓我處理一下妳的肩膀吧。」

她沒回話，於是我走到她身邊，拿起我的枕頭。枕頭還套著枕頭套，儘管其他的枕頭套大多都被拿去縫成被子了。我拆下枕頭套，開始把側邊的縫線扯開。

「我覺得好像沒有整個脫臼。」我說，但這不是她生氣的原因，我倆都心知肚明。「我幫妳做個吊帶，這樣妳的肩膀至少可以休息一下。」

我幫她把手臂托在胸前，把枕頭套繞上去，然後彎腰給吊帶打結，突然感覺到她顫抖地吐出一口氣，把額頭靠在我胸前，我不禁僵住了。

「他到底發生了什麼事？」她悄聲問。

「我不知道。」我說，「他在外頭好一陣子了。」而且，我還想說，他跟我們不一樣。毒克將他整個吞噬了，睿特的女生從來沒發展到這個地步。

我又等了一會兒，用大拇指輕觸她的頸背，然後在她身旁倒在床上。「也許明天可以幫妳找到一條繃帶。或者是止痛藥。」

她沒回話。我甚至無法確定她是否在呼吸。我不能讓她如此萎縮消失。我不能讓毒克戰勝。

我伸出手，把手放在她的膝上，捏一下，告訴她無須擔心，提醒她我在這裡。但是她只是往後縮。

「芮絲？」

「不要。」她說，然後突然站起來，用銀手抓抓臉，我吃驚地把手收回來。「不要這樣。」

「對不起，我應該先問妳的。」

「不是只有這個。」她說，然後轉過身來看著我。這時我覺得我全看到了，她臉上那故作平靜的面具，還有掩藏在下的悲痛。「妳不能再這樣了，海蒂。」

「好。」我說，舉起雙手。我們只是需要冷靜下來，然後就可以找到辦法修補我們的關係。「沒關係。」

「沒關係才怪。」芮絲惱火地說，「別跟我說沒關係。」她聽起來如此沮喪，彷彿想完全放棄，我突然感到一陣恐慌，因為我現在不能也失去她。「經過今晚的事，我實在不知道這該怎麼繼續。」

不，我不能失去她，但是我也只有這麼多種方式可以解釋自己的行為。在放手之前，我只有這麼多次可以辯解我為什麼要救我們一命。

「我們沒有別的辦法。」我說，掙扎著保持鎮定，拳頭緊握到都可以感覺到指甲深深戳入皮膚。「他不死，就是我們死，對我來說只有一個選擇。」

「那又怎麼樣？」她說，語氣尖刻起來。「難道我爸死了，我就不能感到生氣嗎？不能生氣毒克把他變成一個怪物，逼得妳不得不殺了他？」

我猛地站起來，不知道是什麼——也許是憤怒，也許是純然的絕望——使我激動得全身發抖。「沒錯，」我說，「妳不能因為我救了妳一命而感到生氣。」

她縮起雙眼。我做好準備應戰。我從來沒見過像她這樣愛打架的人，從來沒見過像她這麼會打架的人。但只是一片沉默。最後她慢慢吐出一口長長的氣，緊繃的雙肩放鬆下來。

「妳以為我想要這一切嗎？」她說，聲音沙啞，而我幾乎無法辨清每個字詞，疲倦的感覺突然沉重地壓在我倆身上。「我們無法選擇是什麼會傷害我們。」

心跳在耳中砰砰地迴響，一陣恐懼在我的胸懷蔓延開來。拜託，拜託別做出我覺得妳正要做的事。

「芮絲。」我懇求，但是她搖搖頭。

「我能理解妳為什麼那麼做。我覺得妳做得也沒錯。但是我還是對此感到生氣。」她聳聳沒受傷的肩膀。「我還能說什麼呢？」

有一片刻，我又回到黑夜中的屋子，生命掌握在自己的雙手中。我別無選擇。不殺他，就是我們被殺。我覺得我此刻就像是要把自己的心從胸膛裡扯出來，就如同哈克先生的心從他的胸膛裡被扯出來那般，但我還是說：「那大概是真的沒什麼好說的了。」

她點點頭。一滴眼淚流下她的臉頰，但是她立刻用手抹掉，看得我胃都絞在一起了。「沒錯，這就是我的意思。」

過去這幾天，我看著她敞開心房。現在望著她，我可以看到她又關上心門。那熟悉的距離，她那從不正視我的眼睛的作法，隨著她這句話全都回來了：「妳可以繼續睡這房間。我會去找間空房間睡。」

她等著我跟她爭辯。如果她是碧亞，我會知道該說什麼。我會知道她盔甲中的縫隙。但是芮絲的盔甲中沒有縫隙。

「好吧。」我說，很自豪至少聲音沒發顫。但是讓她走之前，我要確定她知道我的感受。

「我很難過，」我說，「真的。」

在她頭髮的光輝下，她的五官怪異陌生，就如同我第一次見到她的那天。她走了。她人在這裡，但是心已經走了。

「我知道。」她走出去，門也跟著關上。

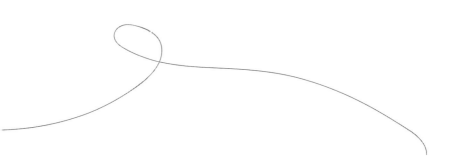

碧亞

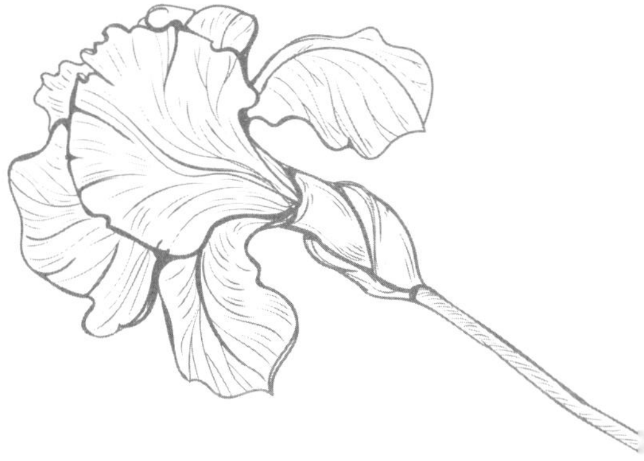

第十五章

他們拉開簾子把他推進來
病床就推到我對面我們兩人都被緊緊束住我知道那是誰我知道　　　只不過我已經不
在這裡了
腦中一片霧我被淹沒我在海邊什麼都感覺不到只感覺到他們為我戳針抽血
泰迪是我忘了的人

男孩止步我跟他說我吻了他真的真的我毀了他而我根本無意如此
妳什麼時候才會學會我媽跟我說
她又站在窗邊了她在看著我她穿著醫師服就跟醫生一樣然後對我眨眼
有些事物比妳想要的事物更重要她說

妳感覺如何

我跟海蒂在屋頂上她的眼睛用繃帶遮住了我們假裝她沒有繃帶我問妳感覺如何她說

沒那麼痛

我很高興然後她轉過來看著我花了一點時間才習慣她的新面孔但是她習慣了所以我也應該要習慣然後她說

妳看起來氣色不錯碧亞

氣色不錯像是不只氣色不錯而是還有更多的意義只是我不知道於是我只是聳聳肩然後

好像是吧

我這麼說

光線　　　　我的眼裡湧起淚水它們總是如此它們太敏感了去看眼科醫生時我的瞳孔永遠無法放大有人彎身看我眨眨眼睛清晰起來是

佩雷塔

搖搖頭想逃走但是她說什麼我聽不懂然後

測試他們要做個測試

我的手臂在動

嘗試把手臂收回來回來回不來但是不好　一個小洞　一根管子和鮮黃色的一雙手在推

張嘴想尖叫但是叫不出聲音只吐出無聲的氣息然後點滴裡那是什麼透明的滴下來流進來

我阻止不了

拉扯只被束得更緊然後泰迪泰迪在哪我的體內有什麼涼涼甜甜的
　他不在這
　我也不在

　輕柔的沖刷
　海浪
　睿特的海邊在毒克爆發之前的睿特島上
　我獨自一人但不是真的完全獨自一人因為妳可以感覺到其他的女生在身後跑來跑去說說
笑笑而這樣一個人在海邊很好因為只要轉個身就會看到她們
　但是我不轉身
　水中有隻螃蟹靜止不動明亮耀眼我跪下去膝蓋撥開水面沒有帆布鞋沒有牛仔褲就只有格
子裙好柔軟彷彿我一直以來都穿著格子裙
　那螃蟹看著我
　我看著那螃蟹
　它浮上來浮出水面停在我的掌心牠是乾的
　我在做夢我不是真的在那我知道但我還是把螃蟹捧起來仔細看牠發亮的外殼看到上面反
射出一個個微小的我
　上百個微小的我

她們說「歡迎回家」然後
那螃蟹抽搐起來爪子慢慢變黑
慢慢地然後整個外殼也變黑最後身體黑了腳黑了我的雙手黑了我的雙臂黑了
我想鬆手但是不能周圍的水黑了海岸也黑了如果我鬆手我就會消失
如果我失去它我就會消失
我深知這一點就跟你深知夢中的事情一樣
一切都黑了一切一切還有　　噢
醒了

一開始很安靜。我的頭腦終於清醒了，病房裡是空的。沒有人來。也許他們已經得到想得到的東西，也或許他們知道他們永遠也得不到。

「嘿。」

我稍微抬起頭，看到是泰迪，靠坐在對面的病床上。皮膚憔悴疲憊，但是在微笑，穿著一身醫師服，潔白得刺眼。

「他們又試了另一種藥。」他說，「一種病毒，用來把妳的病原殺死，但是妳的身體把它排斥掉了。」

我把頭躺回去，又開始瞪著天花板時，他說：「我們的病原，我的意思是，我們的病原。」

一會兒後，他站起來。走到我床邊，解開我的束帶。現在沒需要了。我們倆都知道。

「還好嗎？」他問。

我點頭。張開嘴，輕拍喉嚨。

「等一下。」他在櫥櫃裡找到小白板。爬到床上躺在我身旁，協助我彎起手指握住麥克筆，然後我們開始互問我們永遠也不會有時間問的問題。

你姓什麼

「什麼？」

你知道我姓什麼

「我姓馬丁。」

你知道人們怎麼說姓氏也可當名字的男人嗎？

「不知道。」

我也不知道

大概一個小時之後吧，病徵又出現了。病徵出現時，他開始全身冒汗、全身發抖。眼睛下方出現黑色的眼圈，把他挖空。

哪裡痛

他呻吟起來。翻起來跪在四肢上，從床邊嘔吐到地上。黑色的液體，帶有顆粒。我把手放在他肩上。

「我還好。」

但是他不好，而且永遠都不會好，我把手伸到病床下，用發顫的手指按下緊急呼叫鈕。

「按了也沒用。」他說，「他們不會來。」

我沒問他怎麼知道。

狀況惡化起來。他全身癱軟下去，像是沒了骨頭，像是當時從沒撐過第一次發病的小學妹嘉比。

我跪起來，扶他坐起來靠在枕頭上。我把手貼在他的額頭上時，他把頭轉開了。

我沒想到你會被感染

他閉上眼睛，把頭往後靠。頸子上的皮膚年輕稚嫩，我把手指貼在他的鎖骨上，感覺到皮膚好柔軟。

「當然。」他說，然後他好久一陣子沒再開口。

他睡覺時，我把它們寫下來。一遍又一遍寫滿小白板。

對不起對不起對不起對不起

他醒來時，我把小白板給他看，握起他的手，把他的掌心貼在我的心上。一跳又一跳最後他心軟下來了，閉上眼睛，癱靠到我身上。

我意欲的，我想要的。都不重要了。我們在這裡，這就是我們的餘生。

第二次發病使他全身抽搐痙攣，等到終於結束時，我每一碰他就被靜電觸擊。他在哭。我也想哭，但是我知道如果我哭，只會變成哭笑不得的笑聲。

我可以在窗口看到臉孔。有時候是佩雷塔，有時候是一個眼熟的護士，儘管戴著口罩。他們在觀察。等著它結束。

「跟我聊聊。」泰迪用盡最後一絲力氣說。

聊什麼

「什麼都好。」

我想起第一次見到他的那一天。想起他問的問題。我寫下牛奶的價錢。他嘗試笑出來。

「聊別的吧。」他說。

第三次發病時，我從病人服的下襬扯下一條條的布條，用來抹去他嘴角上的膽汁。

有人在窗口泰迪正躺著我在他旁邊寫下以前聽我爸講過的一個笑話手一邊在抽筋。我先是注意到他的手指。食指。一絲抽動，如此細微，如果你沒花過一年半的時間在屋頂上尋找它，你根本不會看到。但是我看到了。

我見狀連忙爬走，而我真希望它沒出現，但我還是窩在床上的另一邊，試著不發出任何聲音。我記得它能夠如何撒手就走。我記得它不再想要你的身體時，能夠逼你做出什麼事。

他的雙眼突然睜開，明亮澄澈。好美，有那麼一刻，他就只是泰迪。就只是一個男生，但是接著他開口說話了。

「哈囉。」他說。語氣空洞冷漠。沒有半點相識的跡象。

他想坐起來，想爬到我這邊來，而如果他真爬過來，他會不由自主地傷害我。而我擔心我真會讓他傷害我。

結果是我從病人服扯下的布條終結了一切。

布條很長，他把它們全綁在一起，結成更長的布條。一邊還在微笑。他張著嘴巴，牙齒後方有什麼東西開始在動。幽暗、纖細，然後那兒——那兒——只見一條藤蔓從他嘴裡鑽出來，捲在唇邊。就跟吊在睿特女中圍欄上那種藤蔓一樣。就跟垂在樹木間那種藤蔓一樣。

他的雙手彷彿不是自己的，熟練地結出一條繩子。然後更多藤蔓鑽出來，一條接一條，分枝纏繞，糾結成黑色的一團，血從他的嘴巴、從他的耳朵流出來。伸向我，像是想找一個新家。我開始了解那繩子的用途。但是我什麼都不做。我坐著，雙腿收起來。我看著毒克完成它的工作。

他跪下來。繩子成了繩套。

他的雙眼一直沒閉上。雙手一直沒放鬆。他一直拉著，直到結束。

第十六章

牆壁的白色與地板的白色太相似。我無法分清兩者。

有一塊污點在地板上吧就在我的腳邊不遠處。我看著它的邊緣來了又走。

房間裡有個聲音。我無法聽出是什麼。

我的眼睛閉著。

左腳踝上有一道割傷，大概跟我的拇指一樣長。從右膝蓋骨往下，有一道瘀青。大腿上沒傷口，只是有些緊繃。

臀部的皮膚有三處凹陷，是曾被束帶勒住的地方。肋骨上一塊皮被擦紅了。手上有幾個打點滴的針口。

手腕完好無缺，因為他們後來改用柔軟一點的束帶了。脖子上有更多瘀青。臉頰上一塊紅腫，是在睿特的樹林中被樹枝刮傷的。

如果張開眼睛，我還會發現更多傷口。

他們進來移走屍體。我說屍體，而不說　你知道我在說誰。

三個人，臉孔全遮住了。他們抬起屍體，裝進袋子。

「是她下的手嗎？」其中一人問。

「才不是咧。」另外一人說，「你真該自己看看的。那小夥子自己下手的。大概沒人在家了，你懂我的意思吧？」

毒克不要你的時候，就會做出這種事。就跟雙胞胎艾蜜莉和克莉絲汀一樣。就跟泰勒的女朋友瑪麗一樣。**你當時也在看，我想說。你一定看到了。**

「那為什麼她就沒這樣？」

「佩雷塔醫師說是因為她的賀爾蒙。說賀爾蒙使她更容易跟疾病共存。」

他們把屍體抬出去。我留著。我坐著，腳底沾上了什麼紅紅的。我什麼都沒在看。不，不，我什麼都沒在看。我永遠都不會再看任何東西。

我以為他們會來把我移走。我以為他們會把點滴插回我的手臂上，把束帶又綁緊。但是沒有人來，沒有人介意我移到旁邊那張空病床上。

我睡著時，他在那裡。

我醒著時，他也在那裡。

輪到我時，只有佩雷塔來。我翻身背向她，閉上眼睛，但是她拉開我彎起的四肢，扶我坐起來。一罐氧氣瓶就等在我床邊，管子和面罩是鮮黃色的。

「唉，」佩雷塔說，「我真的很抱歉。」

跟她無話可說。我只是瞪著，瞪著，就連她把小白板塞到我手中時，我仍只是瞪著。

她在病床邊坐下來。泰迪走了，現在她從頭到腳全都遮護起來了，只有眼睛周圍的皮膚露出來。她把手伸過來時，我不抗拒。讓她撥開我臉前的頭髮，讓她抹去我嘴角上乾掉結塊的唾液。

「我給妳帶了一樣東西。」她說，從塑膠隔離衣上其中一個口袋掏出一朵睿特鳶尾花。有點皺巴巴，花梗也裂開了，但是花瓣仍是藍色的。還活著。「在樓下時妳顯然很喜歡它們，所以，拿去吧。」

她把花遞給我，我接過來捧在掌心。低垂的靛藍色花瓣，嬌小的黃色花蕊藏在中心。海蒂總會在夏天為我摘來幾朵，插在我的頭髮上。

「聽好，」佩雷塔說，「我們不能再待在這裡了。先是泰迪，然後是妳的學校裡出了狀況，現在我們的研究被終止了。我很抱歉，我沒辦法再幫妳了。」

我覺得她在等我原諒她。但是我什麼都不說，只是閉上眼睛，把鳶尾花捧到鼻尖。甜甜的，還有些鹽味，睿特島的味道。

「好吧。」我聽到她說，聽到她把氧氣罐拉過來，輪子嘎吱嘎吱作響。「妳只需要正常呼吸就夠了，懂嗎？就這麼簡單。」

我仍舊閉著眼睛，任她為我戴上氧氣面罩，拉緊帶子固定好。根本懶得把我的手綁起來，動作溫柔輕巧。她知道我已經沒有絲毫抗拒的力量了。

片刻的沉默，然後一個嘶嘶聲，開關閥打開了。我看著佩雷塔，確定她看著我深吸一口氣，讓它進入我的體內。

那就像是過了好久一段時間後第一次喝水，你可以感覺到那涼意流入血管。只不過這回不是涼意，而是一種會冒泡般的溫熱，濃密而強烈。

我不介意如此結束。

佩雷塔站起來，我以為她要走了，她卻突然在床腳站住，問：「如果妳知道，就告訴我吧。我一直想不透泰迪是怎麼感染的。」

我勉強聳了個肩。

「因為此外就沒有人感染。」她繼續說，「我實在不知道他哪裡跟我們做得不一樣。」

噢，我知道。

泰迪脫掉口罩，泰迪的雙手埋在我的頭髮中，泰迪逐漸消失，另外一個東西在他體內落地生根。我拿起小白板，寫：

我吻了他　這樣會使他感染嗎

有一片刻，佩雷塔只是盯著小白板。然後她笑出來，只是聽起來不像笑聲。

「祝妳好運。」她對我說，然後迅速轉身，使我看不到她的臉。喀啦一聲，門關上了。

廣播系統裡傳出一個女人的聲音，說是開始執行撤離程序的時候了。我可以聽到人們走動、說話，全都鎮定沉著。不恐慌、不匆忙。他們早已預料到這一天的到來。

雙腳上一陣抽動，低沉的嗡嗡聲傳遍全身。像是飛機起飛前的引擎聲，像是發病前的頃刻，但是更強大，強大多了。我的身體在顫抖，在四分五裂，我閉上眼睛，但是無所謂。我仍舊可以看見。我仍舊在這裡。

額頭上冒出一陣冷汗，這太劇烈了，我承受不了。我可以感覺到有什麼在體內移動，就在肋骨下方，爬上心臟，肺裡的空氣被擠出來

受不了了

不像之前不像那閃耀那冷靜　　這是斷裂這是破碎

這是結束　　我還不該放手

手指的指尖它們在變黑　　一隻睿特藍蟹　　它全消失了一切都消失了只從我的胸膛裡冒出　　猶如一束光線　　一聲尖叫

我化為烏有

我

我完了。

然後現在，現在好痛。

我坐起來，鳶尾花落到地板上，我把手指移到光線下。黑色的，彷彿剛把它們浸到墨水裡。一路黑到指節。

來自睿特島的事物，被睿特島佔據侵入的事物，最後就是這樣的下場。要死的時候，就

是這樣的下場。

我把氧氣面罩推開。它已經完成任務了。

我起床，緊靠在牆邊，走向門口。我的雙腳還算平穩，但是我可以感覺到它們的虛弱。沒過多久它們就會軟弱無力了。我靠在門邊的病床休息一小會兒，貼近窗戶望向外面的走廊。我的倒影回瞪著我。眼下的皮膚藍黃相雜。病人服下，我甚至可以看到突出的肋骨。頭髮凌亂不堪，汗濕而油膩。

然後，我看到它了。在手臂裡，那兒，在窗玻璃上動了一下。肉裡突出一塊，皮上抖動一回。我可以在手腕上感覺到一股博動，猶如心跳。我要死了，而我體內的黑暗想逃離。我把手指壓在發燙的皮膚上，感覺到有什麼縮回去。肌腱，也許。但也許是別的東西。

別管它，一部分的我說，留著它，但是如果我要死了，就要有自己的死法，不要像其他人就那麼死去。

我在門邊的病床下找到一把解剖刀。在手臂內側輕輕劃下一道。刀刃在炙熱的皮膚上感覺好冰涼，一滴滴的血珠緩緩滲出。

同一條線，但是這一次用力壓，慢慢拉動刀刃。又濃又暗的血。湧出來，往下滑，一路流到手肘。再劃一刀，再一刀，直到一股刺痛在手腕上蔓延開來，直到我知道我在深處碰到了什麼。劇烈的疼痛，到處都是，一聲尖叫傳遍全身，但是我總是在傷害，我知道怎麼做。

放下解剖刀，用黏滑的手指掀開皮膚。瞥見一眼骨頭，整個世界在旋轉，既鮮明又模糊。我把拇指和食指戳進去，忍住一聲呻吟，撐開切口兩邊的皮膚。

一開始沒看到它，但是接著它動了一下。閃閃發光，肌肉般粗。在輕柔地抽動，散發出熱量。是條蟲。

我想用手指夾住它，但是它滑開了，於是我不停地試，不停地希望有人在這裡留下了一把鑷子。它開始扭動。它知道我在幹嘛。最後，我終於一把揪住，將它猛然拉出來。

感覺就像是扯出魚鉤。肉被撕裂一道，鮮血重新湧出。但是現在都無所謂了。它在我的手中。死了，或是快死了，動也不動，我可以仔細瞧一瞧。顏色慢慢褪去，透出裡面的乳白色。整條身體都有脊骨、有分節。而且很長，大概有我中指指尖到手腕那麼長。一條寄生蟲。它一直在我體內，而我渾然不知。

是一種反常，但也是一份禮物。它讓我為我感受到的一切找到一個理由，在睿特島，在波士頓，日日夜夜。它使我的身軀與腦袋相呼應。我至少可以為此而感謝它。

我望向窗戶，看自己的倒影，看我是否看起來有任何不同。但是沒有。一樣的我，一樣老一樣老　　但是我覺得　　我覺得也許有什麼不見了

也不重要了。我扯下一塊床單，把手臂包紮起來　　　血跡蔓延開來我站起來。結束時，我不想待在他們當初安置我的地方。

我的衣服在床後的櫥櫃裡，封在用來裝生物危害物品的袋子裡。用牙齒一把撕開，拿出來外套、上衣、牛仔褲，還有穿舊的靴子特別又用一個袋子裝著。

把衣物緊緊抱在胸前，吸進那寒冷的鹽味。這就足以使我又恢復成自己。

等到我穿好衣鞋時，雙腳已在顫抖。我撿起地上的鳶尾花，緊緊抓著，一跛一跛走到門

邊，用肩膀一把推開。門外就有張輪椅。勉強走過去最後幾步，癱坐在上面。剎車是手動的，需要鬆開一個鉤子，用力壓下一個把手。然後還有些操控的程序，使我幾乎快吐出來了，因為我好累，肚子好空，但我還是讓輪椅動起來了。沿著走廊前進。那條路　我們出去時某人帶我走的那條路。

有什麼沿著我的上唇滴下來。慢慢地，像糖漿，嚐起來像血，但是更酸。我一把抹掉抹到手上但是我不去看。

我的右腳麻木，視野越來越暗。撐不了多久了。

路線就跟我記憶中的一樣。
穿過大廳空蕩凌亂熟悉　想　想碧亞妳不知道了嗎
然後轉彎　轉彎轉彎然後到達凹陷的門前
走到外頭
走入冬日的甜味　與冰冷　就只為我

我盡量走遠了
貼近牆邊我在牆角垮下背靠著牆把外套緊緊裹上　把鳶尾花捧在心頭

我可以看到它到來像海浪襲來像太陽升起像火車衝來像子彈像
像家或者
這樣不會更好嗎　不會更好嗎

太陽在樹間升起
灑下一道道蒼白的斜光
我已竭盡所能我已盡力　噢我盡了多大的力啊

吸氣吐氣
能把眼睛睜著多久就睜多久我想看見我想看著我想
讓樹林退後消失
讓海洋爬到腳前
讓小島隨著潮水漂過來
睿特別忘了　睿特
那就會像海玻璃一樣我會彎下身我會望進它波狀的表面我會看到自己懸浮在裡面　我
會完全知道我在那裡
我會把它捧在手心直到它乾掉　直到邊緣都磨損　直到它不再美麗

（呼嘯一陣呼嘯一陣猛衝它來了）
我還是會留著它

海蒂

第十七章

「時間到了，起床吧。」

我猛地坐起來，一頭撞到上鋪。我整晚獨自躺在房間裡，久久醒著，等到終於睡著時，也是睡得斷斷續續，不斷夢到哈克先生，夢到他變成芮絲。

「快點吧。」說話的是茱莉亞，人靠在門邊。我往她身後瞧，尋找魏老師的身影——通常應該是她來叫醒我們——但是茱莉亞一個人。「我們沒那麼多時間。」

「魏老師在哪？」我故作輕鬆地問，嘗試掩飾內心的不安。

「在忙。起床吧。」

我深吸一口氣，是物資小組要出門。如果魏老師發現我違反隔離規定，跟著她偷溜出去，早就對我開刀了。

我去揉瞎了那眼上的痂皮，稍等片刻讓眼睛適應，然後跟著茱莉亞走到走廊上。太陽還沒出來，走廊上一片幽暗。身後某處，芮絲就睡在某間房間裡。

我直直往前看，忍住回頭的衝動，忍住心中的悲痛。她已經把話說得很清楚了。

我們走到二樓夾層。樓下大廳裡，我可以看到卡森站在前門。穿著外套——她總是那麼怕冷——看到我倆時對我們揮揮手。但是走到樓梯頂端時，茱莉亞把我拉到一邊。

「我去找妳的時候，魏老師跟校長在大廳裡，不知道為什麼在發火。」她靠向欄杆，檢視整個大廳。「是我我就會小心避開。」

她們發火的原因可能有成千上萬種，我告訴自己。因為物資減少了，因為排班有問題，因為發電機壞了。但是接著，校長跨著大步從通往校長辦公室的走廊走出來，魏老師緊跟在後，那模樣顯然絕不是出於這些原因。她們兩人看起來太疲憊、太悽慘，因此只有可能事關我們最重要的一條規定——她們一定是知道有人違反隔離規定了。不一定知道是我們，但是她們知道有人溜出校園了。

魏老師追上校長，兩人停下腳步，緊張地低聲交談。校長的雙手在顫抖，明顯到我從這裡都可以看到。一陣潮紅漫下魏老師的頸子。

「看起來事態嚴重。」茱莉亞說。

「說不定是校長發現我們沒把巧克力留給她。」我說，擠出一個僵硬的微笑，越過她繼續往前走。「妳不是說我們沒那麼多時間嗎？」

我們走到樓下時，校長已經離開了。魏老師一身邋遢憔悴，麻花辮鬆散凌亂，嘴角滲出血來。通常，她喜歡跟校長一樣一身乾淨俐落，但是今天她的唇邊有一圈粉紅色的污痕。

「我們走吧。」她說。

茱莉亞清清喉嚨。「海蒂跟我還要穿外套。」

「那就快去吧。」她連看都不看我們一眼。她這反應應該讓我鬆一口氣，因為這證明她不知道是我違反規定了，但是我心裡只是更惱火。

茱莉亞抓起我的袖子，拉我穿過走廊，來到儲放外套和物資的櫃子前。她拉開櫃子門，然後檢查她手槍的彈匣，清點子彈，我則把外套前面的鉤子扣上。正把紅帽子拉下來遮住額頭時，只見茱莉亞把手深深伸進櫃子，從一疊毯子下掏出一把手槍，就跟她的一模一樣。

「拿去。」她把搶遞給我，一臉期望地揚起眉毛。

「我上次沒有帶手槍。」

「我知道。上次大家都沒帶。」

我不安地望著手槍。難不成這是個陷阱？「是魏老師叫妳——」

「聽好，」茱莉亞說，「妳以前在槍擊小組，不是嗎？」

「是啊，」我說，「但是我們沒用手槍。」

茱莉亞繼續說。「我在馬廄裡看過妳打靶。妳槍法很準。今天在外頭我需要一個槍法準的人。」

「為什麼？」我追問，哈克先生的臉孔浮現在眼前。

「妳沒看到她的樣子嗎？」她一定是在講魏老師。「她遲早會亂了方寸。說不定她已經亂了方寸了。」

我吃力地嚥口口水，低頭看地板。忍住解釋的衝動。茱莉亞說得沒錯。魏老師已處於崩潰的邊緣，而且如果她發現是我違反隔離規定呢？她又會做出什麼事？

我接下手槍。手槍的把手壓入掌中。

「把手槍藏在外套裡。」茱莉亞說，「我不想讓她知道妳有帶槍。」

如果是在另外一天，說出這樣的話會很奇怪，因為我們不會這樣——我們不會對魏老師有所隱瞞，不會對她有所防備。但這是今天，我親眼看到她把夢娜的屍體留在樹林裡，我覺得再也不會有什麼能夠讓我吃驚了。

回到大廳，卡森在挪動雙腳，魏老師則在前門前來回踱步。茱莉亞對卡森揮個手，卡森見了立刻跑過來，臉上露出一個感激的微笑。

「還好嗎？」茱莉亞問。

「她什麼話都沒說。」卡森邊說邊往魏老師的方向點個頭。「她整個時間都在來回踱步。」

她不知道。我不斷對自己說。她不知道是妳。妳沒有理由害怕。但是茱莉亞上前跟魏老師並肩走，讓我跟卡森一起走時，我仍滿心感激。

我們經過布告欄，輕拍一下海軍的公告祈求好運，然後踏出前門，走上小徑。穿過大門，卡森在後，魏老師跟茱莉亞在前。跟著小路深入樹林時，茱莉亞回頭看我一眼。手槍如皮膚般溫熱。每走一步，我都能感覺到它。

我們在中午之前抵達碼頭。一路上，我只盯著地面，就怕瞥見一眼樹林我就會被拉回到哈克先生身邊，雙手捧著他仍在搏動的心臟。還好碼頭這裡一片空曠，遼闊的天空無邊無際、一片蒼灰。警告用的帶子在輕快的微風下飛舞，海浪無情地拍打碼頭的木板。卡森把頭髮塞進外套，不想讓頭髮在臉前亂飛。我把帽子脫下，塞進身上的袋子，免得被風吹走。

「他們最好趕快來。」茱莉亞說。昨日的疲倦返回了，使她的聲音有氣無力，咳嗽起來是猶如劈砍的可怕聲響。「今天好冷。」

「我們可以在樹林裡等。避風。」卡森的牙齒在打顫。我想起第一次出去時她的嘴唇在我的臉頰上有多冰冷。我納悶她的血是否還跟我的一樣熱，還是毒克已經奪走了她的血溫。

茱莉亞搖搖頭。「在這外頭比較安全。如果有東西來我們一下就可以看見。」到達碼頭之後，魏老師就沒動過。她望向天際，瞇眼盯著那一無所有、有時可看見本土的地方。今天天色太灰了，什麼都看不到，但是她顯然還是想試一試。

穿越小島的整條路上，她一句話都沒說。起初我還為此心存感激，但是此刻我焦慮不安起來。我想好好注視她，想去解讀她在想什麼，但是我不能盯著她看太久。我擔心她會看到寫在我臉上的愧疚感。於是我退後一步站到卡森身邊，靠攏。

「這樣比較不冷。」卡森吃驚地望著我時我說。

魏老師又開始踱步了。走過來、走過去，走過來、走過去。上次我們出來時，她帶了一把手槍。現在看不到她的槍，但是如果我身上藏了一把，那麼她身上也有可能藏了一把。茱莉亞拖著腳走離碼頭幾步，靠向我跟卡森。

空中傳來一聲尖銳的叫聲，劃破寂靜，是隻海鷗。我抬頭看，快速吸進一口氣。一隻海鷗在我們的頭上盤旋，翅膀在天空的襯托下越顯灰黯，然後很快又出現另外兩隻。就跟上次一樣，就在拖船出現之前。牠們知道拖船要來了。

一、兩分鐘後，我們就聽到霧笛響起，模模糊糊、近乎空洞。魏老師不再踱步，倏地轉身面對天際。眼中露出一種野性，我從來沒見過，一種只屬於她自己的野性。

「準備好。」她說。

又一聲霧笛，然後拖船從就薄霧中出現了。海鷗開始聚過來，叫聲此起彼落。我想用手摀住耳朵，但是茱莉亞對我點點頭，於是我跟著她走到碼頭的起點，卡森跟在後面。

就跟上次一樣。那漫長徐緩的掉頭，那熟悉的標誌。船尾上沒有人，而拖船越接近，我們就越能看清上面的空蕩。沒有高疊的紙箱。沒有一棧板接一棧板的罐頭食品。只有一個看起來是箱子的東西，四邊貼著鮮明的標示。

我轉頭去看茱莉亞。她正在猛咬嘴裡的臉頰肉。「這種狀況常發生嗎？」

她搖搖頭，說了什麼，拖船的引擎聲太響亮，我聽不清，但是她嚴肅的嘴角就說明了一切。

起重機啟動了，發出一陣刺耳的摩擦聲。鈎住板條箱——唯一一個板條箱——吊起來，晃到碼頭上。上一次他們轟地一聲就讓箱子落地，但是今天他們把箱子一路往下降，穩穩擺到地上了才鬆開。起重機的吊臂搖搖晃晃地收回去，絞鏈發出嘎嗒嘎嗒的聲響，然後拖船鳴起最後一聲霧笛，在我耳中久久迴盪不去。

我們看著拖船遠離，激起一大片尾波。上次，我們等不及衝上去。此刻，沒人想第一個上前。

我越過茱莉亞望向魏老師。下巴緊繃，一滴眼淚流下臉頰，留下一條光亮冰冷的痕跡。她在搖頭。我以前從來沒見過她這樣，毒克爆發後沒見過，第一學期有個女生摔斷手臂、骨頭都戳出皮膚時，也沒見過。

「好了？」她倏地轉身盯著我們，發紅的雙眼使我不禁退後一步。「妳們在等什麼？」

茱莉亞微笑說：「在等妳。」

頃刻的沉默，四周如此寂靜，我都可以聽到卡森打哆嗦的呼吸聲。接著魏老師便擦過我們身邊往前走，還撞到茱莉亞。我們跟著她走到碼頭上。木板在我們腳下呻吟，風也大起來了。

我們三人並肩走在魏老師後面，我低頭往碼頭旁邊看，望向海面。今天是鮮明的、怪異的綠色，浮著泡沫。我貼向卡森，在中間更安全。

箱子比上一次的更小，而且不是木製的，是別的材質。可能是塑膠吧。平滑、灰色，邊角是圓滑的，由兩組扣環把蓋子固定住。蓋子上有個標誌，我認不出來。鮮橘色的，有點抹花了，像是用模板噴上去的。幾乎就像生物危險物品的標誌——好幾個圓圈套在一起，這標誌我們現在全認得——但是不太一樣。

「好，」魏老師伸出一隻手，「等在這裡。」

我很高興可以站在這等。那箱子太精緻、太標準，一點都不像是該屬於這裡，我簡直不想知道裡面是什麼。但是茱莉亞此時跟魏老師一起踏上前。

「我來幫妳吧。」她說，然後跟著魏老師走向箱子，一邊越過肩膀望向我。我摸摸藏在牛仔褲腰間的手槍，點個頭。光是要擔憂魏老師就已經令我很焦慮了，想到要用槍，我就更緊張了。

碼頭盡頭的木板經過風吹日曬已變黑，蔓生的水藻交織成片片的綠網。我跟卡森等在後面，嚥下心中的不安，解開外套上最下面一個鉤子，方便取槍。

「我們要把整個箱子抬回去嗎？」茱莉亞問。強風把她的聲音吹向我，聽來單薄飄忽。

「不需要。」魏老師蹲下來，一隻手平貼在箱子上，彷彿想感覺裡面是否有動靜。「我們就在這裡把箱子打開。」

茱莉亞繼續站著，然後我們看著魏老師聳起雙肩、使盡全力解開扣環。

蓋子邊緣的小燈開始閃綠光。蓋子跳上來幾公分，像是有個機關被打開了。魏老師戰戰兢兢地掀開蓋子，同時把臉轉開。

我看不到裡面。我只看到茱莉亞的眉頭變深，只看到魏老師往前一癱，把頭埋在雙手裡。

「裡面是什麼？」卡森問。

沒有人回話，於是我走過去。箱子裡鋪滿了黑色的泡棉。安穩地埋在中央的，是一個小金屬罐，閃著金屬的光澤，大小跟我的拳頭差不多。看起來像迷你版的氧氣瓶，在醫院裡被人推來推去的那種，只不過這個罐子的閥門用鮮紅色的膠帶緊緊封住了，膠帶上醒目地重複印著跟蓋子上同樣的標誌。

我的體內什麼縮了一下，嘴裡突然口乾舌燥，我嚥口口水。

「到底怎麼了？」卡森越過我的肩膀望向箱子。臉色如此蒼白，看得我都為她感到憂慮。「裡面到底是什麼？」

茱莉亞一直沒把目光從魏老師身上移開。「說不定是治病的藥？」

「不太可能。」我說。如果是治病的藥，他們不會告訴我們嗎？他們不會親自過來嗎？

「食物在哪裡？」卡森說，聲音更大了。「其他的東西——」

茱莉亞打斷她：「顯然沒送來。」

魏老師全身在抖動，我還可以聽到一個微弱的聲音、一個類似哽咽的啜泣聲從她胸膛深處傳出來，冰冷的空氣使她的呼吸聲粗糙艱澀。

「學校裡的食物已經不夠了。」卡森踏到我身旁。「我們現在該怎麼辦？」

還沒來得及阻止她，她就伸手抓住魏老師的肩膀。

魏老師突然站起來，倏地轉身，手臂一把撞到卡森的手臂。然後快步退離我們，我都擔心她要落進海裡了。「別這樣。」她說。

「對不起。」卡森的下巴在顫抖。「我不是故意的——」

「妳們還不懂嗎？」魏老師來回看著我們倆和茱莉亞。一陣風將她的頭髮往後吹，我看到她咬著嘴唇的地方流出血來，一路流往下巴。

茱莉亞故作輕鬆地露出微笑，說：「我們當然懂。」我熟悉那種語調，知道謊言聽起來是什麼樣。她在試著讓大家保持冷靜，但是一隻手已伸到外套口袋裡，她藏手槍的地方。

「不，你們不懂。這是——」魏老師的聲音突然頓住，然後變得低沉粗啞。「一切結束了。食物、我們、一切都完了。他們再也不會來了。」

「別說傻話了，他們當然會再來。」茱莉亞一隻手往前伸，慢慢走近魏老師，聽起來像個母親。充滿耐心、無比自制，因為這裡總要有人擔起母親的角色，而我們還是小孩，但是從一年半前開始，我們就不再扮演小孩的角色了。

「經過昨天的事，他們再也不會來了。」魏老師說，「昨天有人違反了隔離規定。」

我耳中開始隆隆作響，幾乎淹沒了風聲。這就是了。她知道，她知道，她馬上就會把槍頂在我的額角上。

如果再來一遍，我還是會這麼做，我心想。就為了確定碧亞還活著。

「誰？」茱莉亞問，吃驚得睜大雙眼，之前的沉穩全消失了。我摒住呼吸。「誰違反規定了？」

「我不知道。」魏老師說。解脫的感覺甜美地流遍全身。「但是也不重要了。」她的臉全濕了，雙頰兩行熱淚被風吹散，一條長長的唾液黏在下巴上。「納許營一直都規定得清清楚楚。我們的風險太高了。一個違規，就全完了。」

一個違規。我跟芮絲，因為我們，今天碼頭上空無一物。因為我們，大家沒有食物、沒有物資、什麼都沒有。罪惡感使我兩頰熾熱通紅，我立刻把下巴藏到衣領下。

「他們不可能就這樣不來了啊。」茱莉亞說。

魏老師搖搖頭。「妳沒看到那個金屬罐嗎？它就是我們的解答。無論裡面是什麼，都是用來了結我們的。」

不，不，她錯了。他們不會對我們做這種事。他們說過會幫助我們的。他們承諾過了。

「妳怎麼知道？」茱莉亞問。卡森開始癱軟下來，沉重地靠在我身上，我壓下心中的恐慌，握住她的前臂，輕捏一下，要她安心。

魏老師對箱子點個頭。「那標誌。」

我快速瞥了一眼那金屬罐，不敢看太久。

「妳有可能想錯了。」茱莉亞在努力，但是已漸漸失去反抗的力量。

「我沒想錯，我真的沒想錯。」魏老師抹去沿著雙頰流下的熱淚。「他們已經試過了，不是嗎？竭盡所能地試了。現在他們決定結束一切。無論我怎麼做，都無法保護妳們了。」

保護我們？保護我們不被毒克奪走性命？保護我們不被箱子裡那東西殺死？我望向茱莉亞，但是她就跟我一樣茫然不解，臉上露出與我心中一樣的恐懼。我們無法承擔這一切。但是唯一能夠幫助我們的人是魏老師。

她笑起來，笑聲斷斷續續、支離破碎。「我的雙手早已沾滿了血，不是嗎？他們想用那些該死的食物做實驗，我不讓他們，然後他們想測試妳們所有的人，我也不讓他們，而我付出代價了。我付出代價了；我做出選擇，然後把妳們送上死路。」

那些食物，我心想。難不成這就是為什麼我們把一半的食物都扔掉?「等一下。」我說，我還有那麼多疑問，但是還沒來得及開口，魏老師激動發紅的雙眼就轉向我。

「海蒂，」她說，「妳不能信任他們，懂嗎?一定要記住，疾病管制與預防中心、海軍——」

「嘿!」我說，而當你不知道哪裡出錯時，就更容易假裝一切都安好。「我爸在海軍，海軍裡也有好人。」我相不相信，並不重要。哈克先生讓我看到一個好人能夠變成什麼怪物，讓我看到一個父親能對女兒做出什麼事情，也不重要。「他們會幫我們的。一切還沒結束。」

「妳爸爸?」她嘆口氣。流露出同情，但更多的是不耐煩。「海蒂，親愛的，妳爸爸以為妳已經死了。」

「什麼?」她一定在說謊。我嚥下一陣反胃的感覺。她說不要信任海軍，但是昨晚是她在樹林裡交付夢娜的屍體。我們不能信任的是她。「我不相信妳說的話。」

「妳們全都一樣。」魏老師說，「妳們的家人、妳們的鄰居。全被蒙在鼓裡，已經好久好久一段時間了。」

我不相信妳說的話，我不斷對自己說，我不相信。但是沒用。因為她說的有道理。

噢，天啊。沒有人在擔心我們，沒有人在等待我們。我們不能再跟家人通話，說是為了保密，其實不是。其實又是一個謊言，我們卻全相信了。

「等一下，」茱莉亞說，「妳要跟我們解釋清楚。」但是魏老師已轉頭看著卡森，眼神溫柔起來。

「卡森。」她說。輕柔的聲音被風吹散，飄進我們的耳裡。她伸出手。「過來一下，我需要妳幫忙。」

我伸手想抓住卡森的衣袖，但是她已經起步，小心翼翼地踏過潮濕的木板，握住魏老師的手。接著我的心一沉，因為魏老師此時從外套口袋裡掏出一把小刀，刀刃光亮飢渴。

茱莉亞驚叫一聲，但是太遲了。魏老師已緊緊抓住卡森的手腕，傾向前。「沒關係的，卡森。」她說，「我只是想用自己的方式結束。妳只需要把刀插進去就夠了。」

我望向茱莉亞。她點點頭。於是我從褲子腰間裡掏出手槍，持在身側。我們不能失去魏老師。她知道他們把碧亞帶去哪了，如果她走了，答案也就跟著她走了。而且就算她已經跟我說過這麼多的謊言，就算她暗中已經擅自做了這麼多的決定，每個人都知道沒了她，整間學校就會崩潰瓦解。我們需要她。我需要她。

「妳可以幫我。」魏老師說，把刀柄塞進卡森的手中，刀刃在冬陽下閃亮如冰。「很簡單，就這麼簡單。」

「不要！」茱莉亞說，瞬間掏出手槍。瞄準卡森，手連抖都不抖。魏老師要卡森幫忙時，不是隨興選擇的。我們三人當中，她最容易受擺布，最有可能不反抗。她很有可能替魏老師完成這樁心願，但是我們不能讓此事發生。

「妳做得到的。」魏老師說，微笑起來。「妳夠堅強，卡森。我知道妳夠堅強。」

我看不到卡森的臉，但是看她挺直雙肩的樣子，就夠了。從來沒有人對她說過這樣的話。我舉起槍，瞄準卡森的頭部。距離夠近，我不可能射偏。

「讓她走。」茱莉亞對魏老師說，一陣顫抖使她的聲音成為懇求。「跟我們一起回學校吧，我們可以解決這個問題的。」

卡森正低頭盯著自己緊緊抓著刀子的手，我可以看到她的指節都發白了。

「這就是了。」魏老師閉起眼睛，額頭貼向卡森的額頭。「妳是唯一可以幫我的人。」

「把刀放下，卡森。」我說，「我會開槍，妳知道我會。我們在學校需要她。我們自己沒辦法穩住大局。」

沒有人動。只有狂風與浪花，上方，陽光開始從雲層露出。我用力眨眼，重新瞄準。

「對不起。」卡森終於說，「我辦不到，對不起。」

我放下手槍，感覺自己鬆了一口氣。一絲陽光穿破雲層，照射在海面上，波光粼粼。茱莉亞轉頭避開水面的反光，這時我看著一切發生。魏老師的雙手緊緊抓住卡森握刀的手，抬起下巴，往上看，露出微笑。最後一次彎起手臂，把卡森手中的小刀拉向前，埋進自己的肋間。

第十八章

她慢慢地倒下去。先是跪下來，然後卡森放開手跌跌撞撞地往後退時，她往前癱，倒在碼頭上。

「不是我，」卡森說，「我發誓不是我……」

我震驚得動彈不得。暗沉濃稠的血緩緩滲出，流到碼頭的邊緣。不久就會在水中綻放開來。我可以想像那鮮血如油一般在水面上擴散開來，光亮、油滑、一片鮮紅。

茱莉亞繞過箱子──裡面的金屬罐仍閃閃發亮──彎腰把手指壓在魏老師的頸側。

「沒有脈搏。」她說。

她死了，把所有的祕密也一起帶走了。我實在不知道該怎麼想。感激，因為她再也無法傷害我。憤怒，因為我永遠也無法得知她隱藏的真相，因為找到碧亞的希望正從指間溜走。而在所有這些感受之下，在最深處，如同呼吸一般熟悉──是一股罪惡感在心底折磨著我。

我把手槍塞回腰間，彎下身，雙手撐在膝上。魏老師說我們的家人以為我們死了，應該是實話。她沒有理由騙我們。這表示我媽在家裡，但是已不冀望我回家了。

「我們要跟其他人講嗎？」我問，聲音嘶啞，彷彿已經尖叫了好幾個小時。「說我們的家人不知情？」

我站直，看到茱莉亞在搖頭。「我不想跟大家報憂，」她說，「我真希望我不知道。」

我也是。但是沒有時間考慮這麼多了。時間在流逝，我們不能在天黑之後還留在這裡，沒了魏老師更不能。

我快速瞥了一眼她的屍體。指尖沒變黑。她跟校長兩人，也生病了，但是病得跟我們不一樣，這就是證據。「我們怎麼處理魏老師？把她抬回學校？」

茱莉亞越過我望向樹林。空氣中瀰漫著濃濃的血味，在嘴邊猶如銅的味道。

「不是好主意，」她說，「這樣只會拖慢我們的速度，而且還可能引來動物。」只有一個選擇了。卡森開始哭起來，於是我扶著她的雙肩，要她走遠。茱莉亞跟我會處理這事。

她抓腳，我抓手臂。魏老師的身體還是溫熱的，四肢仍是柔軟的。我把她臉前的頭髮撥開時，正好望進她仍睜著的雙眼。我想把它們闔上，就跟電影裡的做法一樣，但是把手伸過去時，指尖碰到她的眼睫毛，冰冷僵硬，嚇得又把手縮回來。哈克先生當時也是如此。柔軟鬆弛，身上一點張力也沒有了。

「我們快刀斬亂麻吧。」茱莉亞說。她正蹲在魏老師的膝蓋邊。「把她身上的鑰匙拿下來，然後我們就把她推進水裡。」

根本沒什麼，我告訴自己。就是該這麼做。

鑰匙圈掛在她的皮帶上，我用顫抖的雙手解開。上面有大門的鑰匙，又長又大、鐵製材質。有馬廄的鑰匙，儘管我們從不鎖上馬廄。最後還有她舊教室的鑰匙。仍掛在鑰匙圈上，像是她仍在期望有一天我們又會恢復往昔的日子。

夠了。我把鑰匙掛到皮帶上，然後又彎下身，兩手分別擺在魏老師胸膛上那血腥的切口兩側。「數到三。」

我們一推把她推到碼頭邊緣，推完茱莉亞一屁股往後倒，握緊拳頭。她須要休息片刻，但是我無法再浪費任何時間，無法再等，因為等得越久，卡森的哭聲就越大，我非得現在把這事了結。我把肩膀頂在魏老師的肩上，去推她的臀部。整個過程緩慢艱辛，但是最後，她終於腳朝前翻下碼頭了。

撲通一聲。濺起的水花沾在我臉上，寒意滲入皮膚。我用手把臉抹乾。

「謝了。」茱莉亞輕聲說。

魏老師浮在水面上。頭髮散開來，鮮血滲出來。

我讓自己去深深感覺——那傷痛，然後在傷痛之下，一小部分的我感到無限的滿足——站起來，轉身。遲早會有動物從樹林裡來取走屍體。我可不想觀看那場面。

就只剩下金屬罐的問題了。我們圍在箱子邊，堅決地背對水面。

「那裡面到底是什麼東西？」我問。

「我不在乎裡面是什麼，」茱莉亞說，「我只在乎我們怎麼處理這東西。我建議把它扔掉，回去跟誰都不提。講出來恐怕只會引起恐慌。畢竟……連魏老師都受不了這打擊。」

卡森縮了一下。我以為她會崩潰、會垮掉，但是她卻站直身子、挺起雙肩。「我們應該把它帶回去。」

我看著茱莉亞吃驚得下巴都快掉下來了。我從來沒見過她倆意見不合。

「為什麼？」茱莉亞厲聲問，「為什麼要把它帶回去？」

「帶回去交給校長。」卡森聳聳肩。「她會知道該怎麼辦。」

「我們知道該怎麼辦。」茱莉亞堅持。我點頭，但是她們倆根本不看我。「這東西是用來殺死我們的。為什麼我們要把它帶回學校？」

「我們也可以晚一點再把它扔掉。沒有魏老師，」卡森說，「我們就只能仰賴校長了。我不懂跟她隱瞞實情有什麼好處。」

茱莉亞伸手去握卡森的手。「我知道妳現在受到驚嚇，可是——」

「如果魏老師想錯了呢？」我從沒聽過卡森聲音這麼大。她的雙眼閃著光，下唇在顫抖，但是她不打算退讓。「如果那是治病的藥呢？校長會知道。」她從臉頰上抹去一滴眼淚。「我好累，茱莉亞。我們保守這麼多祕密，做出這麼多根本不該由我們做出的選擇，我沒辦法再繼續了。剛才拿刀的是我，好嗎？不是妳。我們應該把這東西交給校長。」

茱莉亞看起來一臉傷痛。「對不起，」她聲音沙啞地說，「當然。對，我們應該把它帶回去。海蒂，妳也——」

「卡森怎麼想，我們就怎麼做。」我說。我好累，而如果卡森又開始哭，我覺得我也會哭出來。

我轉頭，慢慢走離幾步，給她倆一點時間，但仍瞥見卡森倒在茱莉亞的懷中。

箱子太重，我們沒人能夠單獨抬起。沒人說出口，但是我們全都不願意把金屬罐拿出來。

「我們倆來抬箱子。」茱莉亞對卡森說，「妳先走。」

我蹲下來，關上蓋子，觸摸它平滑的表面。在指尖下好冰冷，布滿了小突起，之前遠看看不出來。側邊有一個折起的把手，茱莉亞在另一邊也找到一個。我們一起抬起，箱子撞到茱莉亞的臀部，痛得她皺起臉。

「如果校長問起，」我們上路後茱莉亞說，「我們就說是魏老師自己動手的。卡森當時站在妳身後。」

「沒錯，她站在我身後。」我說。

牛仔褲濕透了，黏在腿上，眼睛後方開始產生一股疼痛。海面上的反光使眼睛太吃力了。我只想回家。回到某個安靜的地方，遠離魏老師與哈克先生的回憶。回到芮絲身邊，聽她跟我說我們不會有事。

才剛走進樹林，我就感覺到了，地面上一陣低沉的震顫，遠方的樹叢間有什麼在移動。茱莉亞加快腳步，我也跟上。試著不回頭看。但是小路轉了一個彎，然後我越過肩頭看到了。一個巨大黑暗的身影，在樹林間往反方向潛行。是隻熊，聞到了血，聞到了水中的屍體。

我太疲憊，無法感到懼怕。太疲憊，除了往前走，什麼都做不了。往前看，海蒂。想想別的事情。但是我腦中能想到的就只是昨天，哈克先生的皮膚在我的手指下剝落。然後之前，夢娜裝在運屍袋裡。然後之前、再之前、再之前。

我在此處做過的事，我在手下碰過的屍體。如果找不到碧亞，就全都是枉然。魏老師無法再給我任何答案，但我還是要找到。

我們遠離碼頭了。毒克爆發後，我手上長出厚厚的繭，我們趕路的此刻，卡森在前，箱子越來越重，我真希望我們當初把金屬罐拿出來丟進我們哪人的袋子裡，把箱子留在碼頭上。

「快到了。」茱莉亞說。小路轉入最後一個長彎，我盯著樹梢，等著學校大樓的屋頂出現。「大家會在大廳裡等。」她繼續說，「卡森應該先進去找校長，請她到大門來跟我們說該怎麼辦。」

食物。我一直在壓抑這想法，但是沒用，我咬緊嘴唇，不讓淚水從眼眶中湧出。拜託，讓碧亞使一切都值得。拜託，讓她的生命值得我們所有人的生命。「妳覺得會有那麼糟嗎？」

「至少沒有人會歡天喜地。」

「說得對。」我說，暗暗希望自己聽起來像是在同意，然後叫住卡森，嘗試忘了在緊張翻騰的胃底。

卡森轉過身，差點在路上的一個小坑洞摔倒。「怎麼了？」

「我們決定讓妳先進去。」

「去找校長，」茱莉亞接著說，「請她來找我們。」

「我——」

「妳也不需要解釋。」我溫柔地說，「就跟她說我們在等她，就這樣。」

她點點頭，轉身，我們又繼續走，最後終於在樹間望見學校屋頂平台的欄杆。這景象使我心中的大石頭終於落了地，我緩緩吐出長長的一口氣。越快回到學校，這箱子就越快脫離我的雙手，我就又可以回到已經習以為常的危險。

我們彎過最後一個轉角，直直走向大門。卡森向屋頂上的槍擊小組揮揮手。我知道她們此刻一定是什麼感受，知道她們數了我們的人數、然後再數一遍後心中油然而生的恐懼。

沒了魏老師，情況一定會改變。我們為自己建立的秩序已搖搖欲墜。沒了魏老師在中心，就等於沒了支撐的樑柱。

我們放下箱子，我從皮帶上解下鑰匙圈，找出鐵鑰匙。鐵鑰匙在手指上好冰冷，沾黏拉扯我的皮膚。將它插入鑰匙孔，一轉，門鎖喀啦一聲打開。

卡森拉著大門，茱莉亞跟我把箱子抬進去，在大門的另一邊放下來。茱莉亞呻吟一聲伸展上身，上衣拉起處可看到昨天新生的瘀青。我皺起臉——瘀青看起來比之前還可怕——彎彎麻木的手指，然後在身後把大門拉上。

「我就請她出來找妳們，對吧？」卡森在緊張地撥弄手指頭上一根肉刺。我伸出手，輕輕握住她的手腕，忍住往後縮的衝動，因為她的皮膚好冰冷。

「就跟她說很重要。然後擺出一張笑臉，好嗎？讓大家安心。一切都很好。」這話我是對她說的，其實也是對我自己說。

她點頭，深吸一口氣。「一切都很好。」

「不到五分鐘，大家就會知道真相了。」卡森開始走向大樓後，茱莉亞喃喃道。

「我們至少可以避免大家陷入恐慌。」我說。

「暫時。」茱莉亞瞇眼望向屋頂上的槍擊小組，然後踏到箱子前。「我敢說恐慌是遲早的事。」

我們只等了一、兩分鐘，但是感覺起來好漫長，每一陣寒風都吹得我全身打冷顫。最後前門終於砰地一聲掀開了，我抬起頭，見到校長快步走過來。

她的髮髻有些鬆散凌亂，而且我從沒見過她腳步如此急促，簡直像要跑起來了。粽色的長褲沾著土，像是在哪間儲藏室翻找過，上衣一邊幾乎沒塞好。身後的卡森都快跟不上了。

「發生什麼事了？」校長問，「魏老師呢？」

我對卡森使了一個眼色，要她放心。「碼頭上出了點事。」

「出了點事？」校長把目光移向茱莉亞。「講清楚點。」

「他們送來一樣出乎我們意料的東西。」茱莉亞說，「魏老師受到很大的打擊。」

這話使卡森往後一縮，而我怎麼也擺脫不了屍體在我掌下仍溫熱的回憶。但是校長面不改色。

「妳的意思是……」她開口，但是說不下去。

「她自殺了。」我說，聲音在顫抖。「她失血失得那麼多、那麼快。我們沒別的辦法，只能把她留在那。」

「當然。」校長恍恍惚惚地說。「妳們當然沒別的辦法。」她不穩地晃了一下，但是接著便挺直身子，站穩雙腳。「好，謝謝妳們告訴我。現在進去分發食物吧。」

「其實……」茱莉亞聳聳肩。校長看著我們空空的雙手，看著鬆垮垮垂在我們肩上的袋子。

「妳們把食物跟魏老師一起留在碼頭上了？」她問，「再回去，太陽下山之前妳們還有時間。」

「我們沒把食物留在碼頭上。」我清清喉嚨。這話我一定要說。這是我能擔起的唯一責任。「他們沒有送食物來。」

校長一臉吃驚地瞪著我好一會兒。「什麼？」

茱莉亞站到一邊，讓校長看到箱子。「他們只送來這箱子。這就是……魏老師大受打擊的原因。」

校長走過去蹲在箱子前。我可以看到她認出漆在蓋子上的標誌了。她不禁張大嘴巴，眉頭深深皺起。

我們等她打開箱子，但是她一動也不動，於是茱莉亞清清喉嚨，說：「魏老師說這東西是用來——」

「我知道它是用來做什麼的。」我等著她告訴我們，但是她只是快速地站起來，拍拍褲子，說：「妳們進去吧。」

茱莉亞一臉困惑地看著我。「那我們怎麼處理——」

「我說進去。」校長的神情異常地冷靜。「叫泰勒出來找我。在裡面什麼都別說。還有，海蒂，把鑰匙給我。」

「好。」我把鑰匙放進她伸出的手掌，便匆匆轉身走開。茱莉亞就跟在我身後不遠處。經過卡森時，我抓住卡森的衣袖。我們三人一起快步走上小徑，最後魚貫進入前門。

我們忘了。或者至少我試著忘卻。忘了在等著我們的女孩。三五成群地聚在大廳裡，前門在我們身後關上時，全安靜下來，哄哄鬧鬧的輕鬆談笑逐漸沉寂下來。我記得那感覺。興奮的感覺，飢餓鑽入胃底的感覺。還有恐懼。擔憂有一天吃的會不夠。

今天，這恐懼應驗了。

我望向茱莉亞。不要把這擔子交給我。我擔負不起。

「吃的在廚房裡。」她說，「只能將就吃學校裡剩下的東西了。」

沒有人動。我不確定有沒有人相信她的話。茱莉亞不是那種愛說笑的人，而且我們已經歷過這麼多的劫難，但是我可以看到大家開始露出緊張的微笑。角落裡一個學妹咯咯笑起來，但是馬上被朋友用噓聲止住了。

「在等什麼？」茱莉亞的語氣尖刻起來，「我又不是妳們的服務生。」

大廳裡忙亂起來，只見大家逐一起身、走向廚房，跟以往一樣去為自己的小團體領吃的。只不過現在不是跟魏老師領，芮絲也沒有在這等著我。

我把手槍從褲腰掏出來，塞進茱莉亞的手中，上樓回房間。在床上攤開四肢。閉上眼睛，試著不看到魏老師的屍體。

第十九章

晚餐短暫，夜晚來臨。芮絲跟我溜出去跟蹤魏老師，感覺起來像是好幾年前，卻不過是一天前的事。只過了一天，一切卻已開始崩解得更厲害了。

如果碧亞在這，我一直在想。她會知道怎麼修補。她會知道如何讓一切恢復往昔。但是她從來沒有如此遠離過。魏老師死了，答案遙不可及。

此刻，很晚了。接近清晨。我以為芮絲覺得我睡著後，可能會溜回來，但是沒有。走廊上只是一片寂靜，還有我們已習以為常的惡夢聲——這裡一聲驚叫，那裡一聲抽泣，某個女生哭著再入睡。

然後，隱隱約約，隨風飄來一陣低沉粗糙的呻吟。斷斷續續，如此低沉，我都可以感覺到它在我體內振動。我從來沒聽過這樣的聲音。不是機器、不是人。這聲音來自野林。

我起床走到窗邊。藍色的晨曦漸漸轉亮，但是從我的窗口，我只看到院子和大樓的北翼。沒有人醒來。整棟大樓安安靜靜。說不定只是樹林裡的動物吧。或者只是我自己的想像。

但是我沒聽錯。一分鐘後那聲音又出現了。更清晰、更悠長，響盪著回音。

現在一定也有人聽到了，於是我走到門口，踏到走廊上。眼睛花了一點時間適應，起初我以為我一個人，但是接著，在走廊的深處，我看到芮絲，一頭長髮投下怪異的陰影。

「噢。」我說。我們分手後，我就一直沒見到她。她看起來氣色不錯。當然了。

芮絲沒回話。頭歪向一邊，我想開口說話時，她舉起一隻手。她把吊帶拆掉了，但是從她蒼白的膚色看來，我知道她的肩膀還在痛。

這時我們第三次聽到那聲音。清晰響亮，我都可以聽到它最後拖成一聲長長的低嚎。不管這是什麼動物，它一定很接近。

「我們該去找校長嗎？」我問。

她不願看著我的眼睛，但是用幾乎正常的語氣說：「不確定。」

昨天下午跟茱莉亞和卡森回來之後，就沒再看到校長。想必是在煩惱怎麼處理那金屬罐，煩惱魏老師走了該怎麼辦。

凱特從走廊前端的房間探出頭來，琳賽停留在她身後的陰影下。「嘿，妳們也聽到了嗎？」

「是啊。」我說。

「到底是什麼啊？」凱特揉揉惺忪的睡眼。「有人聽到槍擊小組說什麼嗎？」

我整個人站到走廊上。「還沒聽到。」

「可能是什麼動物吧。」芮絲說，然後頓住，對著俯瞰大廳的二樓夾層點個頭。「我們去看一眼。」

我們一起走。凱特跟芮絲帶頭，我跟琳賽在後。琳賽在看著我，我可以感覺到——看到芮絲睡另一間房，她一定猜到我跟芮絲有什麼不對勁，但是還好她什麼都沒說。如果她真問起，我恐怕會受不了。

穿過二樓夾層，走下樓梯。艾莉正在前門守衛。

「嘿。」她說，看到我們，一臉如釋重負的樣子。「那是什麼聲音啊？」

「我們就是想去查清楚。」芮絲說，「聲音是從外面來的，那個方向。」她指向南翼，指向轉角處的校長辦公室。「一起來嗎？」

「我不去。」艾莉很快說，「我去屋頂上看看槍擊小組有沒有發現什麼。」她匆匆跑上樓梯，留下我們幾人在大廳裡。

我們走到雙扇前門，凱特和琳賽退後一步，溫順地等著芮絲開門，就跟其他女生一樣，對芮絲懷著同等的懼怕與敬畏。但是她開不了門，肩膀傷成這樣當然開不了。

「我來吧。」我說，用兩手把雙扇門的一邊拉開。瞥向芮絲，冀望得到一絲一毫的反應。一個微笑，一個眼神。但是她只是低頭鑽出去，頭轉向另一邊。凱特跟琳賽跟著走出去，我確定門不會鎖上後，也跟著溜出去。

我們停在門廊上，寒意襲上身軀，我們扣上外套的扣子。空氣感覺很沉重，猶如暴風雨來臨前夕。聞起來甜美濃烈，我深吸一口，望向晴朗的星空。有一片刻，我們全寂靜無聲，我聽到我們其中一人輕聲嘆氣。接著那聲音又出現了，一聲抖動大地的呻吟。從圍欄的另一邊傳來。

我瞇眼望進黑夜，走下小徑，其他人跟在後面。現在我們應該可以看到它了。聽這聲音這動物應該體型很大。就算是藏在樹間，應該也不難看到。

地上一片廣闊平坦的白霜，石板路從中穿越。圍欄堅實穩固，群樹上方，在一切的上方，可見到一絲曙光。但是還有什麼，一團黑暗的形體，在大門前移動，我無法跟周圍的景物分清楚。我眨眨眼，轉頭看別處，再轉回來，這時凱特倒吸一口氣，琳賽驚叫一聲「我的天啊」，突然那形體的線條清晰起來。

閃著光澤的黑毛。體型巨大，四肢著地時就跟我一樣高，厚實的雙肩與低垂的頭。一隻熊。第一次跟物資小組出去時見到的熊，把魏老師的屍體留在碼頭邊後在樹林裡聽到的熊。只不過此刻牠在圍欄的這一邊。

牠又呻吟一聲，我們撞成一團，然後立刻靜止不動，冬夜的冷空氣使我們的呼吸聲粗糙艱澀。

「槍擊小組在等什麼？」凱特悄聲說。「牠到底怎麼進來的？」

「那裡，」琳賽說，指向黑暗，「妳看。」

恐懼在我的胃底燃燒，但是我已經知道了，而且確信不疑。熊的身後，被黑暗吞沒了，學校的大門，一路敞開到底。

我應該留意的。我應該檢查的。但是我剛跟物資小組回來，然後就只是把大門拉上了。魏老師，還有金屬罐，還有前一晚幾乎沒睡，全都不成理由。我怎麼能夠使大家陷入這樣的危險？我怎麼能夠這麼笨？

都是我的錯。我把結束帶來了。對不起，我心想，我對不起大家。

熊開始走近，鼻子貼在地面，四肢緩慢沉重地踏向學校大樓。偶爾大聲地張嘴呼氣、咬口空氣，下巴闔上的聲響隱約飄過草坪。我可以看到牠的耳朵在抖動，可以看到牠背脊上一塊塊赤裸發紅的皮膚。

屋頂上突然一聲大叫，然後一聲槍響。子彈飛越我們的頭頂，擊中小徑的石板，巨熊應聲往後站起。我驚叫一聲。有人用手摀住我的嘴，但是太遲了。

巨熊把頭抬起，轉過來看著我。我發出一聲模糊的尖叫。牠一半的臉只剩下骨頭。製造聲響，哈克先生是這麼跟我們說的。但面對毒克，這規則恐怕已不適用。

「槍聲沒把牠嚇走，」芮絲說，「但是槍擊小組還是有可能擊中牠。」

身邊的琳賽在發抖。我貼向其他人，身體像條帶電的電線。心跳一百，全身僵硬，幾乎可以把我折成兩半。

「再給她們一次機會。」我悄聲說。

又一槍，巨熊大吼起來。我心想也許她們擊中了，但是巨熊繼續走向我們。

「我們慢慢往後退。」芮絲說，聲音平穩低沉。「慢慢走。等我數到三。」

芮絲開始數，我抓起凱特的手。我們手腳相扣，連成一線，巨熊用鼻子噴氣、挪動身體時，我感覺到有人在發顫。我們離學校大樓不遠，但是如果我們開始跑，巨熊一定會至少抓到我們其中一人。

往後跨出第一步後，我至少沒再聞到巨熊溫熱惡臭的氣息。牠在盯著我們，我努力不眨眼，努力不移開目光，但是我的瞎眼好痛，因為吃力、因為黑暗，而且我好累，好累。

「再走一步。」芮絲說。一起再往後跨一步。神經緊繃，拳頭緊握。

有一秒鐘，四周一片寂靜，我感覺到雙肩放鬆下來。但是接著一聲大吼，從地面隆隆響起，震徹我全身。

「好吧，」芮絲說，「該用跑的了。」

凱特第一個開跑，推開我們拔腿就跑。我摔到地上，四肢著地，手掌磨到粗糙的泥土，擦傷了皮膚，傷口冰冷疼痛。地上的陰影越來越濃密，我抬頭看，只見到牠正一步一步走近，骨頭閃閃發亮，嘴巴大張，滴著口水。一股平靜襲上心頭。唯一的武器是插在皮帶上的小刀，恐怕沒什麼用，但是我可以為其他人爭取時間。是我讓牠進來的。就讓我在抵禦牠的過程中死去。

但是芮絲突然把銀手勾在我手臂下，將我一把拉起，眼神狂野，雙頰通紅。

雙腳在地上砰砰作響，空氣在臉上揮打，血液在體內狂奔，我可以聽到牠——那隻熊，追在我們身後，腳步搖撼大地。一聲槍響，但是迷失在黑暗中了，而我不能回頭，不能回頭。凱特等在門邊，琳賽就在前面，我超越她，前方一片空曠。呼吸一口比一口更艱困，寒風壓縮我的肺。

「趕快！」凱特大喊。芮絲跑到前門，衝進去。凱特向我伸出手，我撞進她的懷裡，頓時四肢癱軟，停下狂奔的雙腳，任她把我推進大廳。

「琳賽！快點！」凱特喊。琳賽就在我身後，我發誓她就在我身後，但是我聽到她大叫一聲，然後是一聲破碎粗啞的尖叫。那叫聲恐怖慘烈，聽得我毛骨悚然。我想我永遠也無法忘卻。

凱特頂住前門，芮絲慌亂地鎖上門栓。我聽到張嘴咆哮和骨頭碎裂的聲音。琳賽抽泣一聲，然後就再也沒出聲。

「妳還好嗎？」我問凱特。

她臉上血色全失，雙眼泛著淚光，但是她對我點點頭。堅忍強壯，海軍的女兒都被如此教育。「現在還好。」

我們等著——謝天謝地這裡沒窗戶——祈禱巨熊不會想來搗破前門。前門的門栓是很堅固，但是如果巨熊來撞門，恐怕也維持不了多久。

「我們走吧，」芮絲說，「現在我們還有機會。我們應該去警告校長。」

艾莉從樓梯跑下來，槍擊小組的兩個女生緊跟在後。「該死，」她說，「琳賽呢？」

「琳賽呢？」凱特推開艾莉，抓住站得最近的槍擊小組女生。蘿倫，我離開槍擊小組後她接替了我的位置。「妳們剛剛到底在幹嘛？」

「對不起……」蘿倫結結巴巴地說，這時第二個女生克萊兒站到凱特和蘿倫之間。

「不是她的錯。」她嚥口口水，昏暗的光線下仍可看到她兩頰發紅。「我們倆在輪班，之前輪到我，結果我睡著了。」

凱特放開蘿倫的外套。「妳睡著了？」

克萊兒不敢看凱特。「不小心的。」

「去跟琳賽說吧。」凱特惡狠狠地說。

燈光，然後在北翼走廊的開口，校長匆匆地走進大廳，頭低垂著。我實在想不到那一區有哪個地方可以讓她把金屬罐藏起來，但是話說回來，她比我對學校大樓更瞭若指掌。

「校長！」芮絲說，校長聽了跳起來，抬起頭，雙眼大睜緊張地瞪著我們。

「同學們，怎麼了？」

芮絲一五一十道來。我們聽到的聲音，巨熊闖進圍欄。她沒提到琳賽，沒提到槍擊小組睡著。反正也不重要了。

校長的嘴巴張開又閉上，舌頭上閃現一個鮮紅的瘡，最後她清清喉嚨，問：「熊怎麼闖進來的？」

我，總是我，使整間學校坍塌垮下。芮絲很生氣，而我知道她在考慮，考慮告訴校長我這一半的真相。我不會否認——如果她真說出真相，也是我應得。但是她只是搖搖頭，說：「我們不知道。」

「好。」校長說，不像是在對我們說，反倒像在對自己說。「好，好。」然後她看看我，看看芮絲，最後消失在她的辦公室裡。

「該死！」芮絲說，「我們現在該怎麼辦？」

第二十章

我們決定去叫醒大家。學校大樓自己無法抵禦外侮，巨熊闖進來是遲早的事。太多門了，還有餐廳那排高大的窗戶，但是至少我們可以試著存活，能多久就多久。

凱特跟我上樓，在走廊上一間房間接一間地敲門，搖醒年紀最小的一群學妹。茱莉亞醒了，卡森也醒了，無須我們開口，她倆就主動要大家分成小組，走下樓梯。在燭光下，大家開始三三兩兩地進入大廳，個個睡眼惺忪、眉頭深皺。

但是現在沒了魏老師，我們需要有人擔起領導的責任。不是芮絲，而是年紀最小的學妹不怕的人。比如說泰勒。

我不是很確定她的房間是哪一間，但是我知道幾個跟她同屆的女生睡在走廊盡頭的某處，跟其他人隔著幾個空房間。這間以前是艾蜜莉和克莉絲汀的房間，那間以前是瑪麗的。我走過去，試著不理會從大廳傳來的說話聲，隨著大家聚集在樓下越來越大聲。

最後，還不到夢娜房間的幾扇門前，一間房間裡透出一絲光影，傳出走動的聲響。我敲門，退後一步，接著泰勒猛地掀開門，只見她正把上衣套過頭上，頭髮都亂了。那兒，在她的胸前，長出一股肌肉，跟我的大拇指差不多寬，一路往下延伸，最後消失在牛仔褲裡。顏色淺藍，扭曲纏繞，幾乎像條麻花辮，有個脈搏在搏動，彷彿是活的。

「看夠了沒？」泰勒惱怒地問。

我立刻把目光移開。那是條靜脈嗎？「對不起，我不是故意的——」

「什麼事？」

我清清喉嚨。「嗯……我們在大廳裡需要妳。」我告訴她圍欄的事，告訴她巨熊的事，看著她的臉失去血色。

「校長在哪裡？」她問。

「她在辦公室裡，但是我——」

她推開我，走出來，寬闊的肩膀撞開我的肩。我跟著她走向二樓夾層，感覺到全身放鬆下來。如果她來領導我們，我們一定會想出辦法。她會知道該怎麼辦。

走下樓梯，超越最後幾個落後的學生，在大廳裡加入大家。泰勒穿越群眾走向前，這時我與芮絲目光相接，看到她臉上露出如釋重負的表情。但是我們高興得太早了。泰勒就跟校長一樣，根本不理會大家，開始小跑跑向校長辦公室。

「沒關係。」凱特邊說邊站到我身旁。「我們自己也可以處理。」

我們決定第一件和最重要的事，就是把前門擋住。克萊兒跟艾莉帶著一群人去教室搜刮剩下的桌椅，只要能夠當成障礙都好。茱莉亞跟卡森去廚房找工具，好把餐廳裡栓在地上的長餐桌撬下來。甚至蘭卓也主動帶著幾個學妹去宿舍把床鋪的梯子拆下來。

而我，我的雙腳像釘在地上，站在大廳中央動彈不得。一年半來，我們一直勉強維持著安全的狀態。有圍欄，有定期送來的物資。魏老師跟校長一起為我們穩住大局。一年半，而在一週內，我就將之全摧毀了。

莎拉跟蘿倫正把沙發拖到前門。凱特就在附近，沒有琳賽在身邊，看起來孤單無依。我覺得我可以看到茱莉亞正在餐廳裡與長餐桌的螺栓對抗。我開始走向餐廳，但是還沒走遠，走廊上一扇門砰地一聲關上，只見校長快步走出辦公室，泰勒緊跟在後。

她此刻看起來比昨天在大門前乾淨俐落多了。衣裳平整——線條清晰、摺痕新鮮，像是她有個熨斗藏在某處——頭髮細膩整齊地梳進灰色的髮髻裡。

「站好。」她說，拍兩次手。「大家都站好。」

大家停頓下來，整間大廳寂靜無聲。我們不習慣她這樣——她通常冷漠而疏遠，要說的話都由魏老師代言。但是我猜她現在別無選擇了。

「在等什麼？全都給我站好！」她大吼，我們全慌張地站起來。她在我們當中彎曲前進，走上樓梯，停在半高處，讓大家都看得到。「好了，大家排好隊。照年級，然後照姓氏。」

我們花了好一會兒才排好隊，因為上一次我們如此把自己分成七行，已經是好久以前的事了。當時每一行都有十四或十五個女生，但是現在就好像是有些人從來不存在過。而且我們入學時是十一歲，但是現在我們當中年紀最小的女生十三歲。這麼多的女生已成了鬼魂，每一行都稀疏零落，這就是為什麼我們不再這樣排隊，因為這景象太令人痛心。

我是蕭平，C開頭，所以在行首，然後是芮絲。芮絲後面，是戴娜．肯卓克、凱特．廖、蘿倫．波特，還有莎拉．羅斯。我忍不住一直望向行尾空蕩蕩的地方，碧亞的位置。

「謝謝。」我們窸窸窣窣排好隊後校長說。「現在，妳們應該都知道了」——我可以聽出她的聲音開始變得粗糙沙啞——「今天清早學校的圍欄因故出現缺口。在我發布新的公告之前，所有的學生都禁止走出大樓。」

我閉上眼睛。我必須習慣它，習慣這股罪惡感在心底折磨著我。這股罪惡感恐怕永遠也不會消失。

「為了加強我們緊急應變的能力，」校長繼續說，「我們今天早上將進行一次安全防護演習。請跟我走。」

太荒唐了。當然太荒唐了。但是我們依舊跟著她走進北翼走廊，經過一間間的教室與老師辦公室，彎過轉角，走到底端的音樂教室。音樂教室很大，高挑的天花板，沒有窗戶，一面牆邊建著階梯式的座位。我們在寬廣空蕩的地板上重新分成七行站好。

這裡以前有一個個的樂譜架，還有一臺鋼琴。有些學生還從家裡帶來自己的小提琴。但是所有這些東西都早已消失。只有老師的講桌還留著，釘在教室前端的地板上。身邊，凱特在打哆嗦。這裡面很冷，因為陽光永遠照不進來。

集合好後，校長清點我們的人數，然後又清點一遍。我等著她跟我們解釋，但是她只是站在前頭，嘴唇在默默地抖動，如果我不知道真相，我會說她在發抖。然後她對泰勒點個頭，只見泰勒從隊伍中踏出來。

我的心一沉。我早該知道的。我早該預見的。是她把夢娜的屍體抬到哈克家的。我以為她在我們這一邊，但是她不是。她跟他們同一邊。

「把她帶走。」校長說。

泰勒擠過人群走向我，一定是來找我的，一定是——她們知道是我違反了隔離規定。校長一定是查出來了。但是泰勒大步跨過我身邊，雙眼盯著另外一個人。

「等一下。」我說，還沒來得及繼續說下去，就見到泰勒抓起芮絲的辮子繞在拳頭上，把芮絲一把拽到地板上。芮絲驚叫一聲，但是泰勒繼續將她臉朝下壓在地上，雙臂扣在背後。她受傷的肩膀被扯到，痛得叫出來，聽起來像是在叫我的名字。

有人大喊起來，我推開凱特，掙扎著擠過困惑的群眾衝向芮絲，這時泰勒一拳打在芮絲的後腦勺。我看著她癱軟下來，眼皮動了兩下，頭上流出鮮血。轉瞬之間，泰勒就把芮絲扛到肩上，走向門口。到底怎麼一回事？她們要把芮絲帶去哪？

「嘿！」我大喊，踉踉蹌蹌地追上去。就快追上泰勒時，突然有人抓住我的衣領，猛地往後一拉，使我一屁股摔到地上。只見校長站在我上方，輪廓模模糊糊，周圍天旋地轉，好一會兒我的視線才又清晰起來。

然後她們就在音樂教室外了。校長在身後把門關上。我搖搖晃晃地站起來，去拉門把，但是只聽到門鎖沉重地喀啦一聲被鎖上。

「芮絲！」我大喊，「芮絲！」但是她們沿著走廊走遠，腳步急促，最後再也聽不到。她們為什麼要把她帶走？她們要對她做什麼？

茱莉亞走到我身邊，一臉憂慮。「到底怎麼回事？」

「我不知道。我不知道，該死，我——」

突然，我們的頭頂上一陣嘶嘶聲，然後噴水滅火裝置劈啪一聲開始灑水。灑出的水如同薄霧，輕柔貼身。我瞇起眼往上看，感覺頭髮隨著那霧氣越來越沉重。太濃稠，不可能只是水，氣味太乾淨、太化學。

這到底是什麼東西？

但是我知道。這是金屬罐裡的東西。卡森跟茱莉亞跟我，我們親手將它帶回來了。我們簽下了自己的死刑令，把頭伸到斬首台上，然後將斧頭交給校長。

霧氣越來越濃，周圍的女生開始用外套遮住頭，吱吱喳喳起來。有人開始咳嗽，我越來越難以看清，越來越難以思考。水滴沾在睫毛上，在視線前灑下光影，我用雙手去抹臉。雙手移開時黏答答的，蒼白虛弱的皮膚在黏稠的霧氣下變得遲鈍麻木。我的胸口腫脹，猶如塞滿了棉花，吸氣吸得越深，就越吸不到空氣。

我們得離開這裡。我們得立刻離開這裡。

教室的門是新的，幾年前才裝上的，上面有一塊方玻璃，玻璃內嵌著格子狀的鐵絲。我知道校長把門鎖上了，但我還是試試門把。用全身的力量撞上去，但是沒用。

「讓我來，」茱莉亞說，「用我的刀。」我讓開，她在門前蹲下，從皮帶掏出小刀，把刀尖插進鑰匙孔，想辦法轉動門鎖。

大家恐慌起來，極度的恐慌。不只是在我們心中，而是到處都是，使我們不知所措、慌張混亂。在一片尖叫聲中，我幾乎無法思考，在一片濃霧中，我幾乎無法看清。我把上衣拉上來摀在口鼻前，透過布料呼吸。一開始有點幫助，我可以感覺到頭腦清晰一點了，思緒又回來了，但是霧太多了，不斷地從灑水裝置裡噴出來，除了進入我們的體內，無處可去。

這時有人倒下了。很快，之前還站著，下一秒就躺在地上了，身軀四肢角度怪異，睜開的眼睛呆滯地望著。

「我的天啊！」凱特說，然後也倒下了。

「茱莉亞，」我說，「趕快！」

莎拉傾身彎向凱特，搖她的肩膀。教室的另一端，某個嬌小瘦弱的女生躺在蘭卓的懷裡。有人在哭，有人在尖叫，如果我們繼續被困在這裡，沒有人能夠存活。

「這樣沒用。」我說，氣息太短太淺。「我們可以把玻璃打破嗎？」

茱莉亞站起來，看起來虛弱無力。「用什麼打破？」

她說得沒錯。教室裡什麼都沒有，連個樂譜架都沒有，如果用手打破，鐵定會被玻璃內的鐵絲刮成碎片。但是這可能是我們唯一的選擇了。我的頭腦越來越迷茫，視線越來越模糊。昏倒之前我沒有多少時間了。要動手就要快。

我脫下外套，裹住左手，把布料緊緊抓在拳頭裡。我知道這會痛，但是霧氣在我的肺中炙熱刺痛，現在不動手，恐怕就沒機會了。

我揮向玻璃，狠狠一擊，一次、兩次、三次。

玻璃碎了。有一秒鐘我什麼感覺都沒有，只感覺到新鮮冰冷的空氣湧進來，然後那疼痛撞回我，在手上爆開，痛得我跪到地上。我往前倒在門上，另一隻手穿過玻璃的破洞去尋找門鎖。門鎖在油滑的掌中轉動，我覺得我快吐出來了。

我壓向門把。整個世界東倒西歪。門開了，我的上方是一片灰色的平原，搖搖晃晃、模模糊糊。我感覺不到我的手了，閉上眼睛，癱到地上。

「嘿，嘿，醒來吧。」

我忽地醒來。茱莉亞跪在我身邊。「奏效了嗎？」我聲音沙啞地問。

「沒事了。」她說，「空氣變好了。把妳的手舉高。我覺得妳應該要把手維持在抬高的位置。妳的手流血流得很嚴重。」

她扶著我的手肘把我的手舉高，將裹在手上的外套拆下來。感覺起來就像是皮膚被剝下來，但這不算什麼，只不過是更多痛，而我已經經歷過足夠的痛了。

四周逐漸清晰起來，我開始看見大家。全都四肢攤開倒在地上。茱莉亞跟我在門邊，其他人散布在教室各處。我們每一個人，有些比較清醒，開始在動，但是眼中全都是同樣的茫然空洞。

「出去。」我說，「我們得出教室。」

漸漸地，噴水裝置不再灑水了，我站起來，茱莉亞協助我把手臂靠在懷中。格子圖案的地板上，玻璃碎了滿地，血跡到處都是。我看著生還的女生把一個個的屍體拖過我身邊，拖到走廊上，我搖搖晃晃地跟在後面。

校長怎麼能夠對我們做出這種事？在共同度過這麼漫長的一段時間後，在一起經歷這麼多次的挫敗仍倖存下來後，她現在怎麼能夠放棄我們？

第二十一章

死了十六個人。我們遠離剩餘的毒氣，在一間教室裡清點傷亡。茱莉亞從一個死掉女生的外套上扯下幾段布條，為我包紮傷口。死掉的多是年紀最小的學妹，最小那一屆只剩下艾咪還活著，但是我這一屆的姐拉走了，比我大一屆的學生裡也有三個人走了。我們將她們的屍體排好，閉上她們的眼睛。

之後，大家沉默不語，只有微弱的哭聲劃破寂靜。我們只剩下四十人左右，感覺好微小。我看著艾咪坐在她同學的屍體邊，小心翼翼地用手指為她們梳頭髮，我不禁心頭一緊。

「這是校長的主意。」凱特說，聲音粗啞起來。「她是兇手。她殺了我們的朋友，想殺死我們大家，我們不能讓她就這樣逃走。」

「然後又怎麼樣呢？」蘿倫說，我轉頭，看到她站在好友莎拉的屍體旁。「她反正都走了。」

「我可以找到校長。」我說，不理會手上一陣陣的抽痛。我一定要找到校長。找到校長，就可以找到芮絲。而芮絲此刻只能依靠我了。

「然後呢？」蘿倫尖笑起來，「殺了她？」

「沒錯，」凱特說，「然後我們就殺了她。」

有人開始低聲同意，先是少數幾人，然後越來越多，但是蘿倫搖搖頭，說：「外頭還有一隻熊，而且大門是開著的。學校大樓已經不保了，我們也是。難道我們不應該先擔心這一點嗎？」

凱特開始大吼，整個房間分裂成叫囂的聲響。我望向茱莉亞，她之前一句話也沒說。一隻手摟著卡森，卡森的頭依偎在頸窩裡。她的女孩還在身邊。我的兩個女孩都失蹤了。

「嘿，」我輕聲說，「妳覺得呢？」

茱莉亞望向正在互相爭執的凱特和蘿倫，然後看著我，說：「妳去找芮絲，她沒時間等大家吵完。」

我露出一個感激的微笑，輕捏一下她的手，然後慢慢後退，緩緩移向門口。趁沒人注意的時候，溜出去，踏到走廊上。匆忙回到大廳，腳步仍有些不穩，腦袋仍在努力從濃霧中清醒過來。左手在搏動，頻率跟心跳一致，鮮血仍不斷從繃帶中滲出，而我知道我的左手再也無法像以前那樣伸直、彎曲了。

窗外已是明亮的白天，陽光燦爛，如果我仔細聽，可以聽到巨熊就在門外兇猛地呼氣。一定是已經吃完琳賽的屍體了，準備來追獵我們剩下的人。

大樓裡只有幾個地方能夠讓校長拘禁芮絲。一個是她的辦公室，但是我從此處可以看到辦公室的門是開著的，所以也不用去看了。趕快跑上二樓，腳步一步比一步更堅決。校長想殺了我，但是沒得逞——我也不會讓她奪走芮絲。

那兒，通往醫務室樓梯的小門。半開著，在微微地晃動，像是剛有人走進去。但是我聽不到三樓有腳步聲。也許泰勒跟校長埋伏起來了，等著把我跟芮絲一樣關起來。但是沒時間思考了，沒時間計畫了。我一無所失。爬上樓梯，手上的劇痛逼得我不時沉重地靠在牆邊。

醫務室裡一片黑暗，關上的房門擋住了晨光。上一次在這裡時，我是來找碧亞的，當時所有的答案彷彿都遙不可及。現在我得到答案了——我知道他們把她帶離小島了，知道魏老師深深牽扯在內——也失去對抗的力量了。我不再需要真相。我只想要活著。

狹窄的走廊上無處可藏。我覺得這裡只有我一個人，於是跌跌撞撞地從一扇門走到下一扇門，仔細傾聽，搜尋任何聲響。最後，走廊上最後一扇門，找到碧亞針線的那間房。門栓鎖上了，從裡面傳出微弱的聲響，像是床墊彈簧的聲音。

芮絲。

慢一點，我對自己說。如果她在裡面，那麼可能還有別人在裡面。我趴到地上，左眼貼近地面。門下有條四、五公分高的門縫，我望進去，看到病床的床腳，床邊還有個東西看起來像張凳子。沒看到校長，也沒看到泰勒。

我從上面開始，一一打開門栓。門栓深深嵌在牆內，再加上只能用一隻手，我得使盡全身的力氣才能把門栓拉回去。才拉開第一個門栓，我就聽到那聲音了。細微輕柔，若有似無。

「海蒂？」

我把額頭貼在門上。是她，真的是她。「嘿，妳還好嗎？」

半晌沉默，然後：「應該吧。」

「她們對你做了什麼事？她們要妳幹什麼？」

「她們想……」她說，聲音越來越小，聽起來虛弱無力。「她們想知道離開小島的方式。」

音樂教室裡打在她頭上的那一拳想必是嚴重打昏她了，而且她說話的方式好奇怪，彷彿人根本不在這裡。我開始拉下一個門栓，但是門栓幾乎動也不動。「再撐一下，」我說，「妳馬上就可以出來了。」

我聽到她喘口氣，以為她還想說什麼，這時有個人，一個不是芮絲的人，從走廊的另一端喊我的名字。

泰勒。

我慢慢轉過身。她的輪廓在黑暗的走廊裡模模糊糊，但那是她沒錯。在看著我。

「退回去。」她說，「從門邊走開。」

「泰勒？」

她走過來幾步，現在我可以看到她的臉了，可以看到那倔強的下巴和皮帶上的小刀。我整個轉過來面對她，讓她看到我左手上那臨時湊合綁成的繃帶。如果她覺得我不構成威脅，也許我們可以達成妥協。

「我只是想跟她講講話，」我撒謊，「確定她沒事。」

「我不相信。」泰勒的聲音冷漠嚴酷。「我說從門邊走開。」

「她還好嗎？妳可以至少告訴我這一點嗎？」

「現在就給我退開。」

泰勒過去是我們的一員。在心底的最深處，她至少還有些關心我們吧。如果我繼續懇求，也許她就會心軟下來。也許我就會得到另外一個機會。「妳們對她做了什麼？妳們要她幹什麼？跟我說，我就走。我們可以假裝我從來沒來過。」

泰勒搖搖頭。「妳知道我不能讓妳離開，海蒂。」

我擠出一個最甜美的笑容。「妳當然可以讓我離開。妳想怎麼做就可以怎麼做。」

「沒錯。」她又走近一步。「校長跟我要離開這個該死的小島。如果有人知道怎麼離開，只有可能是妳的朋友。」

我還記得那晚她在哈克家的屋子裡是怎麼說的。說她離開物資小組是因為想為大家帶來更多好處。全是狗屁。這才是她離開物資小組的原因，這才是她為什麼打昏芮絲、把我們留在音樂教室裡等死的原因。她只是想離開這小島。

「妳真的以為他們會就這樣讓妳離開？海軍？還有疾病管制與預防中心？」她不可能那麼天真吧。我以前也很天真，結果看看是什麼後果。

她聳聳肩。「都無所謂。反正我們不打算留在這裡。」

「那我們其他人呢？」

「我真厭倦透了這個問題！」泰勒吼道，「那我呢？我怎麼辦呢？」

我無法跟她爭論這一點，無法推開深藏在心底的罪惡感。「聽好，妳不能就這樣殺了我。」我另尋他法。泰勒嗤之以鼻，但是我露出微笑，就像碧亞一樣。「妳想離開小島？那就跟我一起走——我們一起去找出路。」

又走近一步。「妳在說謊。」泰勒說。

「我沒在說謊，真的。」但是泰勒已沒在聽，手伸向皮帶裡的小刀。

「別拿刀了，沒必要吧，真的。」我說，甜言蜜語已開始粉碎。我伸出一隻顫抖的手，想阻止她。

「真的才怪。」

我得離開。但是她擋住去路，我無處可逃，然後泰勒，她撲過來抓住我。

第二十二章

一切好快，快到令我眼花瞭亂。我看到她的手飛過來。我看到她白色的手和她白色的刀，分不清哪個是哪個，於是我抓住離我最近的那一個，把另一個擋開。狠狠踩她一腳。

泰勒用手肘猛地一撞我的鼻子，我跌跌撞撞地往後退，停在牆邊，劇痛在受傷的手中爆開，頭髮飛到臉前，鮮血積滿嘴中，抹得到處都是，流到臉頰上，流進耳朵裡。

她的小刀揮過來，我立刻把她拉向我，將刀刃平貼在我身上，使她無法傷害我，她想把刀轉過來，想用刀在我身上劃一道，想在我的胸口切出一個深深的傷口，於是我——沒費很多力氣——我只是、我只是把它斜過來，推進去，然後它一下就滑進去了。彷彿她一直在等待這一刻。

「我的天啊！」我叫，「我的天啊！」

她從刀子上滑開，倒下。我手上的刀子也跟著落地。湧出的鮮血流得到處都是，我根本不知道該怎麼讓她停下來。

「海蒂。」

我不知道是否有任何辦法可以使她停下。她的眼皮在顫動。全身在抽動、在顫慄，發出哽噎的聲音，一隻手抓向空中，另一隻手貼著胸口。然後泰勒變成了魏老師，魏老師變成了哈克先生，而一切總是在周而復始。

身後傳來一個聲音，是從別處傳來的。「海蒂！海蒂！」

我動彈不得。我無法呼吸。鮮血快碰到我的鞋尖了。如果我站在此處夠久，也許鮮血就會滲進縫線和襪子，然後碰到我的皮膚。我永遠也無法洗淨這塊血跡。

「過來幫我開門。」芮絲說。

芮絲。

我把腳從血泊中抬起，靴子發出吧嘰一聲，跨過泰勒的雙腳。芮絲又喊一次我的名字，語氣冷靜，淹沒那聲響，淹沒鮮血從泰勒嘴中湧出時的噗哧聲與汩汩聲。

回到門邊，試了好幾回才把所有的門栓都打開，而且我的肩膀好痛，但是我拉開最後一個門栓，把門打開。

病床是空的，床墊上沾著一條條的血跡。凳子上擺著一個對講機和一個短波收音機，旁邊躺著一把小刀，在窗外灑進的陽光下閃閃發亮。小刀邊緣抹上了血，我幾乎不忍去看，畢竟她們還能對她怎麼樣？但是她就在那兒，站在邊邊等著。芮絲，一頭長髮散發著月亮般的光輝，垂著脫臼的肩膀，一道瘀青開始顯現在臉頰上。

「沒事了。」她說，銀手捧住我的臉，拇指輕壓我的嘴角。「沒事了。」

「我不想——」我開口，然後就說不下去了。

「妳別無選擇。」她說這句話是想要讓我感覺好一點，我知道，但是我仍感覺到苦澀的膽汁刺痛喉嚨的深處。「我們得趕快離開。」

「然後呢？」我們無論如何也逃不出這一切。

「一步一步來，好嗎？我們現在先回到樓下，就這樣。然後再看著辦。」

「好。」我說。然後因為她還在看著我，還在等待，於是我又試一次，這一次語氣更堅定：「好。」

出去時，她讓我把眼睛閉上，這樣我就不用看到泰勒的屍體，然後要我抓好她，領我走到走廊上。

「她們對妳做了什麼事？」我問，腦海中不斷浮現出那把小刀。

「什麼都沒。」她說，聽起來很鎮定，但是聲音仍在顫抖。我感覺到胃裡翻騰攪動起來。

「那她們對妳什麼都沒做之後，又做了什麼？」

芮絲沒回話。但是等我睜開眼睛時，看到她靴子上的裂痕滲出血來。而且她踏出每一步都有些猶豫不決，像是偏好其中一隻腿，但是不想讓人看出來。像是她們曾把刀子刺進她的腳底。

我把這想法從腦中揮走。如果讓這想法掘得太深，它恐怕會從裡到外吞噬我。

我們在樓梯頂端停下腳步，聽著人聲從樓下飄上來。大廳裡，大家又回來堵住前門了。校長試圖結束一切，但是大家無意讓她得逞。雖然沒開口，但是我知道我們倆都在納悶她人在哪裡。其他人找到她了嗎？還是她會逮住我們，然後又把芮絲關起來？她大概才懶得理我，但是芮絲對這小島瞭若指掌，彷彿她自己就是活生生的睿特島。校長無論如何都不會放她走。

樓下大廳傳來一聲巨響，接著有人大叫起來。恐慌的喧嚷聲隨之出現、迴盪上來。又一聲可怕的撞擊聲。很沉重，像是什麼東西猛烈撞上大門。突然間，那震撼人心的呻吟聲響徹整間大樓。

巨熊正試著闖進來。被毒克侵占的牠，在獵物到手之前，絕不可能罷休。

「快走。」芮絲說。我們跑下樓梯，我試著不去想我留下的腳印，還沾著泰勒的血。我們衝進二樓夾層，脈搏在耳中砰砰迴響。大廳的景象在腳下展開，眾人在大叫，茱莉亞扯破喉嚨在發號施令。有人在輕聲啜泣。

我們奔下樓梯，只見大廳一片混亂。巨熊猛去撞門，想闖進來，撞得前門猛烈搖晃。兩個女生跟著我們從二樓跑下去，兩人一起抬著一個檔案櫃。一群女生蹲在擋在門前的沙發前，抵住沙發，阻止沙發被推走。

「海蒂！」茱莉亞看到我倆時喊。她站在那堆路障旁邊，指揮大家。「妳找到她了！」

我們加入她，在之前那兩個女生抬著檔案櫃跑過來時，匆忙讓開。

「怎麼搞的？」芮絲問，「牠之前沒有在撞門啊。」

茱莉亞點點頭。「牠一定是聞到味道了。海蒂在音樂教室流了好多血。」

手上的繃帶滲滿了血，但是跟泰勒在樓上流的血比起來，根本不算什麼，我心想。

「該死！」芮絲說，「妳們看！」我跟著她的目光望向前門，只見前門已開始彎曲變形。堅固的工業用鎖在巨熊的一再撞擊下變形毀壞。那聲響如心跳，前門猛烈震顫，搖撼門栓。

「退回去！」茱莉亞說。然後，眼見前門快從門軸上被撞落時，她大喊：「大家都退開！」

門鎖斷開，前門一把被撞開。清冷的陽光與寒風忽地灌進來。巨熊啪地一聲闔上嘴。沙發、書桌全裂開，如炸彈碎片灑了滿地，兩扇前門從門軸上掉下來，砰地一聲倒下地，把幾個女生壓在下面。尖叫，我聽到尖叫，然後那兒，那龐大的身影，那響徹雲霄的吼聲，巨熊走進來了。

「南翼！」茱莉亞大喊，「去南翼走廊！」所有仍站著的人聽了拔腿就跑。我站在那裡動彈不得，望著巨熊看著艾咪從倒塌的前門下爬出來，雙手膝上全是血。

至少這一點，我可以做到。

「海蒂，」芮絲說，「別去。」

但是我已經開跑，撞開凱特，跳過一座沙發的殘骸。

「艾咪！」我喊。

巨熊抬起頭，腐朽的雙眼瞪著我，艾咪匆匆爬向我，手肘狠狠撞上我的脛骨。我用沒受傷的手環住她的腰，將她一把拉起。

「跑！」我說，「快跑！我就在妳後面！」

「快點！」我聽到芮絲喊。緩緩往後踏一步，站在巨熊與艾咪之間，讓艾咪先開跑，但是接著巨熊啪地一聲闔上嘴，本能頓時甦醒。我拔腿就跑，衝向南翼，腎上腺素清晰冷靜，我覺得自己精力無窮。往前狂奔，芮絲就等在南翼走廊的開口。她們把門拉著。

「進去！快進去！」她說。最後幾步，我冒險往後瞄一眼。巨熊正用鼻子在嗅某個女生的屍體，那女生被一條長長的尖物刺穿眼睛。

芮絲把我拉進走廊，加入其他人，茱莉亞跟凱特立刻把走廊的雙扇門關上，把南翼跟學校大樓的其他部分隔絕開來。大家已開始衝進一間間的教室和辦公室，把一張張的書桌拖到走廊上，設起另一個路障。

我們這樣能夠撐多久？下一扇門多久之後會被撞開？然後呢？

走廊的雙扇門不怎麼隔音，只聽到巨熊快速地呼出一口氣，呻吟起來，呼叫我們。艾咪蹲在牆邊，摸著割傷的嘴唇，緊緊捏起劃傷的手掌。在她四周，還有更多的女生也受傷了，更多的女生飢餓、孤單、垂死。這都是我的錯。是我把大家帶入這個浩劫。

「難道沒有出路了嗎？」我問芮絲，「妳沒告訴校長，但是芮絲，告訴我，我們能夠離開這裡嗎？」

她看著我好一會兒，然後嘆口氣。「應該有吧。」

她是認真的嗎？我把她從大家身邊拉開。「那妳以前怎麼不用呢？」

「我以前以為我反正也出不了圍欄。」她說，避開我的目光。「後來我可以出圍欄，但是這地方已成了我整個生命。」

我吃力地嚥口口水，腦海中閃現哈克先生在黑暗中的臉孔，眼神空洞、牙齒污黑。「那現在呢？」

她聳聳肩。「現在有妳陪我。」

第二十三章

沒有人注意到我們悄悄遠離人群，走向走廊深處，彎過轉角，走向廚房。廚房裡有扇門，是緊急出口，從來沒人敢去開，就怕開了警報聲可能會大作，不過現在也沒必要擔心這一點了。

經過校長辦公室時，我忽地停下腳步。辦公室的門之前是開著的，但是此刻幾乎整個關上。從門縫裡我可以看到一箱食物，然後有人走過去，擋住我的視線。一定是校長。而且她在囤積物資，離開睿特島後我們需要的物資。

門沒鎖，但是想推開門時，被裡面什麼東西擋住了。「抱歉，」裡面有人說，語氣憤怒。一定是校長。「妳不能進來。」

我幾乎笑出來。彷彿這還有關係。

我又試一次，肩膀抵住門使勁推，最後門緩緩地打開了。我眨眨眼，適應從高大的窗戶湧進的陽光，而校長的輪廓就顯現在前，雙肩下垂，髮髻鬆散凌亂。

她站在一箱瓶裝水前，旁邊，堆在她那龐大古老的書桌旁的，是一堆堆眼熟的紙箱——食物、物資，全都是從儲藏間偷來的，從我們身上偷走的。裡面參雜著一包包的醫藥用品，海軍以前總送來的那種。此外還有小巧的急救箱、成疊的紙、醫務室的紀錄，還有冷藏箱，就跟我在樹林裡找到的一樣。

她囤積這些東西有多久了？她只顧著自己有多久了？

我站到芮絲前，因為我不能再失去她一次，絕不，但是她輕輕打我要我讓開，又看一眼校長，我就知道為什麼了。充血的雙眼、顫抖的手指。她發出緊張變調的笑聲，兩手小題大作地去擺弄襯衫的下襬。

「同學，我必須請妳們離開。」她說，我可以聽到她的聲音粗啞起來。她害怕了。在怕我們。

「這是怎麼回事？」我問，「妳拿這些東西幹什麼？這是我們的東西。」

她把兩手在長褲上撥了一下，開始挑弄指甲下一塊乾掉的血跡，彷彿沒有光亮血紅的膿正從嘴角流出來。「沒什麼。只是在清點物資。」

一股憤怒如洪水湧來，沖襲我，淹沒我。「沒什麼？」我說，「所以妳在音樂教室裡做的事也是沒什麼嗎？」

芮絲把手伸向我，但是我甩開她的手，衝向前。校長踉踉蹌蹌地退到牆邊，我好不容易才克制住自己沒撲上去。

「妳把我們關在音樂教室裡！」我大喊，「想把我們全殺了！」

「不是！」校長說，雙眼左右游移。「不是，不是這樣的。我只是想幫助妳們。」她對我露出一個無力的微笑。「我費了這番功夫，完全只是想幫助妳們。」

芮絲在我身後大笑起來。「別瞎扯了。如果妳真的想幫助我們，早就應該幫助我們了。」

「我不懂妳的意思。」

「噢，少來了！」我退後一步，讓芮絲走到我前面，她的表情冷酷而激動。「這裡只有我們三個人，妳可以對我們說實話。」校長沒開口，於是芮絲點點頭，說：「那我來跟妳講我怎麼想的。我覺得妳一直都在計畫離開小島。我覺得妳一開始就決定要逃跑。如果他們無法治癒我們，妳還有這條出路，是吧？但是他們把妳留在這裡了，所以妳現在需要我。」

「不是這樣的。」

「那是怎麼樣？」

「我們好幾年前就發現異狀了。」校長開始喃喃地說。「冬天總是太溫暖，鳶尾花開始長個不停，於是他們就問我們——納許營、海軍，還有疾病管制與預防中心——不過也只是跟我們要求進入小島的權利，這裡那裡做點檢驗。但是我們根本沒想到會爆發毒克這樣的疾病。我發誓：我們從來沒想到，我從來沒想到，會發生這種事。」

完全是胡扯，我倆都知道。她早就知道了。毒克爆發前，她早就知道有什麼不對勁了。但是她仍舊把我們留在島上。

「妳的意思是妳從來沒想到妳也會一起遭殃。」芮絲說，「但是我們其他人，我們就值得冒這個險，是吧？我爸總跟我說妳的理念有問題，總說不要信任妳，現在我終於知道為什麼了。」

一個人接一個人在這地方的重量下倒下，一個謊言接一個謊言，我受夠了。受夠了這些對峙，受夠了祕密如同鮮血從我們身上濺灑出來。我伸手抓住芮絲的外套，不停地拉，直到她轉過頭來看我。

「我們走吧。」我說。起初我還不確定她有沒有聽到，但是接著她臉上的神情變了，溫和起來，彷彿從某個遙遠的地方回來了。「我們就讓她在這裡收拾自己的爛攤子吧。」

芮絲搖搖頭。「她本來可以救我們一命的。她本來可以把毒氣扔進該死的海洋裡的。」

沒錯，我知道。但是當初我也可以把毒氣扔進海洋裡。

胃裡開始翻騰攪動，我深吸一口氣。「但是現在我們可以自己救自己一命。求求妳，芮絲，我們走吧。」

她瞥向校長一眼，校長正全身發抖，用睜大無助的雙眼看著我。「如果她敢動一下，我發誓——」

「她一步也不會動，」我插嘴道，「是吧？」

「我一步也不會動。」校長邊說邊瘋狂地點頭。

芮絲嘆了一口氣，緊繃的身軀稍微放鬆一些。雙肩垂下來，頭往前傾。「妳找吃的，」她溫柔地說，「我拿水。」

「謝謝妳。」我說，「我們馬上就走了，保證。」

校長貼在牆邊，手掌張開，空無一物，於是我把背轉向她，讓芮絲去看守校長。牆邊的書架上有個帆布背包，裡面已經裝了一把手槍跟幾盒子彈。我抓出手槍，檢查保險，交給芮絲。她的肩膀雖然受傷了，但是我以前從沒用過手槍，所以她的槍法恐怕還是比我準。也許她還會記得我教她怎麼把站姿轉過來。

她把手槍塞進牛仔褲的腰間，在那箱瓶裝水邊蹲下來。塑膠包裝已被劃開，幾瓶水倒在地上。

「妳拿幾包那個。」她說，對我身邊裝滿牛肉乾和鹹餅乾的箱子點點頭。「我拿幾個照明彈，還有一個急救箱。」

我把背包塞滿吃的。可奇怪了——箱子的底部有一疊紙，像是校長想把學校的某些紀錄一起帶走。我拿出來，快速瀏覽。芮絲越過我的肩膀一起看，但是上面印刷的字太小，而且我的眼睛在痛，亟需休息片刻，於是我把那疊紙塞進背包。晚一點我們再來仔細研究。

芮絲走回瓶裝水邊，但是才過一會兒，她就喊我的名字。我瞇起眼去看她，看到她手裡握著一瓶水，蓋子轉下來了。

「怎麼了？」我問。

「水瓶被打開過了。封口已經撕開了。」

我回想我們進來時，校長正站在這箱水前。當時她手中拿著什麼。此刻我抬頭看她，想捕捉她的目光，但是她只是直直往前瞪。

「只有這一瓶嗎？」

芮絲從箱子裡又拿出一瓶，轉開瓶蓋。「這瓶也是。」我匆匆挪過去，跟她一起檢查整個箱子。每一瓶水的蓋子都一下就轉開了，封口早已撕開。

「該死。」我說，但是芮絲已經站起來，走向校長。

「妳，」她輕柔地說，「到底做了什麼？」

膝下的地板有些潮濕，滲進我的牛仔褲。校長一定對這些水動了手腳。但是為什麼呢？

我把一瓶水舉到光線下。一開始我沒看到，但是接著……那裡。細微的黑色粉末，積聚在瓶底。

我推開芮絲，打斷她。校長嚇得把身體轉開，但是我把手指勾在她長褲的口袋裡，將她拉向我。我沒錯，我知道我沒錯，我多希望自己感到吃驚，但是這就只是同樣的事情不斷地重複。一切就只是同樣的事情不斷地重複。

「海蒂，」芮絲問，「裡面有什麼？」

校長掙扎著逃開，但是我把肩膀頂在她的胸口，將她牢牢壓在牆邊。

「去檢查一下子彈，」我對芮絲說，「然後妳就知道了。」

「我無意傷害任何人，」校長懇求，「我只是想幫忙。」

「噢。」芮絲在我身後說，不用回頭看，我就知道她找到什麼了。有些子彈已經被敲開，裡面的彈藥粉已倒光，就跟槍擊小組的學姊教我們的一樣。我從來沒查出來當初是如何發現一點點的彈藥粉對感染毒克的身軀有什麼效果。每次我問起，都沒有人願意告訴我。但是我知道那是一種緩慢的死亡，像睡覺，但是痛苦不堪。

「妳把彈藥粉倒進水裡了，是不是？」我問，貼近校長的臉，口水都噴到她臉頰上了。

她突然用雙手捧著我的臉，我根本來不及退開。她低頭看著我，神情溫柔，儘管雙手握得更緊了。「妳聽我說，」她說，「這是妳們現在可以得到最好的解脫。」

「放了她。」芮絲說，但是校長不聽。

「他們要來了，海蒂，他們從航空母艦派出戰鬥機了。」她的聲音沉下來，沙啞細微，如同耳語。「妳知道他們有什麼能力。」

我的確知道。倒不是因為住在海軍基地時聽說過什麼，而正是因為我什麼都沒聽說過。背後的意義可想而知。

我把她的手推開，退後一步。「為什麼現在來？他們之前有一年半的時間可以來，為什麼偏偏要現在來？」

「研究小組裡有人被感染了。」校長說，「然後妳們學生當中有人違反隔離規定了。」我使盡所有的意志力才站穩雙腳。罪惡感沉重地壓下來，彷彿要把我淹沒，只不過我不能顯露出來。不能讓校長知道是我們倆。

「風險太大，成果太小。」她繼續說。「他們無法治療毒克。如果當初能夠進行更大規模的測試，也許還有機會——」

「更大規模的測試？」這個句子使我想起什麼，我閉上眼睛，回想過去幾天，最後終於憶起。魏老師，那天在碼頭上，就在她自殺前。他們想測試我們所有的人，想用食物做實驗，她當時說，但是她不同意。

「魏老師其實跟我們在同一邊，」我說，「是嗎？」

校長皺起眉。「我不知道什麼算是妳們那一邊，海蒂，但是她堅決不讓海軍測試所有的學生，說這樣只會引起不必要的痛苦。」她露出一個緊張的微笑。「我個人是認為，她很明顯是想錯了。」

「她自殺了。」我在顫抖，芮絲靠過來。把手貼在我的背窩上。「就是因為妳的計畫，她才自殺的。」

「別忘了，」校長說，臉上露出一絲惱怒，「她是個成年人，完全具有批判思考的能力。那是她自己做出的選擇，我不負責任。」

她說得沒錯。魏老師的確自己做出了選擇——每一次她把污染的食物扔掉，每一次她要我們在校長面前守口如瓶，都是在選擇保護我們。

而我錯了。我一直把她看錯了。

我待不下去了。我犯下的每一個錯誤只是使我們陷得更深，就算戰鬥機要來，這地方沒有我也會更好。

「海蒂。」芮絲在我身後叫我。走廊上傳來人聲，越來越大，是其他女生跑進附近一間教室搜刮桌椅，想要堵住門。

我轉回去看校長。「戰鬥機什麼時候來？」

「天黑後。」

這就是了。一天。睿特島就只剩下一天，然後就會被一隊戰鬥機炸毀，從地圖上消失。我可以在腦中聽到我爸，叫我快逃，越快越好，越遠越好。我會逃跑。但是之前還有一件事要處裡。「那為什麼還要給水動手腳？」我問，「我們反正都要死了？」

校長輕聲咳嗽。「這樣比較人道。」

「人道？」我幾乎笑出來。我簡直不敢相信。「那妳想用毒氣毒死我們時候，人道又在哪裡？」

「毒氣？」芮絲在我身後吃驚地說。我忘了她不知道。

「本來應該奏效的。」校長仍無悔意。「我在猜用的濃度不夠高，畢竟在妳朋友身上是奏效了。」

有一片刻，我人不在此處。又回到第一天的渡船上，看著碧亞看著我。她的微笑彷彿是我已經等候一輩子的畫面，彷彿在告訴我我很特別。

「什麼？」我說，「我不懂，妳到底在說什麼？」

「妳的朋友，溫莎小姐。」

我無法呼吸。芮絲輕聲咒罵。

但是校長繼續說。「據我所知，她過去幾天幫了很大的忙。」

「過去幾天？」我說。但是我知道，我知道接下來會聽到什麼。

「她已經死了。」校長聳聳肩。「疾病管制與預防中心昨天某時給了她單人劑量的毒氣。」

我頓時覺得空虛無助，像是整個人被挖空了。她不可能死了。我的眼眶湧出淚水，全身開始顫抖。「我不相信妳說的話。」我說，「我不相信！不相信！」

「反正也不重要。」

我像著了魔地衝過去，用手去抓校長的臉。她大叫起來，臉頰上被我的指甲狠狠劃傷一道，流出血來。芮絲摟住我的腰，把我往後拉，拉離校長，我的雙腳瘋狂地亂踢。

「她在說謊。」我說，「她不認識碧亞，她不懂！」

「我知道。」芮絲在我耳邊說。「妳沒錯，真的。但是我們沒時間了。妳之前不是這樣說的嗎？我們得離開了。」

「沒錯。」我艱困地嚥口口水，強迫自己全身放鬆下來。「只剩一件事。把水瓶都丟掉，只留下一瓶。」

「不要！」校長說，「不要，不要，等一等！」芮絲放開我，讓我把前臂抵在校長的脖子上。

「結束了。」我說。身後，芮絲開始把水瓶裡的水倒掉。地板開始變得濕滑暗沉，校長在哭。

碧亞沒死。我不相信。校長以前跟我們說過謊，現在也很可能在說謊。我會找到碧亞，就跟我承諾過的一樣。等找到她時，我會跟她說，我做這一切都是為了她。

我放下抵在校長喉嚨上的手，伸向芮絲，她把最後一瓶水塞進我手中。為了碧亞，為了哈克先生，為了我們。

「妳說我們應該把這喝下？」我說，把水瓶舉到唇邊。校長點點頭。

「對妳們來說這是最好的做法。」校長說，「妳不想要那些痛苦。我保證，這是世界上最簡單的事情了。」

「沒錯。」我低頭盯著水瓶，舔舔嘴唇。再抬頭看校長時，她正在看著我，雙眼散發出溫柔，伸手過來碰我的肩膀。

「不會痛的。」她輕柔地說。

我靠向她。「證明給我們看。」

她倒吸一口氣，我立刻把水瓶頂到她嘴邊，把全身的重量壓向她的下巴，撐開她的嘴，讓水汩汩流入。

她掙扎起來，勉強發出一聲尖叫和一聲抽泣。水流下我的手，浸濕她的襯衫。她可以試著不吞嚥，但是沒過多久她非得要吞一口。她的嘴唇貼在我的手掌上濕濕的，但是我不鬆手，只是更用力頂上去，用額頭抵住她的額頭。她想殺了我們，現在輪到我們了。

鼻涕從她的鼻孔流出來，她開始哽噎，全身抽搐起來。我盯著她的喉嚨，等待，等待，最後，她終於輕輕呻吟一聲，嚥了一口。

我站在那裡，臀部頂著她的臀部，直到她四肢癱軟下來，我再也無法撐住她。我退開，讓她倒下。她跪在雙手和雙膝上，掙扎著喘息。她看起來好小。我可以看到她細瘦的手腕上皮膚蒼白憔悴。我將水瓶一手捏扁，丟到她身邊。

「別管她了。」芮絲說，「我們走吧，外面狀況越來越危險了。」

我轉頭去看芮絲，有些困惑，然後她朝外面走廊點個頭。巨熊正一次又一次地在撞擊隔開大廳的雙扇門。如果前門都無法擋住巨熊，走廊的雙扇門更沒有機會了。我可以聽到茱莉亞在大吼，要大家抵住門前的路障。但是沒用。

「好吧。」我說。

我抓起背包，在背包的重量下搖晃了一下，但是馬上就把背包揹上，跟芮絲跑出辦公室。一次也不往後看，一直跑到廚房前了，我才回頭確定沒有人跟上來。

空蕩的走廊，尖叫的聲音。我們得趕快。

芮絲跑向緊急出口，上方的標誌顏色暗沉，已經破裂。我跟上去，讓她先把門打開一條縫，往外看。

「看起來沒危險。」

我輕輕笑出來。「有沒有危險，我們都得走。」

她把銀手伸向我，讓我握住。「跟著我，」她說，「我就會跟著妳，好嗎？」

我閉上眼睛。睿特在身後，誰知道前方是什麼。

第二十四章

我們踏出門，來到校園的南側。時間已是上午，耀眼的陽光穿透雲層灑落滿地。眼前是一片空曠的草坪，岸邊只有幾列松樹將我們與海洋隔開。右方，結了霜的草地往前延伸一百公尺後，就是圍欄，我們的出路。

「如果我們不小心走散了，」芮絲說，「去我家。我們在那碰頭。」

「然後呢？」

「我爸有艘船，」她說，「一艘小船，就藏在海岸邊某處。」

大樓裡傳來一聲巨響，也許是雙扇門的一邊被撞壞了，我聽到眾人開始大叫。我捏了一下芮絲的手。戰鬥機要來了，我心想，但是痛恨這聽起來有多像藉口。

「數到三，」芮絲說，「就衝向大門。」

我點頭，然後我們一起輕聲數：「一、二、三。」

我們拔腿狂奔，速度快到我無法呼吸，我把全身的力量都集中在兩腿上，嘴巴飛歪了也無所謂。今年第一陣冬雪從天上飄下，冰透我的臉頰。背包太鬆，不停左右晃動，我有一步沒踩好，但是芮絲沒讓我跌倒。

「快到了！」她喊。

很快就衝到圍欄邊，但是還不能停下。而我好累，好疲倦，雙腳鬆軟下來，腳步變得狂亂。但是最後，終於到了大門前。

我們踉踉蹌蹌地停下來。我的手在抽痛，芮絲在雪地上留下了血跡，但是腎上腺素在我的口中辛辣苦澀，冰冷的空氣喚醒我的皮膚。我活著。我在此處，而且活著。

我拉緊背包的背帶，芮絲在旁邊從褲子腰間掏出手槍。大門在我們前方大敞著，她舉起手槍，咬牙忍住疼痛，但是持槍的手與開槍的手換過來了，就如同我教她的一樣，然後瞄向樹林中的陰影。

「安全起見。」她說。

我幾乎笑出來。

我們走另外一條路去她家。避開荒野之處，緊緊跟著野鹿在樹林中所留下蜿蜒曲折的小徑，寧可面對已經遇過的危險，不想冒險遇到陌生的動物。

樹林裡異常地寂靜，就連對睿特島來說也是。雪花在地上留下斑斑的白點，下得比以往的初冬還濃密。我們盯著地面找尋路徑，但是每次找到的路徑總是返回原路，引向學校。如果我們此刻在樹林裡很安全，都是因為其他女生為我們付出了代價。

最後，哈克家搖搖欲墜的屋子終於出現在眼前。我眨眼擠掉睫毛上的雪花，加快腳步，急欲休息片刻。

芮絲先進去，心不在焉地在門前把鞋底在地上抹了抹，看得我胸口一緊。然後她倒吸一口氣，抽泣一聲，當然了，我早已忘了。哈克先生。他的屍體。

我把沒受傷的手放在她肩上，站到她身邊，準備說些安慰的話。但是我的話語恐怕根本沒幫助，因為哈克先生的殘骸邊，圍了三隻灰狐狸，嘴巴裡流出黑色的液體，撕扯他的屍體。

「走開！」她大喊，舉起手槍在狐狸之間胡亂開槍，根本沒瞄準，站姿也不對。「走開！」

其中一隻從屋牆的破洞跑出去，消失在蘆葦叢中，但是另外兩隻狐狸只是抬起頭來，望著我們。但是芮絲才不管。她跌跌撞撞地走向屍體，把我拉住她的手拍掉，在她爸爸的腳邊跪下，哈克先生腳上的一隻靴子鞋帶鬆掉了，另外一隻靴子破了洞，露出條紋圖案的襪子。

兩隻狐狸冷靜地觀察她，彷彿她是牠們的一分子。但是等我走近時，牠們便尖聲跑走，竄出牆洞。

「芮絲？」我說。她坐直起來，我瞄見她偷偷把臉頰上一行眼淚抹掉。

「我們離開這裡好嗎？」她說。

我們沿著小島的海岸朝西前進，走在海灘上會比較簡單，但是芮絲決定走在樹林間，讓我們掩藏在樹枝的庇護下。

睿特的邊緣在此開始改變，幾乎滿是孔洞。不久海岸就會變成一片嶙峋的岩塊，然後在小島的另一端成為一片沼澤。離開時，我問芮絲我們要去哪，但是她只是搖搖頭，拉著我往前走。如果是一星期以前，我會說這是倔強，但是現在我知道，這只是困窘，因為我問說我們要去哪，然而芮絲一點都不確定。

現在海岸變成了岩塊。芮絲皺起眉頭，盯向岸邊，不時帶我走出樹林幾步。

「快到了。」她說，我點頭。不要逼問。她會找到小船的。

我們繼續走，兩人都全身緊繃，肩上的背包隨著每一步越來越沉重。四周很安靜，彷彿島上的每個生靈都躲藏起來，懼怕正在學校大樓裡進行的殺戮。巨熊一旦了結了剩下的學生，就會去追獵其他的動物。我們必須在這個小島成為戰場之前離開。

芮絲突然站住，往前指。

「那裡。」她說。

在兩座高聳的石塊之間有一條小徑，我可以隱約瞥見一段海岸，一波波的海浪將交纏的海藻沖襲到沙岸上。而在沙灘上，是一艘白色的小船，船底長滿了藤壺與苔蘚。

我們走下去，留意不在被海水沖溼的石頭上滑倒。芮絲伸出手，我抓住，讓她扶穩我，一路走到沙灘上。

小徑在沙灘上方就沒了，我們不得不跳下去。我的靴子陷進沙裡，留下的足跡馬上又消失不見。在海平線上，我可以看到本土，襯著天空顯得空蕩黑暗。

「坐下來吧。」芮絲指向一塊石頭。「我幫妳重新包紮一下。」

我在石塊上坐下來，把背包交給她，讓她找出急救箱。茉莉亞為我包紮的繃帶只勉強包住了一半的傷口，因此芮絲打開急救箱，我看到裡面有一包嶄新的繃帶時，真的鬆了一口氣。

她用兩手捧著我的手，肩膀轉過來維持在放鬆的姿勢。落下的雪花依舊輕盈，但是落在哪就黏在哪，此刻飄進衣領，沾上頸背，於是我把兜帽拉起，看著芮絲拆開我手上臨時湊合包紮的繃帶。

「天啊，妳的手真的傷得很嚴重耶。」她說，一邊輕輕地碰我的手掌。「這樣有感覺嗎？」

「只在有些地方有感覺。」

她把繃帶壓平，重新包紮我的手，小心不碰到第一層布料已被鮮血滲透之處。「那手可以動嗎？」

我勉強把拇指動了一下，芮絲露出微笑，放開我的手。

「很好，」她說，「我們過一陣子繼續練習。」

她站起來，把急救箱塞回背包，我的目光越過她，望向隱隱顯現在天際的本土。「看起來好遠。」我說。

「到海岸大概五十公里吧。」芮絲瞇起眼望向海平線。「等我們到了那裡，然後呢？」

「我想去納許營，」我果斷地說，「碧亞一定在那裡，而且我絕不會丟下她不管。就算她真的死了也一樣。」

「海蒂——」

「我做不到。我不能這樣丟下她。你不懂。」

芮絲把頭轉開。「其實我懂。」

當然了，她爸爸。我忍住一股反胃的感覺。「對不起，我不是有意……」我仰起頭，望著雪花落下。「我不希望妳以為我已經忘了，或是以為我覺得無所謂。我知道妳很生氣，而且我知道妳還會生氣很久一段時間，但是我接受這一點。」

「我是很生氣。」芮絲慢慢說，「但是我現在幾乎感覺不到。我知道這股憤怒有一天又會出現，但是我也有要跟妳說對不起的事。」她瞥向我，瞥向我的喉嚨，而我還記得喉嚨被她的手臂狠狠頂住的感覺。才一星期前的事，感覺起來像好幾年。「而且我們現在還有更重要的事。」

我鬆了一口氣，笑起來，眼淚差一點也流出來。芮絲靠過來，使我倆肩膀相觸。

「其中一件最重要的事，」她繼續說，「就是找到毒克的療法。根本沒有人在找真正的療法。這一點我們現在知道了。」

「說不定我們在納許營會有些發現。」我說。然後想起魏老師在碼頭上，想起她說到我爸媽，想起我說到我爸。「或者說不定有別人可以幫我們。」

芮絲皺起眉。「誰？」

「我爸。」我納悶他是否還駐守在諾福克。納悶他跟我媽以為我死了，現在生活有什麼不同？「他在海軍，不算是納許營，但是他可能知道什麼。而且到了這個地步，我想我們也只能靠他了。」

芮絲沉默不語，於是我轉頭望向別處。我知道她在想她爸爸，我決定等她將自己拉出回憶。

「好吧。」她最後終於說，「先找碧亞，然後找療法。」

我拉上背包的拉鍊，芮絲則去把小船掉頭。一、兩分鐘後，她就把小船轉過來、拉進水裡了。我可以看到船尾上鬆散地掛著一個生鏽的引擎。

「引擎有用嗎？」我問，「還是我們得划船？五十公里挺遠的。」

「應該沒問題。」芮絲說，「而且我爸總是在船上準備好一罐汽油。」

我看著她檢視船槳，然後橫放在座位上，以備不時之需。一陣大浪振晃小船，我立刻退後幾步。我是海軍人員的女兒——我長大的地方，船比這都大多了。平穩，而且寬廣、堅固無比，船尾上不會用塊瀝青補起裂縫。

芮絲笑起來，辮子在風中晃動，我感覺到心頭一緊。天上的雲層在滾動飄移，陽光灑下天際。海風在岩塊間穿梭呼嘯，我永遠也無法放開睿特，無論我走多遠。它永遠也不會放開我。

「上去吧。」芮絲說，把背包交給我。「我把小船推出去。」

我快速爬進去，坐下來，面朝海岸，緊緊抓著船邊。芮絲開始把船推進浪花，直到水深及膝。小船左右晃動，我可以感覺到胃裡開始翻騰。

「好了，」她說，「抓緊，我要進來了。」

她又踩一步，使勁把船往前一推，然後抓著船邊一跳，把自己撐起。一隻腿晃進來，然後另外一隻，小船嚴重倒向一邊。水花濺到我臉上，我嚇得往後一縮。

「好啦。」她說，在我對面的長凳上坐下。「還好嗎？」

「妳把半個海洋都帶進來了。」

她翻個白眼。「除此之外呢？」

「還好啦。」

海浪已經開始把我們推回岸邊，於是芮絲調整引擎上一個把手，然後猛地一拉啟動的拉繩。沒反應，但是她再試一次，然後又一次，最後引擎終於劈啪劈啪地啟動了，我們開始嗡嗡地前進，在船尾激起一片浪花。

「好啦。」芮絲說。引擎太吵，我幾乎聽不到她的聲音。「出發啦。」

海岸緩緩飄遠。芮絲一次也沒回頭。

第二十五章

我們沿著小島的北岸前進。芮絲讓引擎低速轉動，節省汽油，我們緩慢前進，海岸往後退去，雪花在微風中旋轉飄落。成列的樹木猶如火柴，然後太陽接近正午的高度時，沼澤便在我們眼前展開。再不到一公里，就會到達小島西端碼頭伸入海水之處。

此處不時有沙洲突然出現在意想不到的地方，小船行進起來不容易。我瞇起眼，掃視海岸，尋找遊客中心。過了遊客中心之後，海床就會忽地變深，然後進入開闊的水域。

沒多久，就看到遊客中心了。坐落在小島的北側，由一列濃密的樹木與沼澤隔開。故意建成住屋的模樣，濱海、木頭牆板、觀景門廊，後側還有一個方形的加建部分，大概是十年前左右建的吧，當時觀光局決定現代化。但是今天，遊客中心看起來幾乎不成形狀，整個用某種帳篷蓋住了。

我立刻坐直。揉揉眼睛，用力眨眼，再看一遍。無線電天線從屋頂伸出來，但是其他部分全覆蓋在帳棚下，邊角在微風中飄動。

「停下來。」我說，芮絲扳動一個開關，停下引擎。

「怎麼搞的？」她問，「那地方應該沒人啊？」

帳篷似乎沒把整個遊客中心蓋住，但是從這裡我看不清楚。我看過類似的帳篷，用來消毒，或是將大樓隔離起來。但是為什麼這裡會有這樣的東西？

我突然領悟了。那天晚上一艘小船離開了哈克家的船塢，但不是前往納許營，而是來到這裡。

「我們一直以為他們在本土，」我說，「海軍，疾病管制與預防中心。但是他們根本不在本土。他們一直都在睿特島上。」我轉向芮絲，「那天晚上在對講機上跟魏老師說話的人就在這裡。他們是前哨基地。妳想想看，他們怎麼樣也不可能把感染的病人帶到本土。」

「於是他們就派了一組人到這裡。」芮絲皺起眉。「有道理，但是這樣他們也有可能自己被感染。」

「作為交換的條件。」用自己的安全，換來研究的材料，換來我們。「每次他們準備好測試一個新療法，他們就要求學校交出一個病人。而且每次都得到。」我傾向前，使小船晃向一邊。「碧亞就在那，我確定。」

芮絲帶小船繞過小島的尖端，駛向碼頭。碼頭上繫船的用具早全消失了，我們也沒有繩子，於是她把小船導向淺灘，小心翼翼地停進沼澤。

她讓我先下船，說會一邊穩住小船。這裡的水很泥濘，根本看不到水底，但是水應該不會那麼深。我跨坐到船邊，讓身體往外滑，小船立刻傾向一邊。冰冷的海水包圍我的雙腿，我推開小船，最後站在蘆葦叢中。

海水只到小腿的一半，但是冰冷刺骨，比以往任何一個冬日經歷過的寒冷都難熬。我不停地打哆嗦，忍住拔腿跑向岸邊的衝動，扶好小船，讓芮絲也下船。

她把背包甩到沒受傷的肩上，駕輕就熟地從船邊滑下來，彷彿已經這樣下船過上千次，而她當然已經這樣下船過上千次了。她在水中涉到船尾，往前推，我則拉著船首引導方向。我們合力將小船拖到海灘上，距離海水半公尺左右。

此處與遊客中心之間的地面多是沼澤，到達遮住遊客中心的樹木之前，幾乎沒有遮蔽。我們避開木棧道，蹲低，貼近才剛沾上點點白雪的地面，在盯人的小蟲與惡臭之間悄悄潛近。這樣比較安全，但是我好熱，皮膚奇癢難耐，上唇不斷在冒汗。也許戰鬥機不會來，也許他們還沒撤離，也許他們還在這裡。

眼角中的景物不斷在變換。我聽到手槍保險喀啦一聲放開，一根蘆葦在身後啪地一聲折斷，我往後一縮，跪在膝上。他們來了。一切完了，都完了。

「嘿。」

我只希望他們快刀斬亂麻，將子彈一槍射進我的眉間。我不會抵抗——這是我應得的，這是我的報應——但是拜託不要讓我等太久。

「海蒂。天啊，妳好燙啊！」

然後，我感覺到了，感覺到一隻手貼在我的額頭上，我用力眨眼。芮絲，是芮絲，她扶著我坐下來，我的下巴貼著胸膛，地面潮濕，滲入我的衣物。

「我們應該休息一下。」她邊說邊在背包裡東翻西找，想找出急救箱。「妳需要休息一下。」

「我很好。」

芮絲把急救箱丟出來，一瓶阿斯匹靈滑出來，掉到泥濘裡。「這不夠，」她說，聲音充滿憤怒。「這些東西有什麼用？」

她扶我站起來時，我們把急救箱丟在原地，沒帶走。

最後我們終於穿越沼澤，來到成排的樹林。我們在樹間穿梭前進，最後到達另一邊，遊客中心在眼前赫然聳現，塑膠帳篷在風中翻動。

走道就在前方，石板鋪成的小徑從帳篷底端鑽出來。我知道我應該先計畫好，先想清楚怎麼溜進去，但是我的手好痛，而且我好累，我能想到的就是掀開帳篷鑽進去。芮絲在我身後咒罵一聲，但依舊跟上來了。塑膠帳篷在她身後垂下來，將我們籠罩在令人窒息的黑暗中。

我們停頓片刻，就怕有人會衝過來，但是四周只是一片寂靜，而且如果戰鬥機要來，研究小組想必早已撤離了。遊客中心的雙扇大門只在一臂之遠。我伸出手，輕輕去拉門把，接著門嘎吱一聲開了。

「我們就這樣進去嗎？」我問。

芮絲聳聳肩，一邊的肩膀輕觸我的肩。「難不成妳還想敲門？」

裡面，大廳看起來就跟我來到睿特第一天時一樣。褪色變黃，牆上塗著藍藍綠綠的抽象圖案。我們穿越大廳走到接待櫃檯前。櫃檯很長，可以同時接待三、四個人。後面只有一張椅子，而桌面上則擺滿了陳舊的觀光旅遊手冊。

「好安靜，」芮絲說，「而且好溫暖。妳覺得這裡還有人嗎？」

我突然想起校長，海軍承諾說會讓她離開，結果還是把她留在島上了。「應該沒有，他們一定是撤離了。」我彎向櫃檯，在手冊中翻找，但是裡面沒有有用的資訊，沒有可以協助我們找到碧亞的資訊。

「他們會把她安置在哪裡？」我轉頭問芮絲。「他們想必需要一間大房間。」

「後面加建的部分有一間會議廳。」

她帶路。我們跟著牌子走上走廊，繞過一間標示為禮拜堂的房間，來到另外一個大廳，只是這個大廳更小，也更破舊。

亞麻地板上有血。這是我第一個注意到的地方。一灘一灘的，從通往天線塔的樓梯間一路往另外一個方向拖成一條血跡。我跟芮絲交換一個眼神。血很多。比任何人能夠承受失去的還要多。

「往左還是往右？」芮絲問。

我們往左走，跟著牌子前往會議廳。會議廳的一面牆是成排的窗戶，我看到裡面滿是病床和簾子，亞麻地磚上滿是裂痕。遠遠的牆邊有一小排櫥櫃和一個洗碗槽，是特別為派對所建的吧檯，只是從來沒有人在這裡開過派對。櫥櫃上方，被遮蓋住但仍隱隱可見的，是為睿特島做廣告的海報。

「妳覺得他們去哪了？」芮絲問，「這裡的醫生？」

「可能回到海岸的基地吧。這地方離學校夠遠，有人來接走他們，我們也看不到。」

門半開著，血跡消失在門後。我先進去，小心翼翼地踏進病房。四張病床，三張有人睡過。其中一張病床凌亂不堪，被子被一把掀開，旁邊的點滴架倒在地上。地板上抹滿了紅色的血跡。

芮絲把掛在床腳的寫字板夾拿起來，掃了一眼。「這是她！妳看，碧亞・溫莎。」

她真的在這裡。但是我太晚了。我總是太晚。

我轉身，掃視房間一周，尋找線索，結果發現門邊左側的病床整個都濕透了，被子上滲滿了紫褐色的污跡。而在中間，有一把解剖刀，在閃爍的燈光下微微發光。此外還有另外一個東西。

「嘿，」我說，芮絲轉過來。「妳看。」

「這是什麼東西啊？」

我們慢慢走近。它沒在動，但是睿特教會我不要信任眼睛。有些東西死了很久，還是有可能很危險。

「那是——」

「一條蟲。」芮絲說。

它裹在一層乾掉的血裡，但是我可以看到裡面它蒼白透明的身軀。而且不知道為什麼，覺得有些眼熟。我從來沒見過這東西，我很確定，但是我的腸胃抽動了一下；猶如回應同類的呼喚。

蟲、解剖刀，我現在理解了。碧亞在這裡，手裡握著解剖刀，切開皮肉往裡掘，一直找到了所尋之物才罷手。

「這在她身體裡。」我說。然後，因為我倆都在想同一個問題：「我們體內也有一個，是吧？這就是毒克。」

寄生蟲，活在我們的體內，使我們成為牠們的一部分。承受得了的人被留著，承受不了的人被丟棄。不惜代價保護牠們自己。在我的體內，在動物的體內——在整個睿特的體內。使我們變野。

我看不下去了。彎下腰作嘔，但是吐不出東西。

「沒事了。」芮絲邊說邊揉我的背。

「我想把它取出來。」淚水湧進眼眶，我呼吸得太快了，得慢下來，立刻得慢下來。「拜託，幫我把它取出來。」

「這樣不行的。」

我站直，把她的手推開。「妳不想把牠從妳體內取出來嗎？」

「但是我們不知道如果把牠取出來，會怎麼樣。我們有可能會失血過多而死。」芮絲輕拉我耳後的頭髮，露出一個顫抖的微笑。她多努力在安慰我啊。「我們會想出辦法的，」她說，「我們一定會想出辦法的。」

「我不懂，我們怎麼會這麼久都不知道？」

「牠一定是在我們體內長大了。一開始大概還很小，要用顯微鏡才看得到。」

「但是」——我覺得茫然若失，彷彿整個世界學了一個新的語言，但是把我排除在外了——「那些檢驗的結果呢？我們的驗血，還有體檢？而且為什麼偏偏是現在？為什麼偏偏是我們？」

「我不知道。」芮絲說。她回到碧亞的床腳，開始翻閱板夾上的紀錄。我真希望自己可以跟她一樣，真希望自己在無能為力的時候，能夠不再耿耿於懷。

我站到她身旁，從她肩後一起閱讀，不時瞥見幾個認識的詞——「動情素」、「適應」，還有「失敗」，一次又一次地出現——但是除此之外多是圖表跟數字。難不成答案就在這裡面？

更多圖表、更多字跡潦草的段落，芮絲快速地瀏覽過去，幾乎根本沒看，突然，她在某一頁上停下來。

「這是什麼？」

她把紙頁折起一角，然後把背包裡的東西全倒在床墊上，在裡面翻找，抓出我們從學校帶來的紀錄。

「芮絲？」

「我覺得我看過這圖表。」她說，把兩頁紙並列攤開。一模一樣的圖表，下方印著分析的結果，文字小到我得用放大鏡才看得清。

「這是氣候變化的紀錄。」芮絲跟我解釋，一手指著標示年份的橫軸。其中一份圖表還特別標示出毒克爆發那年，黃色的墨水已褪色暈開。「睿特島歷年來的平均氣溫。妳看，從好幾年前就開始記錄了。」

一個副本收在學校的檔案裡，一個副本收在這間臨時改建的醫院裡，掛在碧亞的床腳。圖表上可看到——氣候在變遷，溫度不斷在上升。我曾在書上讀過有生物被困在北極的冰岩裡。史前、古老的生物，在冰岩溶化後甦醒。在緬因州，在睿特島，一隻寄生蟲緩緩潛入最脆弱的寄主——鳶尾花、螃蟹——等到夠強壯了，就潛入蠻荒野林。潛入我們。

第二十六章

芮絲一直盯著那兩張圖表，我拿起板夾，閱讀其他的紀錄。都是從名叫 BW 的病人得到的觀察。每個表格的底端，都是同一個簽名。我看不懂，但是下方用印刷字體印出了名字，就在「主治醫師」後。

「奧德莉．佩雷塔，」我唸出來，「是碧亞的醫生。」

校長說他們給她吸了毒氣。想必是佩雷塔給的藥，想必是她決定毒死我最好的朋友。如果她在這，我會徒手挖出她的眼睛。

「她已經撤離了。」芮絲溫柔地說，「我們現在也不能對她怎麼樣了。」

我點頭，將佩雷塔從腦中推開，繼續翻閱紀錄。一個接一個的測試，全都沒效。毒克太強，死不了，而我們太弱，活不了。睿特 009，他們如此標示她。那麼在此之前還有八個受試者，我突然想起包在運屍袋裡的夢娜。

那天晚上，魏老師說他們以為這次做對了。他們一定是把夢娜又送回學校，等著看她能否存活，看他們找到的療法是否有效。但是她沒存活，療法也沒效，而我猜她就在這大樓某處，睜大的雙眼瞪著，僵硬的軀體被剖開尋找答案。她也是這故事的一部分。

我等芮絲在病房裡再四處查探一番，讓她把碧亞的紀錄收集好，塞進背包。然後我們一起走向門口。這裡已經沒有我們需要的東西了，戰鬥機馬上就會飛來了。該去找碧亞了。

我們跟著血跡踏出病房，走過走廊，穿越大廳。經過樓梯間，進入一個狹窄的走廊，彎過幾個轉角。血跡變微弱了，但是沒消失，牆上不時出現手印，像是有人曾扶在牆邊，免得摔倒。

彎過第三個轉角後，空氣開始聞起來像戶外，新鮮潔淨。我加快腳步，芮絲緊跟在我肩頭。然後我們看到了，一扇門，凹了一塊、半開著。門外，是草地與陽光。

我撞上門衝出去，跌跌撞撞地來到一個坑坑洞洞的小院子。四周圍著一個鐵絲網圍欄，圍欄後方滿是枝葉茂密的樹木。這一定是遊客中心的後方了，就緊貼在樹林邊。上方，天空一片蔚藍，萬里無雲。

我差一點沒看到她。遠一點，靠在大樓的牆邊，身軀如此微小蜷曲，被外套緊緊裹住。

「碧亞？」

我跑過去，雙腳砰砰砰地捶在地上，在她身邊猛地跪下來。她慘不忍睹，但是我無法把目光移開。雪花散落在她深色的頭髮上。手臂上裹著繃帶，已被血滲透，皮膚如此蒼白，幾乎可以看透，一朵睿特鳶尾花緊握在純黑的手指中。她好冷。她的身體好冰冷。

「碧亞，碧亞，嘿，醒來吧！是我，碧亞。」

沒有回應。我伸手去感覺她頸側的脈搏，但是手顫抖得太厲害，而她正直直地看著我，雙眼明亮而溫暖，就跟我記憶中的一樣。只不過後面空無一物。沒有生命、沒有祕密。我將她的頭髮往後撥，然後我又回到一年前、一個月前，回到我們相識的第一天。碧亞為我從廚房裡偷來吃的，考試沒考好時碧亞為我打電話給我爸媽，碧亞為我在傍晚的彌撒佔位子。碧亞、碧亞，陪我度過惡夢，總是走在我眼瞎的那側，把手輕放在我的手肘上，直到我學會不再需要她的扶持。我的朋友、我的姊妹——我的一部分。

「醫生給她吸了毒氣，」芮絲說，我把自己拉回現實。「她一定是知道自己要死了。」

碧亞，瀕臨死亡的邊緣。從毒克把身體奪回來。來到這裡，遠離當初他們安置她的地方。

我抽泣起來，把臉貼在碧亞的頸側，任自己全身抖動地哭出來。校長跟我說過了，但是我不相信。碧亞太龐大、太豐富，不可能消失。怎麼會有人能夠對她做出這種事？佩雷塔怎麼可能認識她了、卻沒看到她的價值？

「妳想怎麼辦呢？」我哭完時芮絲問，「我們恐怕沒辦法帶她走。」

「什麼？」

「我們不能一直待在這裡。學校大概已經被摧毀了，而且戰鬥機馬上就要來了。」

「我不能把她留在這裡。」我邊說邊調整碧亞的外套。

「但是——」

「我說我不能把她留在這裡。」我不知道我們該如何達成妥協，因為我不會讓步，但是芮絲也不會。我可以從她緊繃的下巴看出來。留在這裡很危險，我知道，但是費了這番功夫終於找到碧亞了，我現在絕不把她留在這裡。

芮絲嘆口氣，像是想開口說什麼，這時我們聽到一聲咳嗽，像是呼吸不順咳了一下。我跳起來，慢慢轉身，幾乎不敢去看。

她活著。碧亞，胸膛緩緩起伏，眼睛眨了眨，張開嘴。

「我的天啊！」我把手撐在她的頸後扶住她。「碧亞，聽得到我說話嗎？」

最後，她終於把頭歪過來，看著我，我頓時感覺到臉上的笑容消失了。有什麼不對勁。

「碧亞？」

「怎麼了？」芮絲問。

「不確定。」我握起碧亞的手，貼到我的臉頰上。「是我啊，海蒂。」

沒反應，沒有認出我的神情。碧亞的臉龐，但是沒有靈魂。

「我不懂，」芮絲說，「他們給她吸了毒氣啊。她怎麼可能還活著？」

我低頭看她的手，瘦削無力地癱在我手中。還有手臂上的繃帶，一個又深又長的傷口從下面露出來。

「她把蟲挖出來了，所以還活著。」我說。

「什麼？」

「毒氣本來是要殺毒克的。但是她把毒克挖出來了，所以毒氣沒東西可殺。」碧亞的雙眼呆滯無神，只是越過我的肩頭茫然地望著。「但是她就好像整個人也跟毒克一起被挖出來了。她的人格、她的所有。」

芮絲在碧亞腳邊蹲下來，只見碧亞緩緩把頭轉過來，看著芮絲。起初我以為我看到了什麼，以為她的眼神裡出現一絲閃光，但是還沒能確定，就消失了。

「我們看一下她能不能走路。」芮絲說，「妳太虛弱，幫不了忙，而我一個人恐怕也沒辦法把她揹到小船上。」

太痛心，其實她的意思是我太痛心，但是她永遠不會說出口。就連此刻也是，就連已跟我經歷過這一切了，也不說出口。

我在碧亞的一邊蹲下來，芮絲在另一邊，然後我們合力把碧亞扶起來。這時遠方隱隱傳來一陣低沉的隆隆聲，輕柔模糊，但越來越強。戰鬥機。我口乾舌燥，寒毛直豎。

「該死！」我說，「我們得趕快！」

碧亞的腳步笨拙沉重，彷彿才剛開始學走路，但是我們仍開始走向院子的門。進到大樓裡，沿著一個接一個的走廊前進。我越來越虛弱，身體越來越無力，踏出的每一步都比前一步更吃力緩慢，但是最後我們終於到達大廳，中午的陽光透過用木條封起的窗戶灑進來。我們停下來，將碧亞靠在櫃台邊，讓我休息片刻。我可以感覺到芮絲在看著我。等我說出口，等我決定把碧亞留在此處，但是她可以等上很久一段時間。

「走吧，」我說，「否則永遠也走不了了。」

穿越沼澤。小船就在海灘上，看起來好遙遠，而我的決心越來越軟弱，但是芮絲喊了一次我的名字，就只一次。嚴肅有力，她相信我做得到，那麼我一定做得到。

一陣呼嘯聲，接著一股冰冷的空氣湧過來。「蹲下！」才說完，就見到三架戰鬥機從我們頭上飛過去。聲音震耳欲聾，使我無法思考，無法動彈，只能默默忍受。他們飛得太低了。我們得立刻離開。

然後他們就消失了，準備飛越小島一圈再回來。我用沒受傷的手臂把碧亞扶得更直一點。「走吧。」

終於到達碼頭了，我們盡快跑下海灘，碧亞的雙腳一路拖在沙地裡。我們小心翼翼地將她放下，使她躺在座位之間。她的眼睛閉上了，但是在呼吸。她還活著。

「爬進去。」芮絲說，「我把小船推出去。」

水波蕩漾，引擎一轉，芮絲坐在船尾，小船緩緩駛離。一個急轉彎，我們便在水面往前駛去，小島在身後越來越模糊，最後消失在浪花中。越來越遠，越來越遠，直到我再也聽不到戰鬥機的聲音。

雪停了，白天溫暖起來，海洋在我的視線前灑下粼粼波光，在船身上反射出點點水光。我忘了分鐘，忘了小時，只是瞪著天際，嘗試辨認出納許營的低矮建築。但是本土總是一片模糊，無論芮絲如何操控小船，引領我們在海浪中前進，我們似乎永遠接近不了。

離海岸仍才幾公里時，芮絲灰心地嘆了一口氣，關掉引擎。我吃驚地跳起來，揉揉瞎了的眼睛。「為什麼把引擎關掉？」

「水流一直把我們推離本土。我們這樣開根本前進不了。」

「所以我們就停下來不走？」

「等潮汐換方向了再走。」她把頭髮從臉前撥開，站起來，小船嘩啦地倒向一邊。「我們只有這麼多汽油，現在用了只是浪費。」

芮絲跨過碧亞俯臥的身軀，到船首來在我身邊坐下。碧亞看起來好奇怪，臉頰鬆弛，雙眼閉著。碧亞過去總是時時刻刻都散發出生命的火花，就連睡著時也是。現在它消失了，或者是不同了。

「他是什麼樣的人？」芮絲突然問，「妳爸爸？」

「我也不知道。」我脫口而出。這話沒錯，真的，但是我知道這不是芮絲想問的。「他會從外地回來，然後又被派駐出去。」

芮絲把頭歪向一邊。「妳愛他嗎？」

「當然了，我只是並不真的認識他。」她無法理解這句話，我知道，我想跟她解釋，跟她說我爸在我心中的分量，比不上她爸在她心中的分量，但是我沒機會講出來。我的身體扭曲起來，一邊的胸膛縮成一團，喉嚨裡開始積滿唾液。

「海蒂？」

走在沼澤中出現的高燒，就在遊客中心外。是碧亞的身軀令我暫時忘了，我早該認出那徵兆的。如電流般滋滋地穿過全身，最後停留在胃窩，什麼東西沉甸甸的在裡面。我一陣噁心，把身子彎向船外，吐出一口膽汁。我可以感覺到喉嚨裡有個東西，但是吐不出來。

「救救我！」我勉強說出，芮絲聽了立刻把我拉過來面向她，雙眼睜得好大。「我得把——」全身又一陣痛苦的顫抖，鮮血流下我的下巴。「妳得把它弄出來。」

她先是茫然不解地看著我，然後我看到她恍然大悟。「好。」

我跨坐在長凳上，芮絲坐在我對面。我一隻手抓著她大腿，她的銀手扶著我的頸背。

「如果要我停下來，就跟我說。」她說。

我搖搖頭。「抓出來了再說。」

我張開嘴，芮絲把兩根手指深深伸進我的喉嚨。

我無法呼吸。胸口裡一股想咳嗽的衝動，但是我無法咳嗽，無法吞嚥，身體開始抽搐，如一股波浪襲捲全身，想把芮絲的手指逼出去。我雙眼泛淚，世界一片朦朧扭曲，但是有什麼東西在動，卡在一半。

我一手打在芮絲的手臂上，她嚇得把手收回去，拉出一條條的唾液。腹部一陣起伏，然後又一陣，最後我終於嘔吐了，全身都痛，彷彿五臟六腑都被扯出來了。一塊在搏動的肉狀物掉到小船的甲板上。

我用袖子擦嘴。那東西沾滿了血，但是很眼熟，以前在哪裡見過那形狀。課本上，人體裡，在樹林裡哈克先生的體內。

「是顆心臟，」芮絲說，「人的心臟。」

這顆心臟已萎縮變皺，我的心臟仍在胸膛裡搏動。我把頭轉開，倒在芮絲身上，頭暈目眩。她用手摟住我的腰。

「學校裡不是有人也有嗎？」她說。

「莎拉。」我說，「兩個心跳。」但是她有兩顆完整的心臟，如果她的身體能夠保有兩顆心臟，為什麼我的身體做不到？

我想起碧亞跟我，在海邊，就在我成為物資小組一員之前。在一切失控之前我們共享過的最後一刻。她找到一隻螃蟹，睿特藍蟹，既有肺也有鰓，就跟我們每年在生物課上學到的一樣。既有肺，也有鰓。如此牠在何處都可存活。

毒克，在睿特藍蟹的體內造化，在一切的體內造化，在我的體內造化。

「牠想幫忙，」我說，「想使我變得更好，但是我的身體承受不了。」

芮絲撥開我頸背的頭髮，讓涼風為我降溫。「別多想了。沒關係了。」

我咳嗽，濃濃金屬味的血黏在舌頭上，芮絲將我摟緊，使我貼在她的胸前。小船晃蕩，空氣裡瀰漫著鹽味。我閉上眼睛，逃開水上刺眼的反光與碧亞蒼白的皮膚。「我還好。我只是需要休息一下。」

我們三人一起，沉浸在寂靜中。我們也曾如此。睿特第一學年的一個週末。碧亞的最後一條褲襪脫線了，於是哈克先生開車載我們去本土為她買一條新的。我們買完褲襪後應該在公園裡跟他碰頭，但是他還沒到，於是我們在一棵低矮茂盛的橡樹下斑駁的陰影中躺下來。樹葉在陽光下晶瑩剔透，空氣清新甜美。碧亞躺在中間，我跟芮絲躺在兩側，那是我們第一次一起享受寂靜。第一次真的是我們自己。

「妳不會有事的。」芮絲悄聲說，我讓她的聲音將我繼續推入夢鄉。「妳救了我的命。現在換我救妳的命。」

我不知道我們會漂往何處。我不知道未來是什麼樣子。但是芮絲的心跳在我耳邊穩定持續，而我記得——我記得那是什麼感覺：我們三人在一起。我會讓一切再恢復往昔。

致謝

我非常幸運能夠跟一組優異的團隊共同創作《寄生》這本書。謝謝你們每一個人——你們看到了我想說什麼，然後協助我找到恰當的字句。我將永遠心存感激。

謝謝克莉斯塔．瑪利諾——謝謝妳的付出與指引，使我們能夠為在我腦中成形的各個女孩一一賦予具體的個性與形體。妳的見解使我學到很多，並促使本書不斷成長，達到我之前根本想像不到的境界。沒有比妳更好的編輯了。

謝謝我的經紀人，我敬畏你們每一個人。謝謝黛西．派倫特回覆我每一封恐慌的郵件。謝謝妳的熱忱、妳的建議，並看到《寄生》的價值。謝謝金．維斯朋，謝謝妳的智慧與冷靜的頭腦（還有回覆我另一堆恐慌的郵件）。謝謝潔西卡．米勒，謝謝妳的支持與無價的意見。謝謝魯琴斯與魯賓斯坦文學經紀公司、墨水池和凱瑟羅特經紀公司的團隊——感謝你們的大力協助與支持。

謝謝戴勒柯特出版社，謝謝你們無限的慷慨與付出，使《寄生》達到極致。芭芭拉．馬庫斯、珠蒂．赫特、比佛利．霍羅維茲：謝謝你們相信《寄生》的潛力。我非常自豪加入了戴勒柯特與蘭登書屋的大家庭。

謝謝貝蒂．劉與瑞芝納．弗萊特，謝謝你們設計出如此一本裡外都迷人無比的書。謝謝艾庫特．埃德格度，謝謝你設計出如此詭異又美麗的封面，使我別無所求。謝謝戴勒柯特團隊剩餘的成員，我想不到跟誰共事會比起跟你們共事更愉快。莫妮卡・金、瑪莉・麥庫、艾莎・克勞德，以及底線團隊——凱特・基頓、卡拉・瑞斯、伊莉莎白・沃德、朱爾斯・凱利、凱莉・麥克高利、珍寧・佩雷茲——我對你們的感謝，超出我能描述的程度。

若是沒有東英吉利亞大學的同好，《寄生》一書根本不會誕生。謝謝你們大家的支持，並給予我初期那最最重要的反應：「我們還想讀下去！」謝謝本系的教師——謝謝金・麥克奈爾和特雷薩・艾澤帕蒂——謝謝你們在我嘗試將《寄生》慢慢成形時給予我有用的建議。謝謝泰莫・蘇莫洛，謝謝妳在我還未說出口前就能理解我想說什麼，謝謝妳的意見，還有最重要的，謝謝妳的友誼。謝謝艾凡尼・沙，謝謝妳陪伴我去參加各種早餐會議，並對麵包與我分享同樣正確的看法，還有閱讀一個版本接一個版本的《寄生》。我真幸運能夠認識妳。

謝謝我的母親。謝謝妳送給我的每一趟達爾文之旅、每一場電影、每一次送我到火車站，還有最重要的，每次我一請求就寄來狗的照片。謝謝妳陪伴著我。我永遠都會陪伴著妳。

謝謝我在網路上認識的幾位女孩：克莉斯汀、克萊兒和艾蜜莉。妳們知道寫這東西使我多痛苦，但是我實在太喜歡妳們大家了。妳們是如此生動、如此敏銳，我非常非常珍視妳們，而且非常感謝妳們出現在我的生命中。

謝謝我的試讀者，謝謝你們付出的時間與意見——如果本書有任何錯誤，都是我一個人的責任。謝謝雅伯洛一家人大方地帶我參觀哈克島，這是睿特島的靈感起源。謝謝米德博里的薩瑪咖啡館和普羅維登斯的罪惡咖啡館，見證《寄生》的初始構想逐漸生出細節。謝謝我過去的老師，謝謝你們付出額外的時間閱讀我的作品，並鼓勵我。謝謝我的朋友，謝謝你們忍受我給你們看寄生蟲的放大照片，謝謝我的家人，謝謝你們不斷鼓勵我，就連我（一遍又一遍）改變主意時也一樣。

最後，謝謝年輕時的蘿芮，謝謝妳決定留下來。沒有妳，我不會在此處。

高寶書版集團
gobooks.com.tw

TN 269
寄生
Wilder girls

作　　者　蘿芮．珀爾 (Rory Power)
譯　　者　羅慕謙
主　　編　楊雅筑
封面設計　林政嘉
內頁排版　賴姵均
企　　劃　何嘉雯

發 行 人　朱凱蕾
出　　版　英屬維京群島商高寶國際有限公司台灣分公司
　　　　　Global Group Holdings, Ltd.
地　　址　台北市內湖區洲子街88號3樓
網　　址　gobooks.com.tw
電　　話　(02) 27992788
電　　郵　readers@gobooks.com.tw（讀者服務部）
　　　　　pr@gobooks.com.tw（公關諮詢部）
傳　　真　出版部　(02) 27990909　行銷部 (02) 27993088
郵政劃撥　19394552
戶　　名　英屬維京群島商高寶國際有限公司台灣分公司
發　　行　希代多媒體書版股份有限公司/Printed in Taiwan
初　　版　2020年 6 月

國家圖書館出版品預行編目(CIP)資料

寄生 / 羅芮.珀爾(Rory Power)著；羅慕謙譯 -- 初版. -- 臺北市：高寶國際出版：高寶國際發行, 2020.06
　面；　公分. -- (文學新象；TN 269)
譯自：Wilder girls

ISBN 978-986-361-853-9(平裝)

874.57　　　109006865